冷泉家時雨亭文庫 編
冷泉為臣

時雨亭文庫 一

如願法師集　前權典厩集　露色隨詠集

和泉書院

冷泉爲臣編

時雨亭文庫

（一）

發兌　教育圖書株式會社

序文

時雨亭は藤原定家卿の創められた小倉山莊の名である。時雨亭文庫は冷泉家累代の祕庫を學界に開放せんが爲の叢書名である。

冷泉家が歌道の宗匠として世に認められたのは俊成卿からである。歌人としての俊成卿は今更語るに及ぶまい。また歌論家として古今稀に見る明敏達識の士であつたのであるが、余が特に景慕して止まないのは源氏學を創立興隆せしめられた點にある。

この學者としての血は定家卿に傳はり、古今和歌集源氏物語その他多くの古典の證本は定家卿の手によつてこの家に生れたのである。

冷泉家は代々さうした好學の家であつたのみならず、相次いで勅撰集の撰者たりし爲に、おのづから勅撰資料も集つてゐて、共に家の祕庫に架藏せられつゝ今日に至つたのである。

現嗣子爲臣氏は祖先の傳統を承けて、身は華冑の家に生れながら、黽勉倦むことを知らざる好學の青年であるその熱心にして強固なる志操にめで、父君伯爵は遂に七百年の祕庫を開封して廣く學界に寄與せんことを決意し、自ら筆を執つて時雨亭文庫と題せられたのである。日本研究の海の内外に勃興しつゝある折から隱れたりし好資料が公開せられることは、獨り學界のためのみならず、廣く古代日本開發の上に慶賀措く能はざる次第である。

昨年定家卿七百年祭の營まれるに當り、伯爵邸に於て祕籍の一部が展觀せられた際、予は、祕庫の公開を爲臣氏を經て懇請したものであつた。けれども、この實現が、かくも早からうとは豫想だにも致さなかつたのである。

祕籍中先づ如願法師集・前權典厩集・露色隨詠の三部が、爲臣氏の解題を伴つて教育圖書株式會社より出版せられたのであるが、その版行の順序はひとへに爲臣氏研究の便宜によるものであつて、勿論この三部が代表的貴籍だといふわけではない。何かは知らず、今後續々として繰展げられゆく祕籍帖を想像しながら、歡喜の頂點にあるものは余一人ではあるまい。

昭和十七年七月

吉澤義則識

序

時雨亭は我が曩祖京極黄門定家卿の命ぜられし自からの山莊の名なり。其の名を傳へて七百餘年、我が文庫に命じて用ひしなり。

抑々我が家系は御堂關白の六男、長家卿に源を發したりしが、後冷泉天皇より歌道を以て家業となすべき由敕を拜す。爾來九百有餘年の星霜、此の一道を以て業とはなせり。長家卿より當代に至る卅世、中には我が文學史上燦然たる卿少しとせず。卽ち五條三位俊成卿は薩摩守忠度と優に語り傳へらるゝのみならず、幽玄の泰斗として聞え、其の子京極殿有心の歌境を拓きしのみならず又以て古典の校訂に力を致すや甚大なりき。次に中院大納言爲家の卿ありて、歌壇に重きをなせり。其の後三派主義を同じうせずして論爭せりと雖も、阿佛なる女傑に護られし爲相卿、鎌倉に於ても和歌文學の中心人物たり。降りて足利の時代にありては爲尹卿、爲富卿、爲廣卿の如き、江戸時代に於ては爲久卿、爲村卿の父子、堂上の文藝に萬丈の意氣をはく。これらの諸卿のものせられし水くきの跡、手澤の典籍、多く今日に傳へしが、世に廣く人の知る所となれりけり。仍て著名の學者諸氏にして、我が文庫の非解放を論じ、「出でよ冷泉家本」とまで絶叫せられたる屢々なりき。されど我が文庫は學問に戸を閉せしには非ず、無條件解放を禁止してきたりしなり。卽ち茶道殷盛なりし德川初期に於て、我が文庫のもの多く骨董として散佚せる狀態にありき。これを聞召しゝ　靈元院、我が文庫に勅封を賜ひ、家人の取り出しをも禁止せしめ給ふ。かくして約五十年が近くなり、　院の崩御の約十年前、享保六年に及んで當時の當主爲綱卿に臨時とて解封の勅許を賜ふ。今日爲久卿筆の多くの寫本の存在せるは實に此の時の複寫のものなり。　靈元院崩御の後は再び皇室よりの御封は拜せざりしも、以後代々　院の聖慮を最も重しと奉じ、家本の新舊を問はず門外不出、外見無用を家憲として今日に及びしなり。此の子細を知らざる輩、非公開の學問の發達を遮抑するかの如く罵言を浴せしは、子細を知らざる輩の言にして、受くる所には非ず。反つてこの家憲により散佚をまぬがれ、稀覯の典籍を完うするを得たりしと思ひを到すれば、今後も更に家憲を嚴にすべきの要を感ぜり。

明治開化の御代になりて父卿五部抄を上梓してその序に曰く、「以後祖先の著或は書寫にかゝるものにして、しかる可きものは上梓するに吝ならず。」と。　然れ共其の後諸般の狀況順應ならず、今日に到るも五部抄のみ。爾來三十數年、去る昭和十五年に定家卿の七百年祭に當り、往年の父卿の計畫再燃し、予は後を承けて七百年の紀念として、父卿の許しの下に定家卿の全歌集を編せり。今にして考ふれば是卽ち、時雨亭文庫創刊の最初なり。

今後家藏の歷史ある資料を、機に臨み、時を得て、父卿の計企に從ひ、時雨亭文庫の名において、上梓刊行せんとす。

今此所に時雨亭文庫第一冊を世に送る。たま〳〵家集なり。爾後刊行するもの、內容の何たるを豫測しがたきものあり。然れども當文庫のものなるは勿論なり。吉澤義則先生、夙に此の仕事に關して多大の御厚情を寄せられたり。卽ち此の一書は同先生の御世話になりて刊行の運び圓滑たり。今時雨亭文庫の意を明にすると共に、刊行の顚末を記し、先生の御厚意に感謝して序とならす。

昭和十七年明治節

編者　冷泉爲臣識

凡例

一、木書には如願法師集三卷 前權典厩集一卷 及び露色隨詠集〔卷二〕と解題を收錄した。

一、以上各部飜刻に用ひた底本は冷泉家藏のものにして、如願法師集は資經卿及び其の他筆、前權典厩集は定家卿筆、露色隨詠は筆者不知の足利期初期以前と思はれる寫本を用ひた。

一、飜刻に當つては他に唯一の傳本たる宮內省圖書寮本を校合した。

一、本文校合は底本にも存するので、底本の校合は右（或は左）側に細字を以てその校合文字のみを記入し、圖書寮本との校異は校合文字の下にイ文字を附した。猶底本の難讀箇所及び疑問の存する場合は、同樣右側に細字を以て註し、〔 〕の括弧を附して區別した。

一、飜刻に當つては、底本の歌の二行書であつてたのを一行書きに直した他、行數、文字遣等は全部そのまゝを寫す事とした。但し、都の意にて「宮古」の如きは「みやこ」に直し、應々出て來る假名として用ひられた草體の漢字は今日の平假名に改めた。

一、假名遣の誤と明白なものも、底本のまゝにして改めなかつた。

一、解題は書誌學的方面のみに止め内容に立ち入る事をしなかつた。

一、飜刻に當つては各集毎に毎首番號を附した。他人との贈答歌のうち、他人の詠にかゝるものは當面著者の詠の贈、又は答と同番號を與へ、その番號には括弧〔　〕を附して他人詠なる事を明にした。

目次

解題篇

卷頭圖版

參考圖版

第一圖

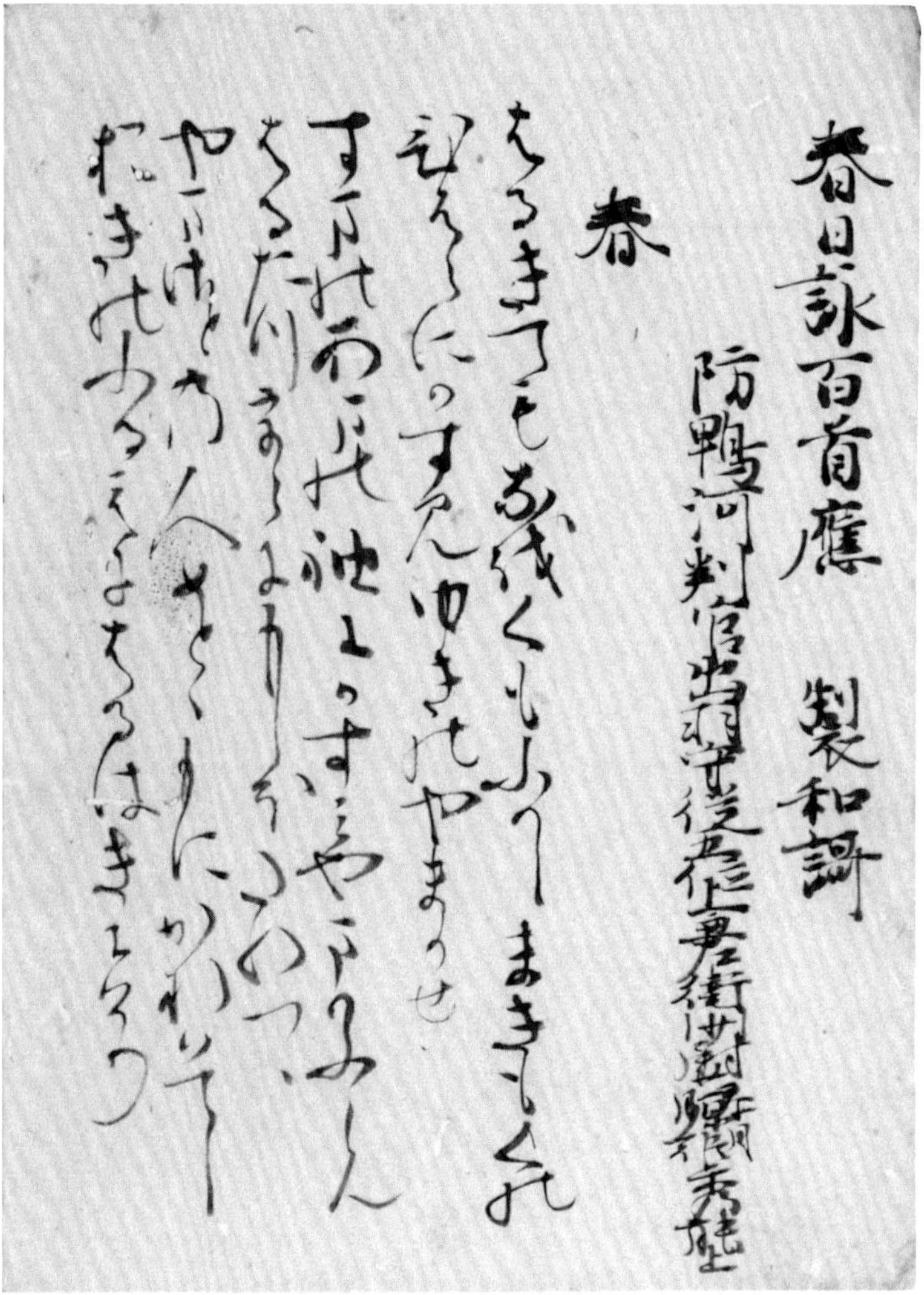
春日詠百首應製和謌

春

如願法師集第一册卷頭

第二圖

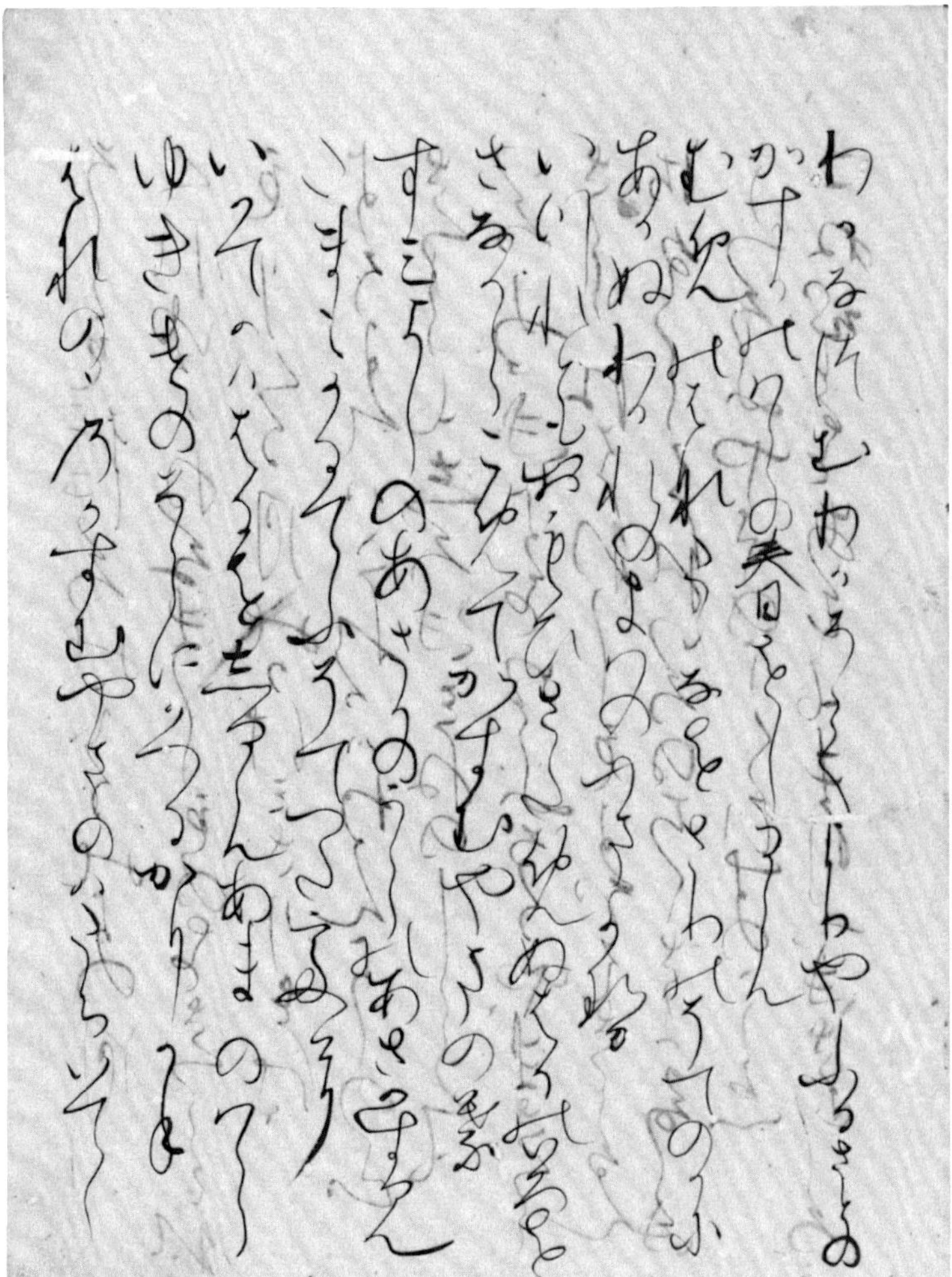

如願法師集第一册第二面

第三圖

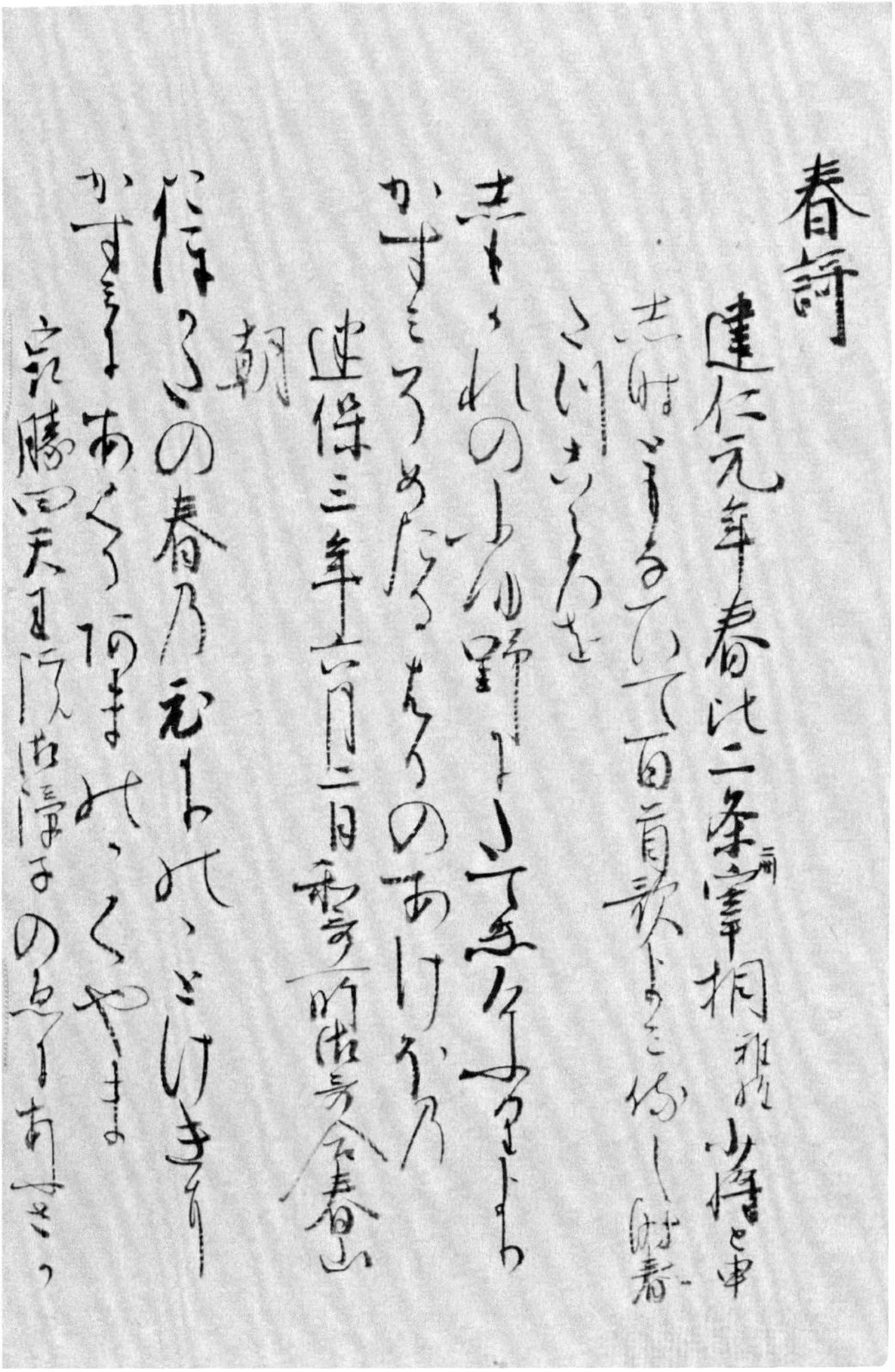

如願法師集第二冊卷頭

第四圖

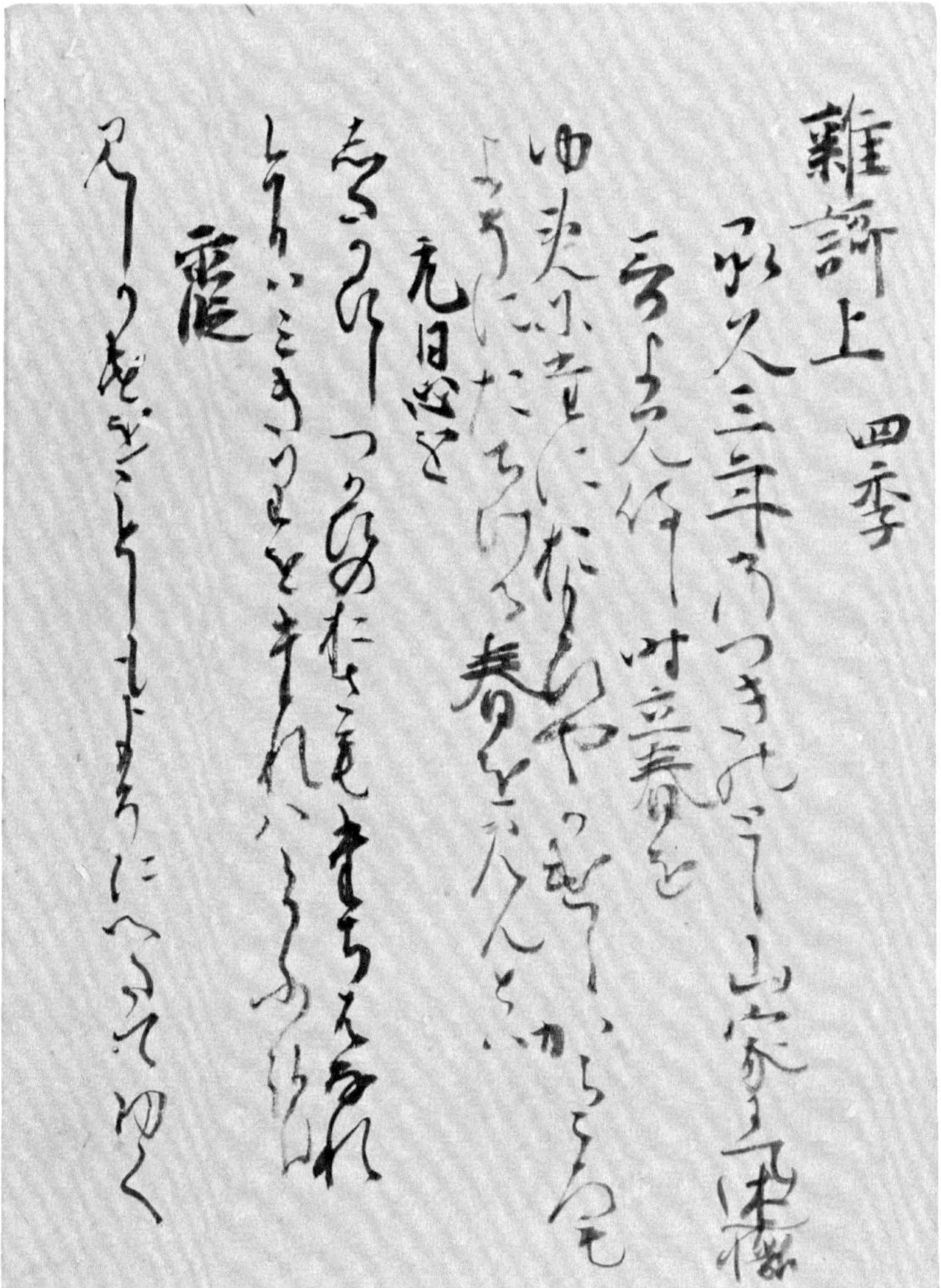

如願法師集第三冊卷頭

第五圖

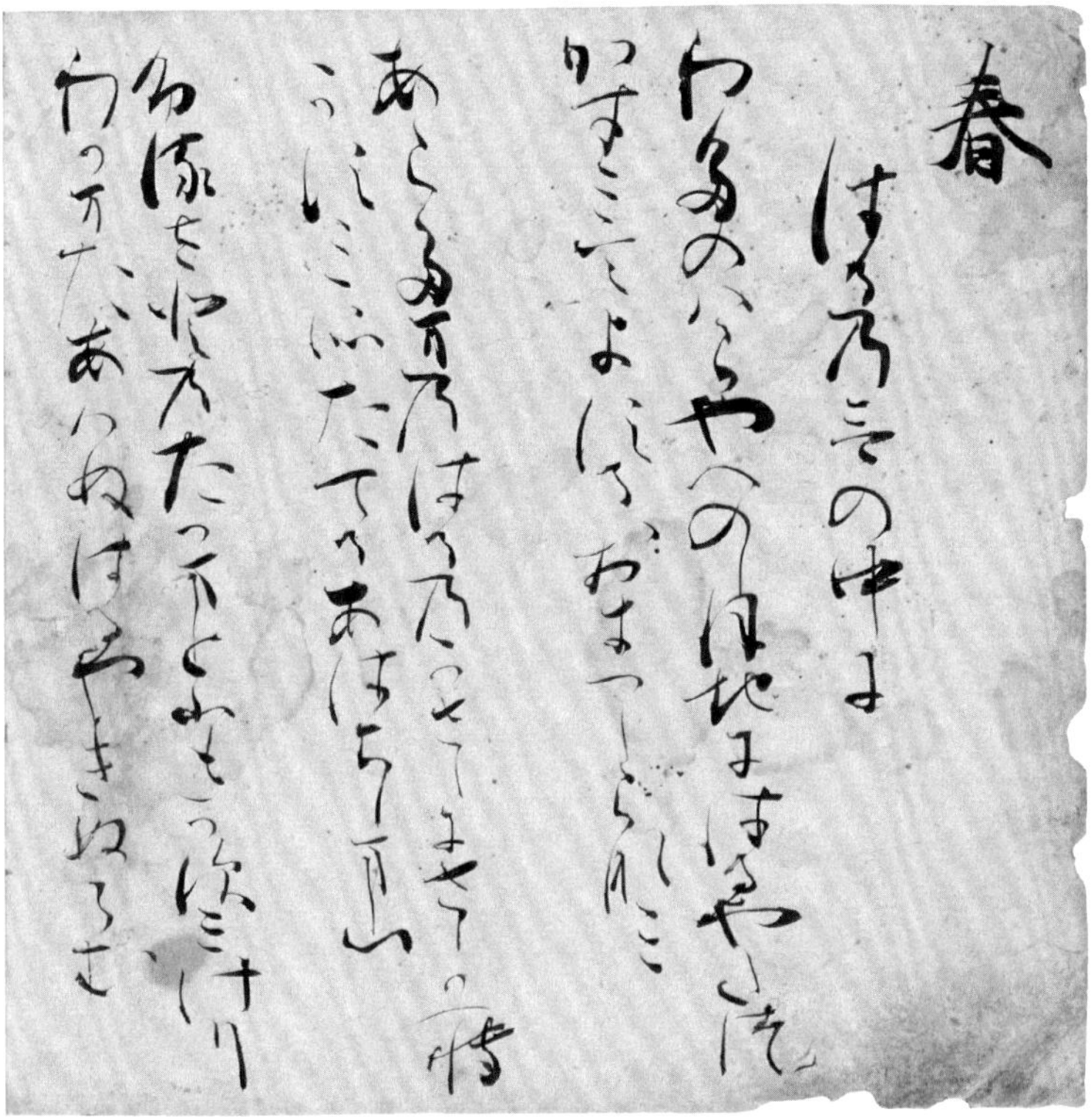

前權典甌集卷頭

第六圖

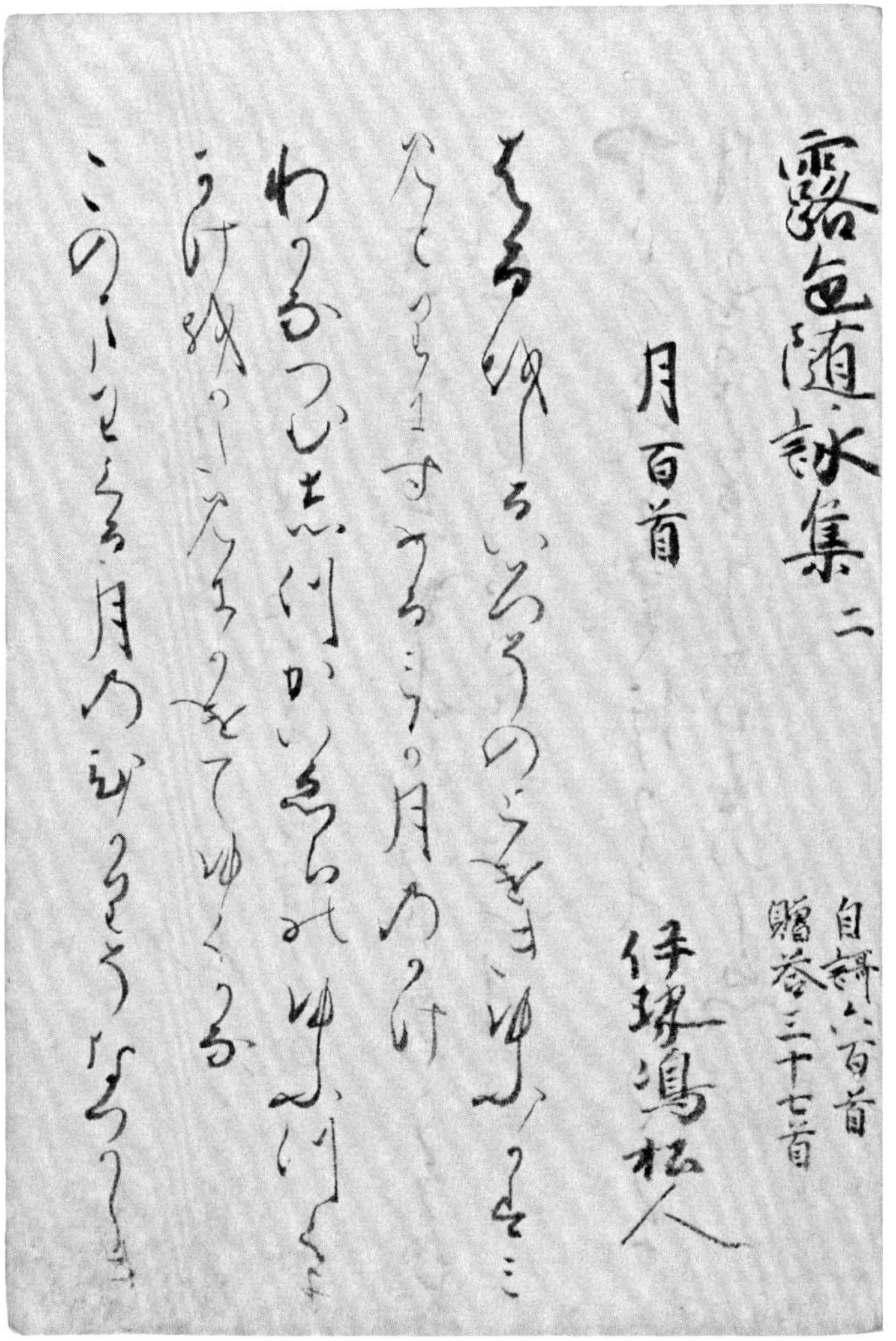

露色隨詠集二卷頭

第七圖

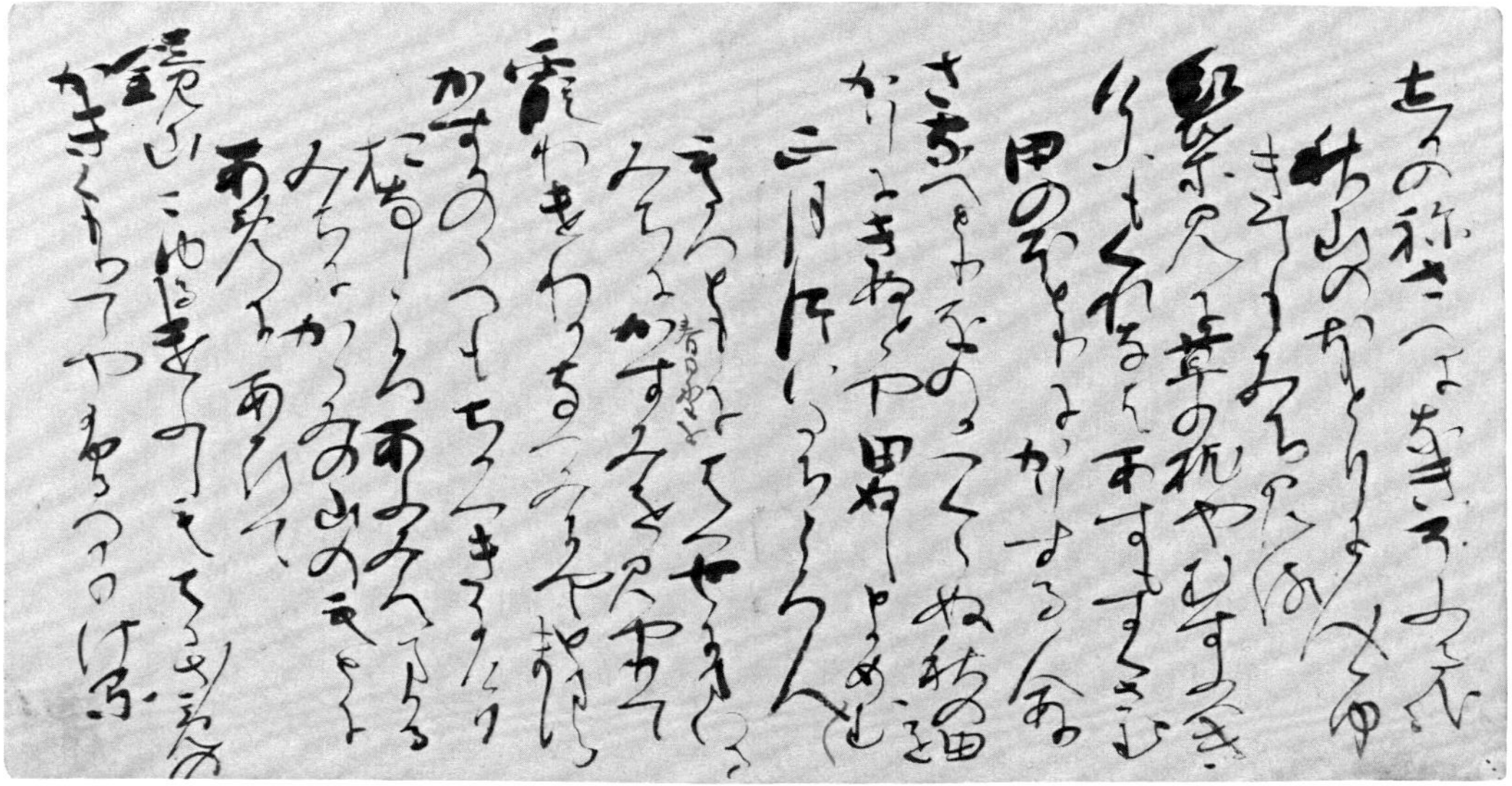

〔參考圖版〕　恵慶集　（定家卿青年期の筆跡）

第八圖

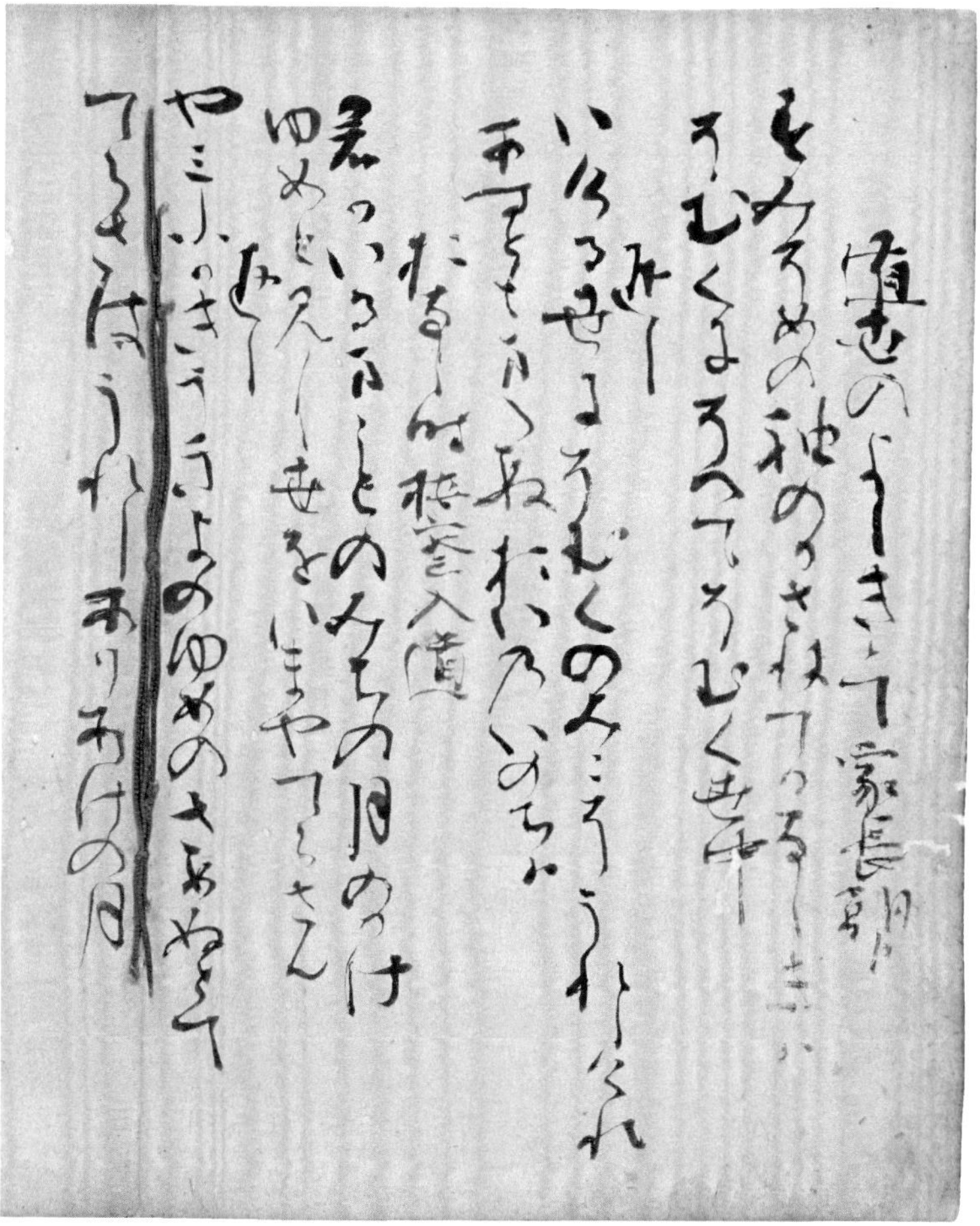

〔參考圖版〕　拾　遺　愚　草　下　（定家卿晩年期の筆跡）

如願法師集

藤原秀能

春日詠百首應製和謌

防鴨河判官出羽守從五位上兼行左衞門少尉臣藤原朝臣秀能上

春

一 はるきてもなをくもふかしまきもくのひはらにかすみゆきの山かせ

二 すまのあまの袖にかすみやまかふらんはるたつうらにもしほたれつゝ

三 やまさとの人めとゝもにかれはてしおきのふるえにはるはきにけり

四 わかなつむわかそてよりやふるさとのかすかのはらの春をしるらん

五 むめのはなたゝなをさりのそてのかにあかぬわかれのよはのやまかせ

六 いつれともおもひさためぬはるのいろをさなからこめてかすむやまの葉

七　すみよしのあさかのうらのあさかすみたまもかるてふそてへたてけり
八　いかてかははるをしるらんあまのはらゆきけのそらにかへるかりかね
九　はなのかのかすむやまのは立出てそらもおほろのはるのよの月
一〇　くれゆかはねなましものをさくらはなもりくる月のかけみさりせは
一一　よそにてはたれかはわかんよしの山さくらもしろきみねのしらくも
一二　いろふかきよをいとふなるやまさくらさらははなしもにほはさらなん
一三　さくらはないろのちくさにかなしきはうつろふやまのうくひすのこゑ
一四　こぬひとをあすもまつへきさむしろにさくらふきしくよはのやまかせ
一五　〽さくらかりとやまのはなはちりにけりふかき谷にやさきのこるらん
一六　おほあらきのもりのした草くれはあをきこするにうくひすそなく
一七　けふはまたあかぬこゝろにくれなゐのはつはなそめのゐてのやまふき
一八　〽たつねこしおなし人をやゝとの松さくらのゝちにかゝるふちなみ
一九　おしましよとをさかりゆくはなのかに我袖のうへのはるはきにけり

夏

よしの河はなのかゝみにみさひゐ（マヽ）てありしにもあらぬなつこたちかな　二〇
いとゝしくなくねさひしきほとゝきすふかきみやまにたつねきぬれは　二一
山ふかみゆきゝえなはとおもひしにまたみちたとるやとのなつくさ　二二
うらみこしにはのよもきをとりそへてあやめのゝきとけふは見るかな　二三
なにとなく思みたるゝみこもりになをさみたれのかきくらすかな　二四
せきいれて月みるやとのいけみつに身のほとしらすなくかはすかな　二五
ひさかたのひかりもそてににほひけりはなたちはなをいつる月かけ　二六
こゝろからをのかくもをやいとふらんかやりひかすむさとの月かけ　二七
わかやとをしる人もかなまちもみんそとものみちは草ふかくとも　二八
まろこすけをふといふなるなつくさのしけみやしかのふしとなるらん　二九
ゆふたちのあめよりのちのやまかせにまたるゝあきの月そいてける　三〇

山かけやいはのまくらのなみむしろしみつ身にしむ月のかけかな　三一
みなつきのなかはにきえし白雲のいつしかしろきふしのやまかせ　三二
ふるさとにいろもかはらぬあしひきのやまとなてしこたれかうへけん　三三
ゆふされはあさのはなかるみよしのゝたきつかはうちにみそきすらしも　三四

秋

たひひとのやとるかやはらうちなひきあききにけりとしるきやまかせ　三五
月かけのさえわたるかなあまの河かはへのなみにあきやたつらん　三六
のとならんまてとはさらにおもはねとあれたるやとのにはのあきはき　三七
野へみれはゝきのにしきを敷しまややまとひこえてかりはきにけり　三八
水くきのをかのあきはきさきてちりこゝろもいかてしかのなくらん　三九
あきかせに月さゆるよのむらすゝきなにわかやとのものと（ママ）うへけん　四〇
かせになひくみくさにあをき池水に山のはなからうつる月かけ　四一

四二 あかしかたくもなきおきにこきいてて月のくまとやわれはなるらん

四三 つきすめはころもにすれる山あゐのいろふきみたる竹のした風

四四 あきかせに雪ふきをくるふしのねのけふりをわけていつる月かけ

四五 はるあきもしらぬときはの山かせにいろにいてたるさをしかの聲

四六 〽あすかゝせそてふきかへすゆふくれにみやこへたつるさほのかはきり

四七 續拾遺 〽かねのをともあけはなれゆくやまのはのきりにのこれるありあけの月

四八 〽むしのねのよはのまくらにやとりきぬむくらのゝきになれし月かけ

四九 〽もみちはもおなしみ山そしくるめるいろなのこしそまきのしたつゆ

五〇 〽わすらるゝわれはつらくともみちはのうつろふあきをひとのとへかし

五一 〽あらしふくこのはにたくふあかつきのなみたとまらぬさをしかのこゑ

五二 〽やまかはに風のそめたるあきの色はいたらぬなみのしたくさもなし

五三 けふよりはあきもいまはとゝふとりのあすかのかはにのこるもみち葉

冬

＼神な月けさはあらしのさゆるかなおなしみやまのしくれなれとも　五四
ふゆかれはおもはさらなんさひしさをひとむらすゝきをのれのみとは　五五
＼續古今中書　月まつとたちやすらへはしろたへのころものそてにをけるはつしも　五六
冬のよにこゑさへさむきあしたつのなくねもしもやをきまよふらん　五七
あしそよくかものうきねのこゑなからむすほゝれゆくよはのいけみつ　五八
もみちはのかけみし水のうすこほりとまらぬいろをなにむすふらん　五九
まきのやのひましらむまてふしわひぬとこのしもよの月のさむしろ　六〇
さゆるよをあかしかねてはなみこほるそてのみなとにのこる月かけ　六一
あか月の袖にみちくるおきつなみをのかなみたにちとりなくなり　六二
＼ふゆふかみむら〳〵みゆるときは木ののこるさひしきやまのはの月　六三
あまつかせたひ〳〵しろきと山よりゆきふきわけていつる月かけ　六四

＼そのいろとおもひたえてもうかりけりしくれし山の雪のあけほの　六五
＼春をゝきてよそにうつりし花やあるとゆきのこすゑにまよふ山風　六六
おく山のふかきたのみもしらゆきのなにきえかへりひとをまつらん　六七
ゆくとしのしはしとまらぬはやせ河みなきるなみのせくかたやなき　六八

戀

＼おもふともしらしな人めもるやまのしたふくかせのいろしみえねは　六九
新勅撰
＼やま河のいしまの水のあさこほりわれのみしたにむせふころかな　七〇
あひもみぬきみしるらめやよしの河ゆくせのはやみおもふこゝろを　七一
わかこひはもろこしふねのあとのなみふかさまされとしるひともなし　七二
＼さしもくさあらはにもゆとみゆるかないふきのやまにかゝるむらくも　七三
よそにのみふきすきてゆくあきかせのいかてこゝろのいろをそめけん　七四
續拾遺
そてのいろをさてのみ人にしらせすはこゝろにそめしかひやなからん　七五

わすれめやかたみのころもぬきわかれかへるあしたにのこる月かけ　七六
人心うつりもゆくかあさかほのはなのうへなるつゆをみしまに　七七
かきりこはたかひにいひしなかなからおもふあまりになをうらみつる　七八
＼とはれぬをうらみかほには見えもせてうきをしらするゆふくれもかな　七九
うらみつゝひとりぬるよのあきかせに身にしむものといかてしらせん　八〇
わすられぬことのはさへにつらきかななをあたひととおもふものから　八一
＼つらしともおもはさらなんみなといりのあしわけをふねわれひとりとは　八二
なか〳〵になにたのめけん有明のつらきかけしもかたみなれとは　八三

雑

きみかよのかすにはなにをたまかしはいはをとならんすゑのまつかえ　八四
かけてたのむたまくしのはもなひかなんゆふとりしてゝかみまつるころ　八五
＼たひ人のさとにちかつくしるへとてけふりそかすむゆふやみのそら　八六

身〵にそへるかけとは月におもひいてよさらてはたひのわかれなりとも　八七
おくやまのみねのしくれをわけゆけはふかきたによりのほるしらくも　八八
わかやとのすきのたちかれとしふりてしられぬ谷にいくよへぬらん　八九
うちたゆむゆめをあらしにまかへてもみやまさひしきよはのむらさめ　九〇
や〵まてらのにはのいしはしあとみえてへにけるとしのほとそしらるゝ　九一
おもひくさこゝろにたねをまかすれはとかくにつけてしけるころかな　九二
さりともといまゆくすゑもしらゆきのしらぬいのちにおもひきえつゝ　九三
あ〵さ日さすあしまのこほりうちとけておもふもしるきにはのかよひち　九四
なみあらふおきのいはほのまつかけにうきねやさむきしあけのあま　九五
あきくれといろもかはらぬしらなみのはままつかえにかせわたるなり　九六
か〵續古今 せふけはいつれのしまとたのむらんはるかにいつるあまの釣舟　九七
おのつからぬさもなひかはさかきはやたむけしかみのしるしとおもはん　九八

詠五十首和哥 道助法親王家會也

河内守藤原秀能

春

初春

はるくれはこほりなかるゝゐなしかはひはらのゆきやとけはしむらん 九九

雪中鶯

打とくるなみたもこほるゆきのうちにまたかきくもるうくひすのこゑ 一〇〇

橋邊霞

春＼くれはかすみたなひくくもまよりたえ〳〵みゆるやまのかけはし 一〇一

行路梅

わきもこかなれしたもとにくらふ山やみにこゆれとむめのかそする　一〇二

春月

はるきてもまたうらわかきはつくさのみしかきよはにかすむ月かけ　一〇三

岸柳

かみなひのみむろのきしのかはやなきかはらぬなみもはるめきにけり　一〇四

旅春雨

〽続拾遺 わすれすはしほれていてしはるさめのふるさと人もそてぬらすらん　一〇五

遠帰雁

なきわたるくもゐのかりのかへるやまきてもとまらぬなこそつらけれ　一〇六

山花

みよしのゝとをやまさくらはることにこゝろもそらにまよふしらくも　一〇七

關花

ちる花のかけやはとまるあふさかのせきのしみつの名さへうらめし　一〇八

庭花

あさてほすにはにふきまく色みれは風のやとりとなるさくらかな　一〇九

河款冬

よしの河おちくるみつにいまそみる人にしられぬ山ふきのはな　一一〇

夏

社卯花

ゆふしてにまかふうのはなうちなひきかみのいかきとしるくもあるかな　一一一

早苗多

さなへとりをりたつたこのころ〳〵にみよさかへゆくほとそしらるゝ　一一二

里郭公

いまはとてまたれしものをほとゝきすみやまのさとにこゑのふりぬる　一一三

岡郭公

かたをかのすきのこかくれかせすきてこゑほのかなるほとゝきすかな　一四

夜盧橘

ふかきよをとふ人もかなをかのへのをとろかのきににほふたちはな　一五

籬瞿麥

うへをきしやまとなてしこたつねてそふるきまかきのほとはしらるゝ　一六

江螢

みよりあまるおもひはたれもなにはなるふかきえにしもとふほたるかな　一七

秋

早秋

夏ころもをくしらつゆのあけかたにしられぬほとのあきかせそふく　一八

萩露

あきの〻にむすほ〻れたるはきかえのつゆよりさきにそてはぬれけり　二九

荻風

ねさめするにはのおきはらうちそよきひともうらめし山おろしのかせ　三〇

尋虫聲

中々にわけてもつらしあさちはらむしのねよはるのへのあきかせ　三一

山家月

くもるへきこの葉ふきしくやまさとのかせよりのちに月はいてけり　三二

野徑月

わけくらすのはらのつゆもしらたへのころもてさむきよはの月かけ　三三

船中月

なみたのみうきつのなみのなみまくらつきにひたせるそてのかなしさ　三四

暁鹿

しおりするあかつきおきのそての上にしかのねならぬつゆやをくらん　三五

河霧

ほの〴〵とをちかたひとのこゑなからかせになかるゝうちのかはきり　一二六

擣衣幽

〽ころもうつさとやいつくにわきかぬるとやまのすゑに月もかゝりぬ　一二七

夕紅葉

〽やまかせにかけもたまらすゆふくれのもりのこのはのうつろひしより　一二八

残菊匂

きくのはなにほひもうすきはつしもにうつろひのこるいろそかなしき　一二九

冬

朝時雨

かきくらすこの葉のいろもはれゆけはけさはまはらにふるしくれかな　一三〇

竹霜

しもこほりころもていたくさゆるよにたけのはしろくあくるしのゝめ　一三一

池水鳥

さゆるよのこほりふみわけいけみつにみをゝしとりのすむかひもなし　一三二

嶋千鳥

しまかくれなみうついそにゐるちとりくたけてこゑはよはそかなしき　一三三

松雪

そめかねしけさはときはの名もつらしゆきふきはらへみねのまつかせ　一三四

湖雪

さゆるよのゆきふきをくる山かせにあけかたしろきしかのからさき　一三五

惜歳暮

新勅撰
あすかゝはかはるふちせもあるものをせくかたしらぬとしのくれかな　一三六

戀

寄雲戀

かせふけはかつらき山のみねの雲あとなきこひにおもひきえつゝ　一三七

寄露戀

いかにしてひとのこゝろをあきのゝのつゆわけころもうらみそめけん　一三八

寄煙戀

ふしのねのもゆるおもひにくらふれはけふりはよそのものとやはみる　一三九

寄草戀

ひとこゝろあさちいろつくをりしもあれゆふ日かくれになにたのめけん　一四〇

寄鳥戀

いまはとておもひたえたるとりのねのつらきや人のなさけなるへき　一四一

寄枕戀

いかにしてつけのをまくらたのめしをこけふかきまてまつとしらせん　一四二

雑

暁述懐

はれくもるありあけの月をまちみてもこゝろのほかにたれなかむらん　一四三

閑中燈

さとはあれてみしはそれともわきかねぬあらぬかやとにのこるともし火　一四四

山旅

〽しらくものかさなる山のこけむしろしきりにぬるゝわかたもとかな　一四五

海旅

〽おもひいつるむかしのなみに袖ぬれてまたをりふするいせのはま荻　一四六

野旅

しられしなつのゝ草のみちすからしけきおもひにむすほゝるとも　一四七

寄松祝

ちきりあるたかのゝ山のみねのまつなをゆくすゑのちよもかはらし　一四八

詠百首和哥

沙彌如願

春

はるのたつけさはあさひのいかなれはやましたみつもいはそゝくらん 一四九

あさほらけかすみなかるゝやまかはのこほりのくさひうちやとくらん 一五〇

ゆきのうちのなみたのこほりいかならんかすみもまたぬうくひすの聲 一五一

うくひすのなきてうつろふむめかえにはなとあさむくはるのあはゆき 一五二

續後撰

ふるさとにさかはまつみんむめのはなむかしにゝたるいろやのこると 一五三

ふるかはのきしのやなきのあさみとりはるにあへともとふひともなし 一五四

しろたへのつるのけころもはるくれはみとりにかすむやとのいけみつ　一五五
〽おふのうらのかすみをわくるあまをふねいつれのしまのたまもかるらん　一五六
あれわたるのきにした〻るはるの雨の(雨のカ)ふるにもあらぬよにもふるかな　一五七
はなのいろはそれともみえぬ雲井よりかすみに〻ほふあまのかくやま　一五八
しきしまややまとしまねのことの葉もをよはぬほとの山さくらかな　一五九
新勅撰
あたなりとなにうらみけん山さくら花そみしよのかたみなりける　一六〇
よはにふくあらしやはなをさそふらんさくらにはる〻ありあけの月　一六一
はるといへはふりしく花のゆきもよにあけかたおもふほとそひさしき　一六二
たつねみる人もあらしなみよしの〻とをつかはなみ花しちらすな　一六三
はなのいろに風のみなきるよしの河さくらかさらぬいはなみもなし　一六四
いゑにゆきてまつはかたらんたまほこのつかひもうとし山ふきのはな　一六五
おもひたつしるへとやみんむらさきのふちえのうらにか〻るむらくも　一六六
むかしよりたれかたつねしゆくみつのそこともしらぬはるのとまりを　一六七

夏十首

うのはなのいろにいつしかうつるかなきのふははるのみねのしらくも　一六八

いつしかもうつりにけりなみよしのゝ花のふるさとゝたにもなし　一六九

こしことになかすやはあらぬほとゝきすたえぬこゝろを人にしらすな　一七〇

わかさかりおとろへゆけはほとゝきすことしはいたくまちそわひぬる　一七一

〽續拾遺 くれかゝるしのやのきのあめの中にぬれてことゝふほとゝきすかな　一七二

さみたれのふりゆく身こそかなしけれしなのゝまゆみひくひともなし　一七三

〽新勅撰 あけぬるかこのまもりくる月かけのひかりもうすきせみのはころも　一七四

ひさかたのあまのかはなみいかならんしはしよとまぬ夏のよの月　一七五

なつくれはひもときちらしゆふは河あきにちかつくえにこそ有けれ　一七六

うちそよくかせのけしきもあきちかきあしの葉つたひゆくほたるかな　一七七

秋廿首

うたゝねのうすきたもとにあきたちてこゝろのいろそまつかはりける　一七八

おほかたもうらみし物をよとゝもに物おもふやとのあきのはつかせ　一七九

しらまゆみはりてかけたるそらみれはあきのもなかもわすられぬへし　一八〇

玉のをのたえぬわかれのかなしきはけさたちかへるあまのかはなみ　一八一

むかしよりなれこしあきをしのふくさしのひかねてはつゆこほれつゝ　一八二

あしの葉に風あきなりと聞しより月すさましくすむ心かな　一八三

＼續後撰こゝろこそゆくゑもしらねあきかせにさそはれいつる月をなかめて　一八四

しほかまのけふりはうらにふきしきてそらにさえゆくあきのよの月　一八五

久かたの月はいりぬるなみまよりあかしのせとをいつるふな人　一八六

ことゝへとこたへぬかけのさひしきはをちかたひとの袖のうへの月　一八七

めかれせぬ月よりほかにあはれともいふひとなしにぬるゝそてかな　一八八

一八九 ＼新勅撰 さをしかのなくねもいたくふけにけりあらしのゝちの山のはの月

一九〇 あしひきの山かせさむくなくしかのこゑもさえたるありあけの月

一九一 さゆるよにそらゆくかりのなみたもて月のかつらのいろやそふらん

一九二 あはれとてさてややみなむたちはきのてにはとられぬ月のかつらを

一九三 ＼新勅撰 このさとはしくれ（しイ）にけりな（なナシイ）あきのいろのあはれそむるみねのもみちは

一九四 いくとせのあきのしくれにしほれきぬわかころもてのいろはなけれと

一九五 つゆふかきもみちのにしきをりはへていとゝひかたきころもてのもり

一九六 きのふかもしくれし物をはゝそはらあをはすくなくもみちしにけり

一九七 なにとなく風にしたかふもみちはのゆくゑさためぬあきのくれかな

冬　十首

一九八 神無月けさはしくれのいかなれはうらかれそむるみねのもみち葉

一九九 ＼續拾遺 けふもまたくれぬとおもへはあしひきの山かきくもりふるしくれかな

かけとみるむくらのゝきもあせぬめりいまはの山しもこほるころ　二〇〇
さをしかもなかすなりぬるやまさとのあらしのこゑもにる物そなき　二〇一
ふゆきてはあられたまちるかたをかのはひろかしはに風さやくなり　二〇二
はしたかのかたやまかへりをちのこるした葉もみえすふれるしらゆき　二〇三
あきはまつとはれし物をあしひきのやまのかひなくつもるしらゆき　二〇四
なかきよに竹の葉したりふるゆきのわか身のとかはうつ（マヽ）まさりけり　二〇五
ふゆのいけの日かけや春をさそふらん氷のうへに　かすかな　二〇六
たれをしるたまぬくたきのみをよりもかすさたまらぬとしのゆくゑを　二〇七

戀　廿五首

いろならぬこゝろをひとにつけそめてそてのうへゆくはつしくれかな　二〇八
つれなさのこゝろの色やかはるらんみをあきかせのふきしほるらん　二〇九
思ひそめしこゝろのいろとなるものはそてにまかひしよはのしらつゆ　二一〇

かつらきやよそになかめしみねの雲またきこゝろにおもひきえつゝ　二一

かくとたにしらせてしかなひくすみのたゝひとすちにおもふこゝろを　二二

なみた河たきつをとにはたてねともなかれてたえぬこゝろあるものを　二三

あさからぬ中になかるゝなみた河せくかたしらぬ身をなけくかな　二四

新後撰
なみた河うきせにまよふ水のあはのさすかにきえぬみをいかにせん　二五

万代集
よしさらはおもひもたえねしのしまやあこねのうらのたま〳〵はうし　二六

いかてかはしのひはつへきをしかふすしはしもみねはたえぬこゝろを　二七

したにのみむせふおもひもあるものをあらはにもえてゆくほたるかな　二八

なつむしのおもひたえにしその日よりみをいたつらにすくしわひぬる　二九

續後拾遺
うらみむとおもひしものをなつころもひとへにうすくなりにけるかな　三〇

なかき日もみしかきよはもふしわひぬまくらにちりのつもるおもひに　三一

まちわひてなくうつせみのからころもかへす〳〵もうらみつるかな　三二

とふとりのゆふはの山をこえかねてねになきわふときかはたのまん　三三

わすれても人にないひそあか月のゆふつけとりのねにはなくとも　二二四

さかきはやゆふつけとりもなきこふるなさへむつましあふさかのせき　二二五

いまはとておもひそきゆるつゆしものおきてこしよをなになけきけん　二二六

あた人のことの葉さへにいろかはる秋のゆふへとなにちきりけん　二二七

なかめわひいくよになりぬかたしきのこほるたもとに月をやとして　二二八

ゆめにたにみゆるはみえすふゆのよのなかきおもひのとこの山かせ　二二九

おもひねのゆめをうつゝのあらましもなをさためなくふくあらしかな　二三〇

やまかせにさそはれいつるしら雲のそこはかとなく思ひきゆらん　二三一

いのちたにあらはあふよとたのみてもうきよにめくるほとそかなしき　二三二

雑　十五首

みや河の白ゆふなみのはなかつらかけてたのめしちきりわするな　二三三

さととをきこけのいはゝしふみならしいくよになりぬしゐしはのとこ　二三四

二三五 ありしよのふなきはしらすとふさたつ（ママ）あしから山はむかしなるらん

二三六 あめとなり雲となりても身にそはぬひとのうきよもいつまてかみん

二三七 やまさとは世のうきよりはとおもひしはさてもこゝろにまかせさりけり

二三八 うきよとはおもひし物をみよしのゝいはのかけみちあとたにもなし

二三九 うしとても心ひとつをいかにしてすてられぬ身をなをいとふらん

二四〇 つれなさのこゝろのほともしられつゝうきにたえたる身こそつらけれ

二四一 なかきよにはれぬおもひのかなしきは月のゆくゑをなかめてそしる

二四二 はれくもり月すむよはのむらくもはさためなきよをみするなりけり

二四三 そてのうへにかはらぬ月のかはるかなありしむかしのかけをこひつゝ

二四四 うれへてもなきてもいはんともゝかなこたへぬ月になかめわひぬる

二四五 （新勅撰）なみたもてたれかをりけんからころもたちてもゐてもぬるゝそてかな

二四六 つゆのみのいのちはかきりありけれはきえぬといひてとしもへにけり

二四七 にしへをくる心のはてのしるへせようきよをあきのみねのまつかせ

詠百首和哥

沙彌如願上

春

をとはやまけさこえくれははるかすみわれよりさきにはやたちにけり　二四八
こほりゐしかけひのみつそおちくなるいはまや春のみちとなるらん　二四九
ふりにけるこれやなにはのみをつくしはるのしるしにたつかすみかな　二五〇
おく山になをふるゆきのむらきえてした草あをきはるはきにけり　二五一
あまをふねはつせの河のうすこほりとくれはむすふあをやきのいと　二五二
くれなゐにさくやむめかえあしひきのやまさへてりてにほふころかな　二五三

二五四 よしのかはかすみのまよりうちいつるなみのはなをはとふひともなし
二五五 しらくもはたちまかへとも山さくらさかぬかきりはとふひともなし
二五六 かくれぬのはつせの山のさくらはないさよふくもとさきにけらしも
二五七 ちはやふるさくらの宮にいのりをかんはなになれこしむかしわするな
二五八 これやこのよしのゝみやの山さくらはなさきぬれはくものかけはし
二五九 山さくら花にいのちをかへてみんうきゝつたひのいはのかけみち
二六〇 よしの山はなにいくよをちきるらんまたかへりこん春はしらねと
二六一 おいぬれとまたもことしにあひにけりはなはいくよのよる(はカイ)かへぬらん
二六二 なにゆへにはなをあはれとおもひそめてこゝろのいろをひとにみすらん
二六三 おしむへきひとこそなけれ山ふかみうつろふはなにみをたくへても
二六四 はれくもるこゝろをよもにつくすかな花ちるころの山のはの月
二六五 春ふかくなりにけらしなあらをたのそろひかしたにかはつなくなり
二六六 とへかしな春のくれゆくをりにこそもののあはれもあるへかゝりけれ

夏

ちるはなのしたゆくみつのせをはやみはやくもなつになりにけるかな　二六七

あはれてふことをあまたのさくらはなはるにをくるゝいろそまれなる　二六八

をなしくはよしのゝ山のほとゝきす花ちるころになかましものを　二六九

きゝなれしこゑはさなからほとゝきすいくらのとしかなかんとすらん　二七〇

夏のよの月まつやまの郭公なきふるしてもめつらしきかな　二七一

いつまてかあやめのくさのねになきてなみたのたまをそてにかくへき　二七二

さみたれはあせのつたひち水こえて人めまれなるをやまたのいほ　二七三

ほたるとふなにはのうらのあまをふねよそのおもひにこかれてそゆく　二七四

うきことにきえもはてなてかやり火のなをきみかよをしたこかれつゝ　二七五

さをしかもなかぬ夏のゝしらつゆはなにのなみたのをくにかあらん　二七六

とふひともあとふみつけぬしものゝ上に夏をわすれてすめる月かな　二七七

なつのよの月のひかりのすむまゝにともなひいつるやまかはのみつ 二七八

しらせはやみしおもかけに袖ぬれてなれしいつみはわきかへるとも 二七九

みな月もうへさえけらししらたへのゆきよりいつるふしのあら河 二八〇

なにとなくまちこそわたれみそきしていのるみをやのかものかはなみ 二八一

秋

あまのとのあけんとすれはしろたへのそてにふきまくあきのはつかせ 二八二

續古今 いくとせのなみたのつゆにしほれきぬころもふきほせあきのはつ風 二八三

あききぬとこゝろをひとにつけそめてよものこのはに風そよくなり 二八四

つゆふかきやまたのそを（マヽ）つあきくれはまたきあさちのいろそうつろふ 二八五

なくかりのなみたはしらすはきのうへにつゆをきそふるあきのゆふくれ 二八六

あつさゆみひきのゝつらゝあきくれはこゝしけきまてをしかなくなり 二八七

もとあらのはきのにしきのぬきをうすみ鹿のたちともまとをにそなく 二八八

〽おきつなみのしまをかけてすむ月にたまゝくゝすのうらかせそふく　二八九

すみわひぬたのめしやまもあきの月ものおもふことのかきりなけれは　二九〇

すむもうくゝもるもつらしあきの月いかになかめていかにしのはん　二九一

しをりせてわくるみやまのおくまてもかはらぬものはあきのよの月　二九二

たちまよふ雲をはかせにはらはせてわかあきかほにすめる月かな　二九三

月にこそあくかれいてしをはすてのやまのはてらすあきのもみち葉　二九四

〽おほゐかはくたすあらしのやまかせにもみちのみふね月そいさよふ　二九五

身をあきのあらしのかせにさそはれてやともさためすゆくこの葉かな　二九六

〽まきなかすにふのかはきり立にけりそまやまひとのみちまとふまて　二九七

なかつきもくるれはやすきあきそとてきくのしらつゆをきゐてそ見る　二九八

こそのあきくれぬとおもひしなか月のまたもわかみ(本ノマゝ)めくりあひぬる　二九九

袖の上にをきそふつゆのたまゆらになみたとまらぬあきのくれかな　三〇〇

冬

からにしきあきはしくれにそめをきてこけのむしろにたゝむやまかせ　三〇一
ふくかせのさゆるしもよのさゝのはのさやくにつけてふゆはきにけり　三〇二
＼くさの原つゆのやとりはかれはてゝそらにそすめるふゆのよの月　三〇三
やまさとのきりのおち葉にすむ月のかけさためなくふくあらしかな　三〇四
ちりつもるこのはのしたのうもれみつたえ〳〵こほるふゆのあけほの　三〇五
ふゆまてはこほりのなみとふかけれはみふねつなかぬしかのおほわた　三〇六
きよみかたみちくるしほのほともなくくるゝなみちに千鳥なくなり　三〇七
＼よしのやまさひしきふゆのこすゑ哉いつくに花のいろのこるらん　三〇八
おくやまにふかきなけきをこりつみてかせにまかするよはのすみかま　三〇九
けさよりははつゆきしろきをかのへやあきにかへらぬくすのうらかせ　三一〇
いとはやもふりくるゆきかしらとりのさきさかやまのふゆのあけはの　三一一

〈續古今中書
ふるゆきのした〻くけふりたちまよひいと〻さひしきふゆのやまもと　三一二

きえわひてうき名もしらぬしらゆきはよにふるみちをなをやうつまん　三一三

うきことにおもひきえなてふるゆきのいかてかとしのかすつもるらん　三一四

はかなくもなにをしむらんゆくとしのと〻まらなくにせくなみたかな　三一五

戀

いはぬまはこほりのしたのうもれみつゆくゑもしらぬねをのみそなく　三一六

お〈ちつもるにはのもみちにふるしものしたこかれてもぬる〻そてかな　三一七

わかこひはかすみのうちのやまさくらおほつかなくてすくるころかな　三一八

やまとりのさすをのす〻きうちなひきおもふこ〻ろはきみによりにき　三一九

をみのうらのたまものすそにみつしほのひるまはかりのほとたにもなし　三二〇

あはんとはちきりし物をおほしさ（まか）のうらのよそなるうつせかひかな　三二一

おほよとのまつはまつともあらさりきうらのみるめをかるとせしまに　三二二

なかきよもまつとしすれはあけにけりたかいつはりのやまのはの月　三二三
ひさかたの月ゆへひとをたのめをきてうはのそらにもなるこゝろかな　三二四
身にちかくきにけるあきをはかなくもおきのうはゝこおもひけるかな　三二五
あらしふくあさちかすへにをくつゆのかゝらんものとたのめやはせし　三二六
わかそてのよそにそきゝしあさち原しくるゝころはいろかはるとも　三二七
たのめつゝさてさはひとのわかれなはくもゐのかりのなきやわたらん　三二八
いもせ山よしのゝ河のよしやともおもはぬなかはたゆるものかは　三二九
ゆつるはのみ井のうへなるとりよりもわれそまさりてなきわたりける　三三〇

雑

ちはやふるうちとのみやのやへさかきぬさとりしてゝなをいのるかな　三三一
ひさかたのくもゐをさしてゆくたつ(マヽ)あまのかはらにいまそなくなる　三三二
むやゐするふなひといかにさはくらんみなとあらしのさむきよはかな　三三三

やまかせの日ことにふけはまきもくのひはらのこすゑうらかれにけり　三三四
なにこともよをいとふにはたよりありてふかきやまにそすむへかりける　三三五
たかのやましきみのえたをたをらすはなにをほとけのたむけにかせむ　三三六
しきしまやゝまともろこしかけておもふよはのねさめにとしそふりぬる　三三七
あふきみしわかおほきみのふるさとのあれまくおしみこひつゝそをる　三三八
しつたまきかすにもあらぬみなれともつかへしみちはわすれしもせす　三三九
かせをまつほともはかなししらつゆのたまぬきかくるさゝかにのいと　三四〇
いのちとてたのむにかたきものなれときえてなかるゝみつのあはかな　三四一
はかなくもけふのいのちをありかほにあすしらぬみをなになけくらん　三四二
みし人をさなからゆめになしはてゝのこるうつゝもさむるよそなき　三四三
月みてそよのことはりもしられぬるにこれるみつにすまぬこゝろは　三四四
いつかまたをなしかけみんおとこやまあふきしみねの月の光に　三四五

如願法師集　上《マヽ》

（以資經卿筆古本書寫之）

如願法師集（中）

春　詞

建仁元年春比二條前宰相雅經少將と申
し時ともなひて百首歌よみ侍し時春
たつ心を

しもかれのふゆ野にたてしけむりよりかすみそめたるはるのあけほの　三四六

建保三年六月二日和哥所御哥合　春山
朝

おほかたの春のひかりのゝとけきにかすみにあくるあまのかくやま　三四七

㝡勝四天王院御障子のゑにあふさか
かける所

あふさかやかすみもやらぬすきのはのしたつゆこほるあけほのゝそら 三四八

水無瀬殿にて和哥御會侍し時　霞を

みなせやまみねのこまつのあさかすみいくちよこめてたちわたるらん 三四九

五人に廿首哥めして百首にかきなさ
れし時の春哥

わかなつむそてのこほりのあさかすみ雪まをわけて春もきにけり 三五〇

としのあけていつかとまちしわかやとのさくらか枝にはるさめそふる 三五一

元久元年六月和哥所にて詩哥合せ
られ侍し時水郷春望といふ事を

ゆふつくよしほみちくらしなにはえのあしのわか葉をこゆるしらなみ 三五二

なかむれはそてにかかれりはるのよのおほろ月よのすまのうらなみ 三五三

㝡勝四天王院御障子のゑになにはの
のうらかきたるところを

あし火たくけふりもかすむなにはえのうらむとすれはしのゝめのつき　三五四

建仁二年二月十日影供御哥合に　海邊霞

あはちしままつはもとよりおなし色のみとりもふかきはるかすみかな　三五五

或所の和歌會に　遠村霞

すみよしのとをさとを野の名もしるくさかひはるかにたつかすみかな　三五六

人の哥こひ侍しとき　海邊春望

しほかまのうらのもしほのゆふけふりたきすさみてもたつかすみかな　三五七

八幡若宮哥合に　山家鶯

やまさとになをすみわふとことすてよみやこへいつる春のうくひす　三五八

同題の心を

とやまには雪ふるらめやうくひすのなけともいまたとふひともなし　三五九

建仁二年二月十三日當座御哥合に　雪

中聞鶯

三六〇 はるくれはそてもまかきもしろたへのあまきるゆきにうくひすそなく

嘉祿三年正月三井寺にて人々哥よみ侍しとき山家鶯を

三六一 はるきても身をうくひすのたにのとはあくるもしらぬねをのみそなく

湖上夕霞

三六二 さゝなみやみをのかみすきゆふかけてかすみもとをくはるやへぬらん

古寺殘雪

三六三 かけろふのもゆるはるひのひのをやまけにもつれなくのこるしらゆき

殘雪を

三六四 をかへなるまつの葉しろきあはゆきはかすみのうちのひかりとそなる

隣家夜梅

三六五 春のよは人そとめくるわかやとにあらぬかきねのむめのにほひを

建仁二年土御門内大臣家にて梅花薫

曉袖といふことを

むめかゝをそてにうつしてはるのよのみしかきよはをあかしかねつゝ　三六六

雪中梅

うちはらふそてもぬれてそかほりゆくむめさく山のけさのあはゆき　三六七

伊勢守清定當座哥よみ侍しとき　月

前梅花

このもとはふるしらゆきのけぬかうへにやとれる月もむめかゝそする　三六八

寛喜三年正月四日檢非違使友景六位
尉にて侍し時寄梅花祝といふ事を當座
によみ侍し時

君かためあけのころものいろにいてゝやとにまつさくむめのはつはな　三六九

行路柳

われのみやさてもふりなむみちのへのくち木のやなきはるめきにけり　三七〇

嘉禎二年春前太政大臣家御會に　庭柳

庭のおもにいともてぬけるたまやなきつゆのひかりもくもらさりけり　三七一

嘉祿二年二月十一日前宰相中將信成

北野にて人々に哥よませ侍し時　春待花

わかやとのさくらかえたのはるのくもいまいくかありて人たつねけん　三七二

或所にて花をまつこゝろを

いたつらにゆきてそきぬるさくらはなさかぬくもゐもみまくほしさに　三七三

正治三年正月晦日當座御會に　山路花

よそめにはふかきかすみをわけすきて花になりゆくみよしのゝやま　三七四

朝遠舟

あけわたるなみちのすゑをなかむれはかすみにうかふあまのつりふね　三七五

山路霞

くれはまた月をまつへきやまちかは春のかすみのいくへともなく(き)　三七六

建仁二年二月十三日當座御哥合に暮山

見花

ゆふつくよ花にいさよふはるはまたこゝろつくしのみよしのゝやま　三七七

眞昭法師當座哥よみ侍しとき　夕春雨

しつたまきゆふはたくものたてぬきにあやをゝりみたるはるさめの空　三七八

日吉社會に尋山花

雲の井るやまはいつくのやまさくらわけてもわくるはるのおくかな　三七九

歸鴈曉

つれもなきとこよのかりのわかれまておもへはつらきあか月のそら　三八〇

寛喜二年春哥よみ侍しとき歸鴈を

くもゐまていかにちきりし（本虫損）るらんはるとゝもにもかへるかりかね　三八一

あまのはらかすみとひわけゆくかりのほのかにみせんことつてもかな　三八二

嘉禎三年日吉社會に曉歸鴈を

月かけのありあけのやまのよそにのみつれなくかへるはるのかりかね　三八三

建保五年四月十四日庚申夜和哥所にて
詩哥めし侍し時春夜といふことを

さきにけるたかまとやまのさくらはな月のひかりにゝほふはるかせ　三八四

建仁三年二月廿四日大内花みんとて雲客
あまたいさなはれし時ちりかたの花
おもしろく侍しを

はるのかせにほひはそてにふきとめよ花はつねなきならひなりとも　三八五

この哥ともを講侍しとき女房の中
よりよみていたし侍し

とかむなよなこそくもゐのさくらはなおき《ら》てかへらんにほひならねは　〔三八六〕

をの〳〵返事し侍しかは

さくら花かせにいとへるこゝろにはを《(お)》れともえこそいはれさりけれ　三八六

これをきこしめして又つきの日御幸侍
し時哥たてまつるへきよしおほせ有しかは

さきにほふおほうちやまのさくらはなけふにゐはんとおもひけるかな 三八七

建仁元年二條前宰相雅經少將と申し
時ともなひて百首哥よみ侍し

こそゆきにかはらすなからにほふなりみねたちならす花のしらくも 三八八

ゆく人もたちとまるへくにほはなんさくらふきまくはるのやまかせ 三八九

たかさとのはなのこすゑにいとふらんなをふきすきぬしかのやまかせ 三九〇

八幡若宮哥合にはるを

花かとよをはつせやまのはるのくももりいつる月のかけのにほへる 三九一

花そとはかせのにほひにしりにしをまたゝちまよふみよしのゝ雲 三九二

花哥よみ侍し時

はなとたにおもはさりせはよしのやまとふへきみねのくものいろかは 三九三

わくらはのはなのたよりのやまさとはおなしみやこのともゝすみけり(虫損)　三九四

建仁三年四月久我前太政大臣家三位中將と　二(虫損)
申し時の十首の哥合に山家春の心を

たのめをきしみやこの人はまてとこす花のにはとふはるのやまかせ　三九五

嘉禎二年遠所八十番御哥合に山櫻を

身にかへておもふもくるしさくらはなさかぬみやまのやともとめてん　三九六

同三年又十首哥めされ侍しとき名所花を

名にしをはゝまきのをやまのやまさくら花もときはの色にさかなん　三九七

野春雨

みゆきせしのをなつかしみ春雨のふるにつけてもぬるゝそてかな　三九八

賀茂社御哥合とて哥めし侍し時　暮
山春雨

はるさめにぬれたる花のしほれてもかへるはつらき山のゆふくれ　三九九

羇中夕花といふ事を

ゆふつくひくるゝかたのゝさくらかり花にやとかるあまのかはかせ　四〇〇

嘉祿三年三月廿日前太政大臣家影供

御會哥に竹間霞

たちまよふみとりはおなしいろなから竹の葉うつむ夕かすみかな　四〇一

池邊花

さくらさくやとはひかりやますかゝみ花もてみかくはるのいけみつ　四〇一

寛喜三年三月十七日前太政大臣家内大臣

と申しときの當座花の御會に三首

ゆくすゑもとをやまさくらうつしうへ（ママ）てみれともあかぬはなの色かな　四〇三

とかむなよにほひにもるゝ人もあら（虫損）しはなのひもとくはるのゆふくれ　四〇四

にはにちる花のかゝみのいけみつはそこさへはるのいろそうつろふ　四〇五

人の哥こひ侍し時花を

花のいろにそめかへしたるさくらあさの衣のそてにゝほふはるかせ　四〇六

法勝寺やへさくらみに人々まかりし
時さそはれて池邊にて月前花を

久方の月はゝれゆくやまかせにさくらにくもるはるのいけみつ　四〇七

嘉祿二年三月盡に人々當座十首
哥よみ侍しとき春雨を

これまてもたのむかけなくなりにけり花にしほるゝあめのゆふくれ　四〇八

嘉祿三年三月或所の和歌會に　雨中花

まつ人もとはてほとふる花の色になをしほれゆくあめのゆふくれ　四〇九

故郷花

ふるさとのをい木のさくらをのれまてむかしの春のいろやこひしき　四一〇

月前花

雪とふるさくらもしろきそてのうへにおほろ月夜はなをのみそきく（虫損）　四一一

はるの哥よみ侍しとき

〽あまのはらはるかにかすむくもまより(虫損)秋まちわたるかさゝきのはし　四二二

はるかすみうへのゝはらをこめつれはそれともみえぬさやのなかやま　四二三

いなふねのつなてもしらすもかみ河はるはかすみにたなひかれつゝ　四二四

嘉禎三年日吉社會に　湖上霞を

〽春かすみみしよをよそにへたてゝもむかしなからのしかのうらなみ　四二五

正治二年二月八日和歌所當座御會に　霞

隔山雲

やまのはにあさゐる雲をたちこめてふかくもみゆるはるかすみかな　四二六

尋花問主

さくら花にほはぬやとのかけならはなにをたよりに人はとはまし　四二七

旅泊春曙

あけわたるゆらのみなとやかすむらんくもにこきいるあまのつりふね　四二八

或所會に　故郷花

（新勅撰）すむ人もあはれいくよのふるさとにあれまくしらぬ花のいろかな　四一九

鴨社御哥合に　湖邊夕花

とまやかたゆふへのなみにそてぬれて花こそかほれしかのからさき　四二〇

五人廿首哥めして百首にかきなされし

ときの春哥

はるさめにうつろふ花のつゆにさへあかぬこゝろの色やそふらん　四二一

たちまよふくもより月をさそひいててはなにのこれるはるのやまかせ　四二二

やまかせにさくらふきまきゆくはるのしはしやすらふたにのしたみち　四二三

嘉禎二年前太政大臣家御會に山路衣

かつらきやくめちのあらしなかそらにわたしもはてぬ花のかけはし　四二四

山家にて花の哥よみ侍し時

ゆく人のたよりもしらぬいはのうへにかせにまかせてみるさくらかな　四二五

嘉祿三年三月盡に平朝時かもとより

櫻の花につけて

うらみしなたかなかたらんさくらはなとはれぬまゝにはるもくれなは　〔四二六〕

返　事

くれにけり人のこゝろのはなさくらとはれぬまゝのうらみせしまに　四二六

秉直宿彌當座哥よみ侍しとき　瀧邊

花を

よしの河むすひとゝむる春もかな花ぬきちらすたきのしらいと　四二七

人々當座哥よみ侍し時　水上落花

よし野河みつのこゝろにさそはれてうたてしほるゝはなのいろかな　四二八

款冬を

くちなしの千入のいろ　はそ歟虫損　はねともこゝろにあかぬやまふきのはな　四二九

暮春藤花

むらさきにさけるふちなみたちかへりはるのゆかりとあすやなかめん　四三〇

三月盡の心を

くれてゆくはるのみなとのかたみにはあとなきなみのはなやのこらん　四三一

つねよりもなどこのくれをなけくらんことしのみやははるにわかれし　四三二

夏　詞

或所會に隣家卯花を

とふ人もわきやかぬらんやまさとのかきねへたてぬにはのうのはな　四三三

故郷卯花

ふりにけるかきほあれゆくほと見えてまはらにさけるやとのうのはな　四三四

熊野にまいり侍し時あへ野にて草かり侍しを見てよめる

うなひこかよこてになきしなつ草のしのふはかりにのはなりにけり　四三五

入道民部卿定家草合の哥にまこもをとりてよめる

我しめしたまえのまこもかるとすれはなそあやにくにつゆこほるらむ　四三六

建保二年四月十四日庚申夜和哥所にて

詩哥めしける時　夏曉を
かたみとはやまほとゝきすまちゐかすこゝろのほかの月はみるへき　四三七
或所會に郭公哥よみ侍し時
わかやとにさとなれそむるほとゝきすいまそむかしのはつねともきく　四三八
杜間郭公
おなしくはしはしやすらへほとゝきすなきていくたのもりのしたみち　四三九
關路郭公
鳥のねはまたよふかきにほとゝきすをのれなきてもせきちこえけり　四四〇
曉郭公
みやこへとなにいそくらん郭公ゐか月かけて山ちいつなり　四四一
山家にて哥よみ侍しとき郭公を
このほとはみなみやこへといてはてゝみやまにうときほとゝきすかな　四四二
日吉社會に夕郭公

神かきにゆふとりしてゝゆふくれのやまほとゝきすやまになくなり　四四三

寛喜二年五月に前太政大臣家御會に

山家郭公

やまかつのそと(ほカ)もにかこふならしはのしはしなくさむほとゝきすかな　四四四

野五月雨

さみたれのふるのゝをさゝみつこえてあきまつしかのふしとたになし　四四五

嘉禎三年夏遠所へ十首哥めし侍し

時　江昌蒲を

みさひゐるふるき入江のあやめくさひく人もなきねこそなかるれ　四四六

山家にて盧橘を

いろもかもおもひすつへきやまさとにむかしをしのふにはのたちはな　四四七

八幡にて和哥會し侍しとき霍公を

むらさめののきになみたはあらはれてくもかくれなくほとゝきすかな　四四八

鳥羽殿影供哥合に　曉聞郭公

さ月やまをりはへてなけほとゝきすなつもふけゆくあり明のそら　四四九

和哥所御哥合に　夕早苗

さなへとるやまたのくろのゆふすゝみあらぬさまにや秋をまつらん　四五〇

建保三年六月二日和歌所御哥合に　夕早苗

さなへとるをかへのをたのさとゝをみかへさは人のみちまとふらん　四五一

承元二年五月十七日賀茂橋本哥會に

山家五月雨

さらぬたにこけのいはゝしふりにしをまと(た一本)あとたゆるさみたれのころ　四五二

日吉社會に浦夏月

せみのはのうすきころものうらかせにあまてる月のかけそすゝしき　四五三

嘉禎二年九月十三夜に源大納言家

通方石清水哥合に　夏涼月を

なかむれはなつこそさらにわすらるなれ月のもりくる山の井のみつ 四五四

和哥所にて松下夏月

月のもるまつよやふけしなつころもうすきたもとにつゆをもるまて（しカイ） 四五五

寛喜元年六月前太政大臣家和哥御會

に朝夏草

夏〵くさのつゆわけわひしあしたよりこけのころもはかはくまもなし 四五六

夏向泉

ゆふつくひもりくるしみつせきためてなつをはよそのものとみるかな 四五七

或所にて河夏といふ事を

むすふてにまたそてぬれぬやまふきの花にせかれしゐてのしからみ 四五八

日吉社御哥合に夏松を

みちのへやたちよるまつのゆふすゝみまたいつかはとちきるたひひと 四五九

河上夏月

きふね河みつのしらなみたちかへりたまちる月にあきやきぬらん　四六〇

建仁元年六月廿二日小御所御哥合に

水風暮涼

わかやとはたきついはねをのきはにて松風すゝし日くらしのこゑ　四六一

小御所にて當座御哥合に野邊螢を

夏ふかみ野さはのみつにとふほたるくさの葉かくれあきやきぬらん　四六二

夏哥よみ侍しとき浦螢を

〈續拾遺〉うつもれぬこれやなにはのたまかしはもにあらはれてとふほたるかな　四六三

建仁元年六月晦日當座御哥合に　山家涼風

月かけのさすともしらぬまきのとをよすからたゝくにはのまつかせ　四六四

六月祓

みそきするつもりのうらの浦風に秋かけてふくなみのしらゆふ　四六五

二條前宰相雅經少將と申し時哥よみ

侍しに

みそきかはかはせのなみもたちかへりあきやきぬらんみちしはのつゆ　四六六

秋哥

寂勝四天王院御障子繪にたかさこか
ける所を

新古今
ふくかせのいろこそみえねたかさこのおのへのまつに秋はきにけり　四六七

松尾社御哥合に　初秋風

夏くさのつゆわけころもそれなからかはらぬそてに秋風そふく　四六八

五人廿首哥めして百首にかきなされし
ときのあきの歌

よそにきくわかそてよりそつゆはちるあらぬあきとふおきのうはかせ　四六九

嘉禎二年七月遠所八十番御哥合に　萩
露を

しらつゆのたまぬきみたるはきかえになみたかすそふあきのゆふくれ　四七〇

五人に廿首めして百首にかきなされ
しときの秋哥

月のもるねさめのとこのあきをたにしはしもまたぬかせのをとかな　四七一

月すめはなかめもあへぬあきのよをぬれはや人のなかしといふらん　四七二

くもるとてねなましよはの月かけをそてにのこしてゆくあらしかな　四七三

いとふてふ名にやのこらむひさかたの月やとるそてのつゆをはらはゝ　四七四

はつかりのつはさにかゝるしらくものふかき峯よりいつる月かけ　四七五

新勅撰
月になくかりのはかせのさゆるよにしもをかさねてうつころもかな　四七六

人々當座哥よみ侍しとき深夜鴈

あきかせのふけゆく月を待ちいてゝいまそなくなるはつかりのこゑ　四七七

和哥所當座御會に　海邊鴈

なにはかたしほかせさむきあけかたにころもかりかねそらになくなり　四七八

熊野御幸に秋哥めし侍しとき曉鴈を

あしひきの山とひこゆるはつかりのはつかにのこるありあけの月 四七九

卿相侍臣御哥合に　羇中暮

新古今
草まくらゆふへのうらをひとゝはゝなきてもつけよはつかりの聲 四八〇

粟田口若宮御會に月前旅鴈

たひのそらくもゐはるかにゆくかりのこゑまてさゆるあきのよの月 四八一

建永元年七月廿五日和哥所當座御哥合
に月前鴈

しのゝめのあらしをわけてゆくかりのつはさの霜に月やさゆらん 四八二

田家鹿

わかやとはいなはふきこすあきかせにみやまのしかのこゑかよふなり 四八三

嘉禎二年遠所八十番御哥合に　夜鹿

をやまたにかせのふきしくいなむしろよるなくしかのふしとなりけり 四八四

㝡勝四天王院御障子繪にさらしなかき

たる所を
さらしなや月ふくゐらしゆめにたにまたみぬ山にしかそなくなる　四八五
嘉禎二年十月十二日聖護院宮御會に
月前聞鹿
さをしかのこゑふきおろす山風にそらさえわたるゐきのよの月　四八六
宇治殿御幸時當座御會に野露
さゝわくる野はらのつゆやいとはましさらてはぬれぬたもとなりせは　四八七
承元四年九月十日小御所にて當座御
會侍しとき旅宿聞虫
つゆふかき野へのゐきはきひきむすふねやはさなからまつむしのこゑ　四八八
和歌所にて　田家秋風
いほむすふふしみのをたのいなむしろつゆをくとこをはらふゐきかせ　四八九
建仁元年二條前宰相雅經少將と申侍

し時の百首に

大かたのあきをつらしとうらみてもこゝろのほかのそてのつゆかは　四九〇

藤原時朝哥こひ侍しかは　庭草露を

ふみわけてたれかはとはんよもきふのにはもまかきもあきのしらつゆ　四九一

秋哥めし侍し時　山月を

新古今 あしひきの山ちのこけのつゆのうへにねさめよふかき月をみるかな　四九二

水無瀬殿御會に月を

さむしろのとこのやまかせ身にしみてころもてうすき月をみるかな　四九三

建仁元年九月十二日和哥所當座御哥合に

遠山暮風

あらしふくをちのたかねに雲きえてほの〳〵見ゆるみか月のかけ　四九四

和歌所御會に　山家槿花

山かつのかきをにかけるあさかほのとはれぬへきをとふひとのなき　四九五

月前松風

あきの月こはれてふくるかけみれはのきはの松に風そうらむる　四九六

寂勝四天王院御障子繪に明石浦かけるところを

あかしかたくもをへたてゝゆくふねのまつらむ月にあきかせそふく　四九七

卿相侍臣御哥合に　河邊月

新古今
あかしかたいろなきひとのそてをみよすゝろに月もやとるものかは　四九八

建仁元年八月十五夜御會に　月多秋友

きみならてたれかなかめん月かけのやちよのあきのゆくすゑのそら　四九九

深山曉月

まきのともさひしかるへきあきそかしみやまの月のありあけのころ　五〇〇

野月露涼

おきはらやつゆを秋かせふくからにたもとをならすありあけの月　五〇一

田家見月

わさたもるとこのあきかせふきそめてかりねさひしき月をみるかな　五〇二

河月似氷

むらさめの雲まもりくる月かけのやとれはこほるたに河のみつ　五〇三

建保二年母身まかりしあき和
歌所の清撰御哥合に

續拾遺
ものおもふあきはいかなるあきならんあらしも月もかはるものかは　五〇四

たけのはゝふるきまかきにをとつれてきりふきはらふまとの月かけ　五〇五

しをりしてならひにけりなさと人のかへるやまちにいつる月かけ　五〇六

草のいほあらしにゆめはたえにしをおとろくほとにすめる月かな　五〇七

思かね月みてすこしよはゝありとあきのほかにはやとやなからん　五〇八

栗田口若宮御會に明月家々といふ事を

野もやまもおなしひかりのあきの月すむ人からやいろまさるらん　五〇九

建仁三年後久我前太政大臣二位中將
と申しとき彼家十首哥合に
あれまさるなみのよる〳〵月さえて秋かせさむしいせのはまおき　五一〇
建仁元年八月三日影供御哥合に　關路
秋風
をとは山みねの木のはやかはるらんせきちすゝしきあきかせそふく　五一一
虫處々といふことを
いつくをかわきてもとはんむさしのやくさむらことにまつむしそなく　五一二
嘉禎四年七月粟田口若宮御會に夜
嘉祿三年九月十三夜に深草里にまう
てきて月おもしろしとて人々哥よ
み侍し時　旅宿月
おもふとち風にこのはのさそはれてくらせるさともあきのよの月　五一三

秋明月

なかめつゝ何にたとへんかたもなし雲なきそらの秋の夜の月　五一四

嘉禎二年九月十三夜源大納言家通方石清
水哥合に　秋明月

あまの河月のみかけのさすまゝにこほりにわたすかさゝきのはし　五一五

或所哥合に深夜月

あき風にさそはれきゆるしらくもはふけゆく月のひかりとそなる　五一六

海邊月

いせしまやうらよりをちにやくしほのけふりもすめるあきのよの月　五一七

賀茂御幸の時人々當座哥よみ侍し時
曉月を

かたしきのころもてうすきやまかせにありあけかたのそらそさむけき　五一八

建仁元年二條宰相少將と申し時ともなひて

哥よみ侍し

五一九 みなれさほさすやかはせのいかたしはなみにいくよの月を見るらん

五二〇 もの丶ふのやそうち人のうつころもひとりふしみのねさめにそきく

建保六年八月廿七日水無瀬殿哥御會侍
し時

五二一 にはのおきのなかはゝしもやむすふらんすゑこすかせによはるまつむし

五二二 いたつらにわかよはひのみたけくまのまつもつれなくゐきかせそふく

和哥所六番御哥合に

五二三 風のをともゐきはかなしき色そゝふおなしそてなる月のひかりに

五二四 いり日さすむかひのをかのならのは(の)共ニマ、にまはらになれは風そみにしむ

正治二年二月八日和哥所當座御會に　野

亭秋夕

五二五 むさしのや草のいほりもまはらにてころもてさむしゐきのゆふくれ

和哥所御哥合に　湖邊秋月

あきのよのあはれはしるやしかのあまのつりするそてにやとる月かけ　五二六

嘉禎三年遠所へ十首哥めし侍し時　湖上月

にほのうみやあらしに月をみかゝせてかゝみの山をいつる月かけ　五二七

山紅葉

たれとなきしをりはかりをしるへにてふかきやまちのもみちをそみる　五二八

熊野御幸の時秋の哥めし侍しに

したもみちうつろひゆけはたまほこのみちのやまかせさむく吹らん　五二九

新古今　おく山の木の葉のおつるやまかせにたえ〳〵みねの雲そのこれる　五三〇

新古今　月すめはよものうきくもそらにきえてみやまかくれにゆくあらしかな　五三一

續後拾遺　ひさかたの月かけさむししろたへのそてにまかへるしもやをくらん　五三二

つまこふるしかそなくなるあきかせにうつろふやまのゆふくれのそら　五三三

和哥所御會にもみちを

ゆふひさすをかのこの葉にふるしくれ秋のちしほのはしめなりけり　五三四

嘉禎元年九月に人々にさそはれて
法輪寺にまうて〻侍し時よめる

續後撰
むかしみしあらしの山にさそはれてこのはのさきにちるなみたかな　五三五

建保五年四月庚申夜和哥所にて
詩哥めし侍し時秋朝といふことを

朝日さすみねのもみちのあきの色うらかれわたるさをしかの聲　五三六

和哥所にて夕鹿といふ事を

ゆふ日さすをかのあさちはうらかれてとやまにうときさをしかのこゑ　五三七

㝡勝四天王院御障子にたつた山
かける所を

木のはちるあらしをいとふたつた山わけいるみねはしかそなくなる　五三八

五人に廿首哥めして百首にかきつかはれ

しときの秋哥

〽もみちはにたれちきりけん吹しほるあらしにつけてものおもへとは　五三九

やまさとはあきなくしかのなみたさへそてのよそにはむすはさりけり　五四〇

或所にて　故郷暮秋

まはきさくをの（お共ニアリ）へのみやのあれまくをまたあきさへにすてゝゆくらん　五四一

冬歌

和哥所の御哥合に　曉時雨

うきものとおもひなれたるあかつきのまくらにすくるはつしくれかな　五四二

冬の哥よみ侍しに　閑夜時雨

とふ人もよはのしくれとふりはてゝあれゆくやとのこけのさむしろ　五四三

嘉祿元年十月前宰相中將信成連哥の次に哥よみ侍し時　閑居時雨を

やまふかくなをいとへとてころもてのぬるゝかうへにふるしくれかな　五四四

建永元年春日社哥合に　紅葉を

新古今

やまさとのかせすさましきゆふくれの《にマヽ》このはみたれて物そかなしき　五四五

嘉禎三年遠所へ十首哥めし侍しに時雨を

しからきのとやまのもみちゝりはてゝさひしきみねにふるしくれかな　五四六

或所わかの會に　庭落葉

神無月おろすあらしのはけしきにはこそあきのみねのもみち葉　五四七

一院北面にて池上落葉を

もみちふく風はこすゑにをとたえてなみにいろあるひろさはのいけ　五四八

建保五年四月庚申夜和歌所にて詩哥

めし侍しとき冬夕を

草も木もしほれはてたるやまかせにゆふへの雲のいろそつれなき　五四九

鳥羽殿影供御哥合に　寒野冬月

みやきのゝはきのふるえにしもさえてかはらぬ月にあきそのこれる　五五〇

冬哥よみ侍しとき

ふゆの月ひとりそすめるまきのやのつまふくかせのさむきしもよに　五五一

嘉禎元年十二月廿日平朝直かもとにて

當座哥よみ侍しとき　冬山月

このほとはみやまのあらしふきしほりしもよの月のかけそさえゆく　五五二

嘉禎二年九月源大納言家通方石清水

哥合に　冬冴月

あられふりいやかたまれるにはのおもをたまにみかけるふゆのよの月　五五三

日吉御哥合に　冬松を

我やとの木の葉はゆきにふりかへてまつにのみふく山おろしのかせ　五五四

冬哥よみ侍しに

いまはとてやとをたつぬる雪の中にさやまかすそとたつけふりかな　五五五

二条前宰相少将とて侍し時かものはし

もとの哥合に　河上千鳥を

冬河のかはかせさむみつらゝゐてあさせしらなみちとりなくなり　五五六

冣勝四天王院御障子繪に千鳥なくを

きく人あるところを

ちとりなく有明かたの河かせにころもてさゆるうちのはしひめ　五五七

新古今
かせふけはよそになるみのかたおもひおもはぬなみになくちとりかな　五五八

海邊千鳥を

きよみかたひとりなりともはまちとりなく〳〵おかすうらなわすれそ　五五九

御熊野詣に住吉に御幸なりて哥
よませさせ給し時曉浦に千鳥をきく
といふとを

ちとりなくなみまに月はかたふきてうら風さむしすみよしの松　五六〇

北面哥合に　江邊寒蘆

ふゆふかみたまえのあしの風さえてなひくしたは〻つら〻ゐにけり　五六一

冬哥よみ侍しとき　水鳥を

いけみつのなかしかよひちとちはて〻こほりのうへにをしそなくなる　五六二

よしのなるなつみのかはの《にマ、》ゐるかもの《もマ、》けさはこほりのとこになくなり　五六三

水無瀬殿にて冬月の哥めし侍しとき

〈續拾遺〉いたつらにとしもくれぬとのへもるそてのこほりに月をかさねて　五六四

建仁元年十二月石清水御哥合に　月前雪

いてぬまもひかりをやとすそてのうへ《にはのゆき》になかはたけゆく有曙の月　五六五

或所にて山家雪を

はるはまつとはれし物をやまふかみゆきふりにける身こそつらけれ　五六六

人の許より年のくれを〻しむ哥こひ侍しに

くれてゆくとしもいたくはやせかはなかれてとまるなみのまもかな　五六七

戀哥

建仁元年十二月二日影供御哥合に

初戀

ならはねはおもひもわかぬうたゝねのそてにはつゆのいつならひけん　五六八

同年八月三日和哥所御哥合に

初戀

人しれぬなみたに《はマヽ》けふそはつしくれいつしかそてのいろに出ける　五六九

同二年二月十日影供御哥合に

初戀

いしまゆく水のこゝろはしのへともはなれておつるそてのしらたま　五七〇

日吉社和哥會に　寄河戀

せくそてもしはしそたへしなみたかはいはきりとをしおもふ心は　五七一

建仁元年六月廿日當座御哥合に

久忍戀

としをふるいはての野へのしのすゝきしのふはかひのあらはこそあらめ　五七二

同年八月廿日影供御哥合に

依忍增戀

おくやまのいはねにをふるかきつはたしのへはくるしいろにいてなん　五七三

嘉禎二年遠所八十番御哥合に

忍戀

あしのやにきりたちまよふゆふけふりしたのおもひもみちやたえなん　五七四

久戀

續後撰
しらさりきをとにきゝこしみわ河のなかれて人にこひんものとは　五七五

建仁元年八月三日和歌所御哥合に

久戀

我戀はおもひそめてもひさかたのあまのかはきりいつかはるへき　五七六

戀哥よみ侍しとき

つれなくてさてや丶みなんときはやまいろにいてなは人もこそしれ　五七七

たきかはのいはもとゆすりゆくみつのをとにやこひんはやきこ丶ろを　五七八

よしの河せ（マいのなヽ）めらはみしかとも人のこ丶ろのおくそしられぬ　五七九

みなとかはいくしほあひにをくあみの人めをつ丶むこひもするかな　五八〇

きみとわれこ丶ろひとつをかはしまのまつよはあれといろにいてめや　五八一

しのひつ丶玉のをはかりあひみしをつらきこ丶ろのたえすもあるかな　五八二

やよしくれしのふるをやまけぬらんしたはいろつくころもてのもり　五八三

建仁元年八月廿五日北面哥合に

暮戀

新古今

もしほやくあまのいそやのゆふけふりたつなもくるしおもひたえなて　五八四

或所にて當座哥よみ侍しとき　戀哥

かへりてはなさけなき名そたちぬへきたかひにしのふこゝろつよさに　五八五

なくなみたやしほのころもそてひちてつゆやはふかきよもきふのやと　五八六

歌めし侍しとき　忍戀を

あきはきのしたはしほれてをくつゆのきえはゝつともいろにいてめや　五八七

せくそてにしのはゝさてもなくさまて色になるまてふるなみたかな　五八八

建仁元年後久我前太政大臣家二位中將

と申しとき十首哥合に戀心を

おもひあまりいろにはいかにいてにけんわか身うきたのもりのことの葉　五八九

或所和歌會に不逢戀

草も葉もした葉いろつくあきかせにいかてか人のつれなかるらん　五九〇

安貞二年正月廿七日前太政大臣家右大將と

申し時當座御會に　寄野戀

ゆきのうちはみちふみまよふかすか野のくさのはつかにたれちきりけん　五九一

或所會に人にかはりて冬戀心を

しもかゝる人のこゝろのあきのいろもあらしにたえぬほとはみえけり　五九二

寄雲戀

しのふやまたちゐるくものなかそらになりはゝつともわれわすれめや　五九三

寄草戀

あさち原いつよりあきの色にいてゝたのめし人とうらかれにけり《むマ、》　五九四

建仁元年九月廿二《(十二イ)》日影供當座御哥合に

寄池戀

こやのいけのみくさにしつむあしのはの下にそ袖のくちはてぬへき　五九五

或所當座和歌會に寄名所戀を

人めもるあこきかうらにひくあみのよるとはかりはなにちきりけん　五九六

寄盧橘戀

たちはなのにほひもつらし人とはぬわかしたひものゆふやみのそら　五九七

建保五年四月十四日庚申夜和歌所にて

詩歌めし侍し時久戀を

新勅撰　あたにみしひとのこゝろのゆふたすきさのみはいかゝかけてたのまん　五九八

嘉祿二年二月十一日前宰相中將北野社

にて人々すゝめて哥よみ侍し時　契戀

けふよりや《はマ、》かけてやまたんゆふたすきいつもやくものふかきことはを　五九九

或所にて當座哥合侍しとき契久待戀

こけふかくゝちやはてなむいまこんといひしはかりのつけのをまくら　六〇〇

哥めし侍しとき夕戀を

新古今　いまこんとたのめしことをわすれすはこのゆふくれの月やまつ覽　六〇一

嘉禎元年秋薄暮戀といふ事を

なにゆへかころもはそめしすみそめのゆふへになれはひとまたれけり　六〇二

寛喜元年六月廿九日前太政大臣家御會に
夜夏戀
なにゆへとおもふともつらしみしかよのほとなきそらにふくる月かけ　六〇三
同題にて
まきの戸のあくる程なきなつのよになかきうらみのなにのこりけん　六〇四
或所の會に怨短夜戀を
なか〱にうらみもはてしあきもなをあふにしあへはなかゝらぬよを　六〇五
承元四年九月廿二日栗田口宮御哥合に
なかめつゝふけしよとこの月かけにわき《か歟》身のあきとちきりやはせし　六〇六
待戀
ちきらすはねなましものをありあけのかたふくそらをうらみつるかな　六〇七
宇治御幸時當座御會に夜戀を
新古今
そての上にたれゆへ月はやとるそとよそになしてもひとのとへかし　六〇八

和哥所御幸合（マヽ）に夜戀を

みしひとを月にうれへてなかむれはかはらぬかけのそてにうつれる 六〇九

中々に見しはそれどもなかりかしわすれてひとのおもかけそうき 六一〇

戀哥よみ侍し時

わくらはのことのはさへにかれにしをみしおもかけのかたみかはなる 六一一

人の哥よませ侍ける時戀哥

うらみんとゝいふことのはもかれにしをなにゝおもひのなをのこるらん 六一二

或所和歌會に戀心を

いぬしまやなかなるよとのわたしもりいかなる時にあふせありけん 六一三

嘉禎二年遠所へ十首哥めされし
とき　寄木戀

うらみてもいくよになりぬしらなみのはまゝつかえのまつとせしまに 六一四

寄草戀

たえすのみもゆるいふきのさしもくさなにのむくひに身をこかすらん 六二五

和哥所六番御哥合に戀の心を

しもこほるけさは野はらのあさちさへかれぬかたみになきかゝなしさ 六二六

うたゝねにみしはゝかなきゆめそとはおもふものからうちなけきつゝ 六二七

寄夢戀

いまはたゝありしはゆめのこゝちしてゆめそまことのうつゝなりける 六二八

旅戀

わひつゝもありとはきかんくさまくらわかれしさとはよそになるとも 六二九

建永元年七月七日北面哥合に

旅宿曉戀

草まくらぬるよをたのむとこのうへにゆめをのこしてふくあらしかな 六三〇

嘉祿二年三月人々當座十首哥よみ侍しとき旅戀

おもひねのはかなきゆめのかたみたになをへたてゆくよはのやまかせ　六二一

和《所脱カ》哥の御哥合に　旅宿戀

いまはとておもひたゆへきゝつまちのよはのつゆにもぬるゝそてかな　六二二

建仁元年六月廿二日小御所にて當座御哥合侍しとき　曉露增戀

おもへとやあさちかはらにをくつゆのいとゝしほるゝしのゝめのそら　六二三

和歌所御哥合に　羇中曉戀

くさまくらつゆはのはらのものなれとなれにしそてのあか月はうし　六二四

寛喜二年五月前太政大臣家和歌御會に　海路夕戀

ゆふしほにくたすをふねのせをはやみみるめかるへきなみのまもなし　六二五

建永元年七月廿五日當座御哥合に

深山戀を

新古今
おもひいるふかきこゝろのたよりまてみしはそれともなきやまちかな 六二六

建仁元年六月廿六日鳥羽殿にて影

供御哥合に　遇不逢戀

つらかりしなこりはさてもやみてなむそてのせはきにふるなみたかな 六二七

或所和哥會に

うとからはおもひたえてもすきなましつらきは人のなさけなりけり 六二八

戀哥よみ侍しとき

いかなれはありしなさけはとゝまらてつらきはかりかわすれさるらん 六二九

つらしともたれにかいはんめのまへにつれなき人のむかしかたりを 六三〇

寄源氏戀を

わすれぬはかたみはかりをとゝめゝきてはかなくきえしゆふかほのつゆ 六三一

寄水戀

むすひをくせきのしみつのたえさらはなをあふさかのなをやたのまん 六三二

寄葵戀

ちはやふる神のゆるせるあふひくさかけてたのめん人なとかめそ　六三三

寄雲戀

いまはとておもひたえたるよこくものわかれしそらそかたみなりける　六三四

二條前宰相少將と申し時哥よみ侍しに

戀のこゝろを

わかそてはなにはのうらのうつせかひあふよをなみのしたにのみして　六三五

たのめこし人はふゆのゝあさちふにそてはあきなるつゆそをきける　六三六

新古今
人そうきたのめぬ月はめくりきてむかしわすれぬよもきふのやと　六三七

眞昭法師當座哥よみ侍し時　疑契戀

まちも見よたかいつはりと人とはゝいかゝこたへんありあけの月　六三八

和哥所
當座御會に月前戀

わするなよちきりしそらのあきの月むなしきそてにいくよやとしつ　六三九

人の哥こひ侍し時　寄雨戀

日かすさへなをそふり行春さめのこゝろもしらぬうらみせしまに　六四〇

寄無常戀

ゆふけふりあとなきくもとたれかみしわれさへかくておもひきえなは　六四一

或所にて當座哥よみ侍し時　寄雪戀

つれなくてふるしらゆきの雪の中にわれのみひとりおもひきえつゝ　六四二

寄橋戀

たえんとはおもひやかけしはし〴〵らむかしなからのこゝろなりせは　六四三

曉戀

をきわかれつれなきみ〈マヽ〉えしあか月のうかりしそらそかたみなりける　六四四

絶恨戀

いくめくりいひしはかりの月はいてぬちきりよいかにありあけの月　六四五

絶後戀

あまのすむさとのしるへのたえしよりうらみし事もむかしなりけり　六四六

尊覺法親王若宮と申侍しとき寄
露戀の哥當座につかうまつるへきよし仰
ありしかは

袖のうへをしらてや人のなかむらん露よりふかきうらみありとも　六四七

建永元年七月廿八日當座御哥合に　被忘戀

わすれしのうらみにつもるとこのつゆはらはてきえんことそかなしき　六四八

建仁元年八月廿一日新宮當座御哥合に
風聲增戀

おもひたえてねぬへきものをなにとこはまた松風の庭にふくらん　六四九

前筑後守孝行もとにて天神講哥
に　春夜戀

たえねたゝありしにもあらぬふるさとにつらきかたみのはるのよの夢　六五〇

哀傷

父身まかりての秋寄風懐舊を

新古今
つゆをたにいまはかたみのふちころもあたにもそてをふくあらしかな　六五一

母のいろに侍冬入道民部卿家定家より

ふちころもはつるゝいとにぬくたまの袖のこほりもとけてねぬころ　〔六五二〕

返

わひ人のなみたのたまのをゝよはみ袖のこほりもかさねてそうき　六五二

故卿二品手跡にて念佛祖師をはりたて
まつりてかきつけらるへしとて女房坊門
御局より哥めし侍しかは

すみそめのそてもほしあへす水くきのあとまてふかきみちたつぬとて　六五三

建永元年七月廿八日の當座御哥合に雨中
無常

よしさらはさためなきよにことよせてくもりなはてそよひのむらさめ 六五四

或所にて無常哥よみ侍しに

鳥へやまおくれさきたつゆふけふりきのふのともやけふのうきくも 六五五

貞應元年無常よみ侍し時

とりへ山けふはよそなるおもひこそつゐには人の身をこかすらめ 六五六

或所にて寄虫無常を

なくむしのいのちとたのむしらつゆにかせもふきあへぬ野へのゆふくれ 六五七

家長朝臣身まかりて第三年に家清
哥こひ侍しに懐舊心を

こひつゝもみとせになりぬわたりかはまたあふせたになきそかなしき 六五八

嘉禎元年八月に宮内卿家隆四十八願

哥すゝめられ侍しとき無常を

よの中をおもひすてゝもねぬるうちにはかなきゆめを見しそかなしき　六五九

月哥をそへ侍し

うつゝともゆめともみてんあきの月すむにもあらぬよにすまれつゝ　六六〇

同年八幡にこもり侍しに權別當宗清かもとより

うしと見しゆめよりのちのこゝろをもうつゝなからにいかてかたらん　〔六六一〕

返事

うしとみし夢の中にもきえなゝてのこるうつゝもあるみともなし　六六一

貞應元年秋のころ或人のもとより

なからへてとふもうつゝとおもふかはきえにしゆめにのこるおもかけ　〔六六二〕

返事

うきよとはおもふものからなからふるゆめのうちにもゆめそかなしき　六六二

夢中古人遇といふことを

うつゝとはおもはぬものをはかなくもぬるよのゆめのいとゝそひゆく　六六三

夢中懐舊

いまはとてむかしかたりに見しゆめをまたをとろかすかねのをとかな　六六四

祝歌

五人に廿首哥めして百首にかきな
されける時の祝哥
あひかたきみよにあふみのかゝみやまくもりなしとは人のみるらん　六六五
或所會に寄水祝
みやかはのたえぬなかれをたのむかなきみのみかけにすまんとおもへは　六六六
熊野御幸侍し時稲羽子王子にて山河水と
いふことを
きみかよは神もちよとやいはた川なかれてすめる水のいろかな　六六七
同御幸時　河邊祝
君かよのちよのかすとはこれをかもみくまのかはのせゝのいはなみ　六六八

宇治に御幸侍し時高松院衞門佐たい
はん所の女房の中にかく申侍し

くもりなき月もやちよのかけ見えていかにすむらんうちのかは水 〔六六九〕

返事女房にかはりてつかうまつるへきよし
おほせられしかは

てる月もさそなやちよのかけそへてみかけにすめるうちの河みつ 六六九

承元二年五月廿九日住吉社御哥合に　寄月祝

をさまれるみよのかけこそうれしけれくもなきそらの月をみるにも 六七〇

光行入道六十賀し侍とて哥こひ侍し時

水無瀬殿にて山家といふことを

むそちまてなかめなれこしやとの月かねてそすめるちよのひかりは 六七一

熊野御幸に哥めし侍し時

やまもとのしはのいほりのゆふけふりみちあるみよはそらにみえけり 六七二

たみのともをさまれるよにふく風はなへてくさ木もなひくなりけり　六七三

北野社會とて人の哥こひ侍しかは　社頭祝

わかきみのためしにひかんかみかきやひとよのまつのちよのゆくすゑ　六七四

嘉祿三年三月廿日太政大臣家影供御
會に　寄松祝

いはのうへにねさすまつかえよろつよにうこきなしとはきみのみそみん　六七五

同潤三月に人々當座哥よみ侍し時
寄松雑

ちよにちよかさねても見よしらなみのはまゝつかえにたてるあしたつ　六七六

元久二年三月廿七日新古今和歌集竟
宴御會に

いくちよもことはの花のいろにみよむかしもきかぬ春のまとゐを　六七七

雑謌　上　四季

承久三年のつきのとし山家にて述懐
哥よみ侍し時　立春を

ゆめにたにおもひやかけしからころもよそにたちける春をみんとは　六八

元日心を

したかひしつかひのおさもたちはなれ今日はみきりをたれはらふ覧　六九

霞

みしかけをことしもよそにへたてゆくはるのかすみのうらめしきかな　七〇

けふは又世のうきやとゝなりにけり霞たなひく山とみしかと　七一

鶯

うき物と今そ知ぬるうくひすのたにの戸いてぬはるのあけほの　七二

若菜

有し世のわすれかたみをすてやらてうきわかなをもつみそためつる　六八三

残雪

うきみよにふるかひもなきしらゆきのきえのこるみのはてもしられす　六八四

梅

おほつかなあらぬにほひやそひぬ覧わかやとなりしむめのはつ花　六八五

蕨

みやま木のかけのゝわらひあはれとてもゆるおもひをとふ人もかな　六八六

春駒

春のゝにぬし定まらぬはなれこまはなちすてゝもありかたの世や　六八七

いかにしてみつのみまきにはみしこま春のよそなるみとなりにけん　六八八

帰鴈

ふるさとになきてなけくとゝつてよみちゆきふりの春のかりかね　六八九

六九〇 時しあれは雲ゐのかりもかへるなりいつかはきみをまたもあひ見ん

苗代

六九一 きみかうへしみなせのをたのなはしろにしきまきもなき世と思はゝや

菫菜

六九二 春のゝにすみれつみにとこし人もみしはすくなく成にけるかな

櫻

六九三 古はよそにそきゝしよしの山さくらをやとの物と見るかな

山林にましはり侍し時花哥

六九四 よしの山うき木つたひにたつねきてまた見ぬそはの花をみるかな

六九五 をのつからとふ人あらはみよしのゝ花のあるしとわれそいはれん

眞昭法師當座哥よみ侍しに

松間見花

六九六 枝かはす松（移カ）のちとせもある物をあたにうつろふ花櫻かな

嘉禎二年源大納言石淸水御哥合に
春朧月
わしの山そらかくれこそしのはるれかすみのそてをおほふ月かけ　六九七
建仁元年二條前宰相雅經少將と
申し時の百首哥に
鴈かへるみねのかすみをもる月やはれぬおもひのゆくゑなる覽　六九八
暮春藤
ゆく人も猶たちかへりおる物を《はマヽ》はるのみなとにのこるふしなみ　六九九
或所にて當座哥よみ侍し時　暮春
くれてゆく春の別はいかにそと花をおしまぬ人にとはゝや　七〇〇

夏

山林にましはり侍りし時更衣心を

けふよりはかすみの衣たちかへてあきのみそをもそらにみるかな　七〇一

卯花

世をいとふみをうのはなはやまかつのかきをにさける物にそありける　七〇二

葵

神山のけふはよそなるあふひくさしられぬたにゝさてやはてなん　七〇三

或所會に月郭公

ほとゝきす月とゝもにやいてにけんなかなくこゑもすめるやまのは　七〇四

兼直宿禰當座哥よみ侍し時

旅宿郭公

くさまくらかりねのとこのほとゝきすしのにをりはへなかぬ日そなき　七〇五

嘉祿二年三月人々當座哥よみ
侍し時夏池を

よの中はうきぬのいけのはなかつみかつみし人もなみのしたくさ　七〇六

夏朝草

庭におふるよもきのとほそさしこめてあけてもあけぬやとそかなしき　七〇七

貞應二年述懐哥に早苗を

やつかほのあきのたのみとゝるさなへあせ《け共ニアリ》かたもなき身をいかにせん　七〇八

照射

ともしする葉やまをしけみますらをのともやは《も共ニアリ》しらぬよにまよふかな　七〇九

氷室

きえのこるみはなかさかのひむろやまいかにつれなきものとみるらん　七一〇

秋

嘉禎四年七月粟田口若宮御會に

閑居早秋

あきのくるかたやいつくそやへむくらしけれるやとはさしこもりにき 七一

和歌所にてはしめの秋風を

いろもなき雲のはたてをなかめてもすゝをそおもふあきのはつかせ 七二

あきの哥よみ侍し時荻風

秋はたゝものをおもはぬゆふへたによそにやきゝしをきのうはかせ 七三

友景よませ侍し時水邊草花

さはみつにこゝろのはなもうつろひぬはきのしからみ秋かけしより 七四

述懐哥にはきを

衣手のぬれてうつろふいろまてもうきみやきのゝはきか花すり　七一五

女郎花

うへしときおもひやしけむをみなへしぬしなきやとのかたみなれとは　七一六

建暦二年春西海のそこに寶劔の
ましますよし聞食て御つかひに
くたり侍し時もしの關にて

かちまくら衣手うすき月かけにうらかなしきは秋のはつかせ　七一七

みやこにはしらしなこよひあきのつき心つくしにわかなかむとも　七一八

述懐哥めし侍しとき

なにとなくむかしこひしき我そてのぬれたるうへにやとる月かけ　七一九

山林にましはりて侍し時述懐心を

みしかけをおもひもしらぬよの中によしさはくもれあきのよの月　七二〇

あつさゆみたれかはさらにひくまのゝ野へのあきはきみたれてしよを　七二一

鹿

いかにして身をはかくさんさをしかのゐさふすをのもしもかれにけり　七二二

槿花

ゆめとのみみしよの人にくらふれはつれなきものはあさかほの花　七二三

中院内大臣家左衞門督と申侍し

時わつらはせ給事侍し時まいりて

侍しにかくよみて給はりし

まれにとふ雲井のかりのなみたさへゐたなるそてにうちしほれつゝ　〔七二四〕

返し

しほれつゝねになきかへりこしかたをまれにと人のおもひけるかな　七二四

日野中納言家にて人々當座十首

よみ侍しに秋かせを

ふきすさむかせはむかしのあきなからありしにもにぬやとのゆふくれ　七二五

かろく元年九月住吉にき（まの書損歟）いりたり
し時侍従隆祐當座哥よみ侍し
時　野徑露を
たのみこしみちさへたえてみし人もとをさとをのゝあきのゆふくれ　七二六
文暦二年秋粟田口若宮御會に
山家秋月
世をすてゝいとふとならはひさかたのつきをもめてしあきの山さと　七二七
同宮御會に月前述懐
世中をいとひはてゝし山邊にもなをすてかたきあきのよの月　七二八
嘉祿元年前宰相中將信成和哥
會侍しときあき月をみるといふことを
ころもてのなみたにうかふあきのつきしほれはかけもたまらさりけり　七二九
安貞二年七月比日吉社會に獨對月

をのつから君きたらんとまつやとのふけゆくつきはみるかひもな 七二〇

住吉のえなへにて神主經國侍從隆祐
など月をみて哥よみ侍し時

我そてにあかつきふかくをくつゆをあけなは月のかたみとや見ん 七二一

山家心を

まきのとに木のまの月もゝるやまの山かせさむみひとりかもねん 七二二

おく山ののきはのすきのはをしけみこのまの月もとはぬなりけり 七二三

もみちふく庭のあらしのいろまてもふかき山とはみゆるものかな 七二四

建永元年武衞にて侍し時杜紅葉を

またあさしなをいろそめよかしはきのもりのしたはの秋のしら露 七二五

ひさしくおとつれさりし人の許
よりもみちこひにつかはしたりしふみ
の返事にもみちをつかはすとて

ことのはも七夕つめのはしなれや紅葉をわたすけふのたまつさ　七三六

あきのうたよみ侍し時

月のいるみねのもみちにふきわけてしはしとをしむこからしのかせ　七三七

日野中納言家賴資住吉社に參詣して

和哥會し侍とて哥こはれ侍し時

紅葉交松

松かえにかたえさしおほふ紅葉はの（下缺本ノマヽ）　七三八

くれて行あきはならひのうらみにて君かとまらぬなかつきそうき　七三九

二條宰相ともなひて百首哥よみ

侍し時暮秋を

ならひにきさそなむかしもけふはとてをしまさるへきあきのくれかな　七四〇

冬

嘉祿元年神無月のころ述懐哥
よみ侍し時　遠山時雨を

ひさかたの雲井なからもおひみしをしくれにけりなおさくらのやま　七四一

しくれの哥よみ侍し時

はれくもるしくるゝそらのうき雲をものおもふころとたれなかむらん　七四二

述懐哥にしくれを

ものおもふそてをわきてや時雨らんぬれてうつろふ色をたつねて　七四三

嘉祿元年三月に人々當座うた
よみ侍し時冬山を

をしなへてしくれし比のみやま木のはれなくのこる身をいかにせむ　七四四

またしらぬ人にみせはやおく山のいはかきもみち〻りまかふころ

落葉

嘉禎二年神无月中の十日比に
七條女院にさふらひなれし事思
いて〻仁和寺御所に嘉陽門女院か
はりわたらせ給けるに越前の
つほねさふらふとき〻て紅葉むか
しみなれしことなと修明門院の
女房の中より申つかはしたり
けれはこゝろ〱のもみちにふた
つけて御はかのことなと申つかは
すついてに女房中へ申おくりし

しくれつ〻こけむす庭をなかむれはなみたと〻もにちる紅葉かな

かす〱につかへし人はあとたえてこの葉のみとふ苔の下露 七四七

女房にかはりて返事つかうま
つるへきよし侍しかは

しくれつゝ我身ふりにし紅葉々はそめし涙の色としらすや 七四八

こけのしたの露はかりたにわすれねはつかし(へ脱カ私註)跡につかえぬるかな 七四九

或所にて寒草を

ふきしほる野分の風とみし物をいまはあとなき霜のした草 七五〇

寛喜二年十一月七日前宰相中將信成
日吉社參籠時哥よみ侍とておくり
侍し時　旅宿冬

このほとはひらやまをろしたかしまのかちのゝはらにやとりすな君 七五一

寒蘆

みなといりのたなゝしをふねあとみえてあしの葉むすふうすこほりかな 七五二

貞應之比の述懐哥に氷を

水のおもにこほりわたれるうすらひのあたなる世をもすこしけるかな　七五三

神樂

我君をまたもあひみはさかき葉やしらゆふ霜はうちはらひてん　七五四

日吉社會に庭雪積

にはの雪のふかき思ひにとしもへぬわかみよにふるみちたえしより　七五五

或聖人許より雪朝に

しら雪のよにふる道はたえにしをあとなきにはにたれをまつらむ　〔七五六〕

返事

人こゝろいさしらゆきもあさけれはおもひきえつるあとやなからむ　七五六

歳暮

おりふしのうつろふ色にとしくれてものおもふ事のかきりをそしる　七五七

雪ふる日ひんしろき人にかは

りてとしのくれを

つもりゆくとしのあまりもかなしきは我しらかみのゆきの夕くれ

七六八

雑訶 中

㝡勝四天王院御障子繪にぬのひき
のたきかきたる所を

君か代のなかきためしにむすひをかんとしへてたへぬたきのしらいと 七五九

熊野にまいり侍し時たきのしりにて

山ふかみ我ひとりとてあかすよのたくひありけるたきのをとかな 七六〇

和哥所六番御哥合に雑哥

おくやまのいはかきしたの苔むしろいつまて人のすみかなるらむ 七六一

おのつからむかしのこゑやのこるらんふるき野寺のいりあひのか 七六二

和哥所にて御哥合侍し時古寺
殘月を

あしひきの山のふる道あとたえておのへのかねに月そのこれる 七六三

熊野御幸侍し時稲羽ねの王子
にて曉峯嵐といふことを

あらしふくみねのこのまの月かけもおもひいてよと有明のそら　七六四

住吉にまうて侍ける時つり殿に
かきつけ侍し

すみよしの松ふくかせもかはらすはきしうつなみやむかしなるらん　七六五

建保三年六月二日和歌所御哥合に
松經年

おもふことなとすみよしのまつかひもなきさにつらきとしのへぬらむ　七六六

秋哥めし侍し時　故郷を

しけき野とすみこしさとはあれにけりむかしにかはる庭の秋かせ　七六七

人々當時《座歟ト本ニアリ》よみ侍し時古宅松を

野とならむときしのへとやうへをきしあとこそのこれ庭の松かせ　七六八

元久二年二月廿日の除目に秀康か
あとをひきうつして主馬首なり
たるあしたに詞はなくて入道民部卿
家よりかく侍し

行するゑもかねてそみゆるくらゐ山きはむるこまのあとをたつねて 〔七六九〕

返事

くらゐ山行するゑおもふかひありてあとをたつぬる御代そうれしき 七六九

兵庫頭家長かもとより

すみよしの神やうれしとみかきもりまもるかひあるわかの浦人 〔七七〇〕

返事

我道をまもるとならはみかきもりなをすみよしの松かひもかな 七七〇

建保四年春廷尉五位尉にて東寺
の舎利ぬす人からめてその賞に出羽

守兼侍し時民部卿家より定家

くれしよもゐけの衣のそてのうらいとゝしらなみこゑやおさめむ　〔七一〕

返事

そての浦をかさねてうれしゐけ衣たつしらなみのおさまれる代は　七一

次日住吉神主經國かもとより

ゐけなからかさねてけりなからにしきたつしらなみのゐ(マ)とたつねて(マ)　〔七二〕

返事

しらなみのゐとをたつねしうれしさはゐけのたもとにあらはれにけり　七二

建保五年十二月八日松尾北野兩社

行幸の行事賞にて加階し侍

しかは兵庫頭家長許より

くれなひのするつむ花のからにしききみのめくみそ色にいてける　〔七三〕

返事

とはれてそめくみにあへるくれなひの花色ころもいろまさりつゝ　七三

日吉禰宜忠成加階したるよし
申侍しかは

つかへよとめくみそめけることの葉ははつむらさきの色にてそしる　七四

あひしれるひとのもとにひえとり
の侍けるをたつねてと申侍しを
返事をかく申とて宮内卿家
よりかく侍し家隆

たつねてもきかましものをほとゝきすさもあらぬとりのこゑをまたすは　〔七五〕

返

さもあらぬとりもかきりのときしあれはまたしきほとのこゑなうらみそ　七五

嘉祿元年五月にたけのこに
つけて賀茂久繼か許より

身をはかつおもひもしらす竹のこのうきふしゝけきよをとはぬかな　〔七七六〕

返　事

うきふしはもとよりしけき竹のこのいまさらにやは世をもうらみん　七七六

經眞阿闍梨かもとより文とはぬ
とてたけのこにくして

よゝをへてをひすきにけるたけのこの君かきまさぬほとそしらるゝ　〔七七七〕

返　事

たけのこのいかなるふしとしらねともときすきにけるよをそうらむる　七七七

人々寄あひて連哥なとして
かへり侍てけさをわすれて朝

おほつかなきのふはありてかへりしをけさいかにしてわすられぬらむ　七七八

返　事　　法眼仙毫

わすれねは我こそけさもたつねつれいつかはきみかまたてとひつる　〔七七八〕

旅謌

八幡若宮御哥合に

さらぬたにあきのたひねはかなしきにまつにふくなりとこの山かせ　七七九

寂勝四天王院の御障子の繪に
うつの山かきたる所を

しられしないまもむかしのうつの山つたよりしけき思ありとは　七八〇

旅宿哥よみ侍し時

宮こにておもひしとよううつの山夜さむの月につたの秋かせ　七八一

ゆふやみは月にやすらふすす(すカ)か河ふるさと人は我をまつらん　七八二

哥めしゝ時羈中暮を

ふるさとにかよはゝつけよあきのかせゆふへのそらになかめわひぬと　七八三

熊野御幸時山路哥に

わけ行はなをするゑとをきし《本ニ本定マ、》をりかなくものあなたにかゝる山のは　七六四

和歌所にて當座御會時山路を

秋かせに猶やまふかきしおりせんまたこむ人も忍ふはかりに　七六五

五人に廿首哥めして百首に

かきなされし時の雑哥

雪をわけておろすいふきの山かせにこまうちなつむせきのふちかは　七六六

ふる里にまてとは人にちきらねと月みむおりは思いてなむ　七六七

さゝのいほ一夜やとかるかり枕しのはれぬへきかせのおとかな　七六八

旅心を

草まくらむすふかりねのそての露をきあへすやとる月のかけかな　七六九

みやこ人あきのゝはらの露わけてほさてやねなむあきのさころも　七七〇

貞應二年五月に人の哥こひ

侍し時　旅宿月

露ふかき野邊のをさゝを枕とてむすへは月のまつやとるかな　七九一

或所にて當座哥よみ侍し時

行路秋夕

たつねゆく野寺のかねをさそひきてさとにちかつく秋の風（本ノマヽ）　七九二

元久二年六月和哥所侍《詩カ》哥合

に　山路秋行

かつらきやよそに思しみねのくもたもとにわくるあきのゆふくれ　七九三

しをりしてつらき山とはきかさりきたゝこの頃そ秋のゆふくれ　七九四

建保四年和哥所御哥人召（マヽ）に

行路秋を

旅ころもなれすはしらしおほかたのあきのあはれはおもひこしかと　七九五

宇治殿へ御幸時當座の御會に

羈旅哥

七九六 たひやかたさしもさひしき水くきのをかのくすはをあきかせそ吹

建仁元年の二條宰相雅經少將と
申時百首哥に

七九七 いはしろの松にはかせのふきむすひとけてねぬよにむかしをそおもふ

建暦二年西海に寶劔まし
ますよし聞食し時御使と
して筑紫にくたり侍し時もしの關にて

七九八 みやこいててもゝよのなみのかち枕なれてもうとき物にそありける

七九九 月のさすもしのせき屋の關の戸をあけかたにきくなみのおとかな

八〇〇 なみのこゑの月はよそなるかけなからをなしみやこの人そこひしき

八〇一 都へとさそふしるへもしらなみのあとなきかたに月そやとれる

安樂寺にまいりて

八〇二 そこまてにきよき心はしらねともてらさむ月のかけをこそまて

さりともとおもふ心のふかきうみによにたつなみのうらめしきかな　八〇三

たひ衣うら〳〵とにあさりしていのるかひある浪のまもかな　八〇四

秋かせにまちし日かすもかさなれはなをうらめしきおきつしらなみ　八〇五

浦々のあきにさきたつ浪の花はるにあふへきちきりたかふな　八〇六

建永元年小御所にて御哥合
侍しに　旅宿

めくりあはん秋もわするな松かねに衣かたしくすまの月かけ　八〇七

寛喜元年十一月三日光行入道
關東へ下向の餞哥人々讀侍し時

入續拾遺
たひ衣きてもとまらぬものゆへに人たのめなるあふさかのせき　八〇八

建暦二年つくしへの御使にくた
り侍しに日吉禰宜成茂か許より
装束をくるとて

うみやまも日よしのかけを旅衣はる〳〵そてにうつしてそやる 〔八〇九〕

返事

海山もふかき御ことのたひころもそてにうつれるかけをたのまん 八〇九

嘉祿二年秋高野にまいり侍し
時をやまたといふ所に住吉神主
經國か家にとゝまりてかきつけ侍し

たつねきてけふはをしねのをやまたにこきたれたりと人にかたるな 八一〇

海邊心を

あまのすむかたやいつくとなかむれはさとのしるへにたつけふりかな 八一一

いまさらにすみうしとてもいかゝせんなたのしほやの夕くれのそら 八一二

八幡若宮哥合に海邊月

しほかまのうらみてのみもあかすかなけふりのすゑにくもる月かけ 八一三

きよみかたしほちはるかに月さへてまくらの浪にあきかせそふく 八一四

承元四年九月廿二日粟田宮の
哥合に　寄海朝

きよみかたあけはとまちしなみのおとのなほそてぬらすをきつしほかせ　八二五

嘉禎二年遠所の八十番御哥合に
羇旅を

わたのはらやそしまかけてしるへせよはるかにかよふをきのつりふね　八二六

山家

建仁元年十二月二日影供御哥合に

山家夕嵐

山ふかみ人めたへ（本ノマヽ）たる夕くれのまきのいたとをとふあらしかな 八七

哥めし侍し時山家こゝろを

たよりとておのつからこし山人もたにのをれ木に道かへてけり 八八

山里にしはしこゝろもなくさめむあらくな吹そ木からしのかせ 八九

松尾社御哥合に山家春

やまふかきさとのしるへとなるものは入あひのかねのこゑにそありける 九〇

和哥所御哥合に山家松風

山ふかみ人のこゝろのなさけあらはとはれなましな庭の松かせ 九一

山家夕雨

つれ〳〵とあめふりすさむゆふくれをやまふかけれはとふ人もなし　八二二

正治三年二月一日當座御會に

山家夜雨を

山ふかみいとゝさひしきまきの屋をまとうつ雨の夢をあらそふ　八二三

やまさとにくすはひかゝるまきのやをさひしといひてとふ人そなき　八二四

小御所にて御哥合侍し時

山路言友

たのめをきしやまちのおくをきてみれは草ひきむすふあとはかりして　八二五

嘉禎二年遠所の八十番御哥合に山家を

なにゆへにふかきやまともちきりけむこゝろのほかにすむいほもなし　八二六

和哥所當座御會に

はしたかのとやまのはらのすきの葉にくもこそかゝれゆふくれのそら　八二七

やまかけやひとりあかせるまきのとにつゆもしくれもそてにかけゝり　八二八

御熊野詣侍しに曉松風を

山ふしのねさめにものやおもふらんいはねのあらしまつにふくなり　八二九

深夜月

あらしふくすきのこのまをもる月のよやふけぬらむかけのさやけき　八三〇

嘉祿二年二月十一日前宰相中將信成

北野社にて人々すゝめて哥よみ

侍し時　深山夜

しをりせしみくまの山のよるのゆめいつかはあけておもひあはせん　八三一

嘉祿二年秋高野にまいりて侍し時

久我入道三位中將通平家よりかく侍し

なと人のみやこへとのみいそくらんしつけき山のおくをみるから　〔八三二〕

返

おくやまと思ひたちてはこしかともみをうきくもはやともさためす　八三三

相知侍しひしりの許よりふかき
山に思たつよし申て

世をいとふこゝろやふかくなりぬらむとやまのいほもすみうかりけり　〔八三三〕

返事

しるへせよふかきやまちのおくまてもをくれんものとちきりやはせし　八三三

雑謌　下

小野宮少將具親八幡宮にて述懐哥すゝ
められ侍し時

おもひたつこゝろのおくにしをりしておとなきみねのはてそゆかしき　八三四

おとこやまこゆるみねよりくるしきはよにふる道のさかにそありける　八三五

和哥所にて哥めし侍し時述懐心を

おなしくはふかきやまちにちきり（を脱カ）かむこのはにそむるいろもふりにき　八三六

五人に廿首哥めして百首にかき
なされし時の雑哥

ふちせをもこゝろにそせくあしひきのやましたとよむたきついはなみ　八三七

嘉祿二年三月盡人々あまた當座
哥よみ侍し遠松を

雲井なるおきのこしまのいその松なみにしほるときくそかなしき　八三八

熊野御幸時述懐哥めし侍しかは

おろかにてすくす月ひの行すゑをおもへはかなしそらのうきくも　八三九

和歌所御哥合に述懐こゝろを

いかにしてよにもふるやのいたひさしくちぬなけきの猶のこるらん　八四〇

承久三年のゝち述懐哥よみ侍し時

闗路を

いかにして又わかきみにめくりあひてせきのとさゝぬ道をすきまし　八四一

いはみのやうきよの中のさかのせきしはしはゆるせゆきてたにみん　八四二

鶴

わするなよみたらしかはにうくしてしつるのはやしのありあけの月　八四三

すみよしのえなつにたちてなくたつを神はあはれときかすやあるらむ　八四四

嘉禎元年述懐哥よみ侍し時

八四五 わかのうらやなを人なみにたちいてゝくちにしそてを又ぬらすかな
八四六 すみそめのあさの衣はくちはてぬなみたのたまをなにゝかけまし
八四七 おきつなみいかなるうらのあき風に我おもふ人もそてぬらすらん
八四八 いかゝきくおきつこしまのなみまくらおもひやるたにぬるゝそてかな
八四九 よのなかはかせにしたかふあきのたのほむけもつらくかたよりにけり
八五〇 めくりあはんほとをそおもふそらの月たれもまつちのやまのあきかせ
八五一 したにのみまちこそわたれみなせかはありて行水たえぬためしを
八五二 いつくにかみをはかくさむやまふかみおもひいれともうきよなりけり
八五三 うきことは我身ひとつにくれたけのよゝのちきりのほともうらめし

承久三年のつきのとし熊野山より
いてて高野にまいりて眞昭法師にあひて
身にあや（マヽ）まちなきよしなと申て

八五四 おもひきやこけふみまくるたかのやまあらぬ道にもまとふへしとは

もの〻ふのそのうち河の名にしあれとおなし浪にもふちせやはなき　八五五

貞永元年の秋西國にくたり侍
し時

いのちとはちきらさりしをいはみなるおきのしらしま又みつるかな　八五六

承久三年の〻ち或人のもとよりかく侍し

かすならぬみやこのほかのやまかつもなみたそか〻るうしとみるよは　〔八五七〕

返　事

いまそしるうき身ひとつのから衣なみたのか〻るたくひありとは　八五七

嘉祿元年夏比白川三位惟時或所に
哥合て連哥なとしてのちかく申
おくり侍し

よそにのみき〻しあはれのま〻ならてなれなはいかにすみそめのそて　〔八五八〕

返　事

なれてこそなをいろまされうきよそとおもひすてゝしすみそめのそて　八五八

経眞阿闍梨かもとより文こはすとて

これもまたさためなきよのならひかはとふへき人のとはすなり行　〔八五九〕

返　事

なきこふる心のほとにたれをかはさためなき世とまたはとふへき　八五九

嘉禎三年遠所より十首哥めし

侍し時　夕懐舊

けふもまたあらましことに日はくれぬなれしむかしをおもひいてつゝ　八六〇

曉述懐

ちはやふるゆふつけ鳥にあらぬ身はなきあかせともしる人もなし　八六一

文暦二年七月に述懐哥よみ侍し時

世をあきのやまのあらしのはけしきにいかてかすめるありあけの月　八六二

貞應二年秋月心を

よの中をあきのけしきやみえつらむ木々のこすゑにあらしたつなり　八六三

寄風述懐

あさちはらおもひもいれぬ露をたにきえぬうきみとふくあらしかな　八六四

寄露述懐

いまはたゝきゆへきものをしらつゆのなにゝこゝろをおもひをくらむ　八六五

或所會に長恨哥こゝろを

きえのこる露のうき身のおき所よもきかしまをたつねてそしる　八六六

薄暮述懐

いのちやはあれはあるよになからへてけふもくれぬとなになけく覽　八六七

當座十首哥よみ侍し時夕述懐

いかにせんうきとこし月をうちそふるよそちあまりの入あひのかね　八六八

暁懐舊

昔おもふなみたのつらゝおもるなりあけかたちかくよやなりぬらむ　八六九

貞應三年四月に人の哥こひ侍し時　閑中燈

うしとてもさすかにきえぬ身なりけりあはれいくよのやとのともし火　八七〇

神祇

松尾社御哥合に社頭雑

月よみのもりのした草いろにいてゝおもふはかりのことのはもかな　〔八七一〕

或所會に社頭春月

やはらくるひかりもしるし神ち山かすめるそらにのこる月かけ　〔八七二〕

述懐哥よみ侍し時

あまのとのあけ行そらにまかせてしちきりもつらきかみちやまかな　〔八七三〕

わつらふこと侍し時伊せの神主長基

毎月におほぬさして送とて

神かせやいのりかけたるゆふしてのなひくしるしはいかゝなからむ　〔八七四〕

むかしよりいのるこゝろのふかけれはたのみをかけよいすゝかはなみ　〔八七五〕

返事

神かせやこゝろにかくるゆふしてのなひくそいのるしるしなるらむ 八七四
いすゝかはふかくたのめしちきりをもかゝるせにこそおもひしりぬれ 八七五

八幡若宮會に神祇

いはし水きよきなかれにすむ月のやとりなれてもいくよへぬらむ 八七六
八幡やまいはねのまつもむかしより君かためとや神はうゑけむ 八七七
たのむへし君もなかれをいはし水あとたれてすむ神のしるしを 八七八
ちはやふる神のやしろにひくしめのなか〳〵しきはきみのゆくすゑ 八七九

嘉禎二年八月十三夜源大納言通方
家より石清水哥合のれうとて
哥めされしに社頭月を

にこるよの人のためとやいはし水くもらぬ月のかけやとすらん 八八〇

建仁元年十二月八日石清水社御
哥合に社頭松を

おとこやまうこきなきよにいくちたひ花さへはるをまつのゆくすゑ　八八一

賀茂御哥合とて哥めし侍し時

社頭夜嵐

さかきとるしてにあらしのおとさへてそてにもりくる秋のよの月　八八二

鴨社御哥合に社頭述懐

あらはせよたのむこゝろのゆふたすきいかなるかたにおもひかけきと　八八三

或所會に社頭述懐

たのみこし心のうちのゆふたすき行するかけて神はしるらん　八八四

承元（マヽ）年五月十七日賀茂橋本哥

合に社頭述懐

あまくたる神はいかにかみたらしの水はにこらぬこゝろある身を　八八五

嘉祿元年九月住吉にまいりたりし

かは侍従隆祐哥よみ侍し時古江月を

うきみよになからへてなをすみのえのつきぬおもひのありあけのそら 八八六

社頭松

すみよしの神よのことをおもふにもまついかはかりとしのへぬらん 八八七

住吉社會に述懐

なけきつゝなをすみのえにきえかへるあはれとみすやかたそきの神 八八八

うかふへきこむよもしらすめのまへにしつむうき身をまつそかなしき 八八九

きみかよにあえるはうれしすみよしのまつかひもなき身こそつらけれ 八九〇

建仁元年二条前宰相雅經少將と申
時住吉にまいりて哥よみ侍し時社頭
述懐といふことを

おもふことも神のこゝろもはるゝまてふかはなをふけわかのうらかせ 八九一

寛喜二年十一月七日前宰相中將日吉
に參籠のとき哥よみ侍とて題を

をくりて侍し社頭冬といふことを

ちはやふるしもをはふともさかきはにいのりそめてし色なわすれそ　八九二

嘉祿三年閏三月に日吉社會に寄

神祇述懐を

神はいかにおもひやすらむさかきはのかをなつかしみわれはわすれす　八九三

日吉社御哥合に

おとろかす松のあらしをうらみてもこのよのゆめをいつまてかみむ　八九四

釋教

或聖人許より一品經の哥とてこひ
侍し時序品

さま〳〵にゝほへる花のひかりにもふかきみのりの色はみえけむ　八九五

壽量品

いつくにかみをかくしけん春の日のひかりにもるゝさとはなかりき　八九六

常在靈鷲山

はれやらぬ心のくまそうらめしきつねにすむなる山の葉の月　八九七

合顚倒衆生雖近而不見

安樂行品

たえすのみすむとしきけはやまかはのにこれる水もたのもしきかな　八九八

まとひこしうきよのやみのふかきをもゆめよりのちやおもひあはせむ　八九九
ちきりをきしわかもとゆひのたま〳〵もけふあひみてや思しる覽　九〇〇

入於深山

おくやまにすむこゝろたにありけれはしつかによもの月はみえけり　九〇一

陁羅尼品

おろかなるこゝろの月はすみかねぬふかきことはの海はあれとも　九〇二

非情成佛

雨そゝくはるのめくみにあひぬれはなへて草木ものこらさりけり　九〇三

宮内卿家隆彌陀四十八願の哥すゝ
められ侍し時聞名得忍の願

名をきけは昔なにはの身をつくしふかきしるしをけふそみせつる　九〇四

家長朝臣身まかりてのち第三年に
家清九品哥すゝめ侍し時上品上生

くれたけのよのまはかりをへたてにてはちすにのりの花そひらくる　九〇五

彌陀來迎のこゝろを

身にしむはうきよを思月かけのいりにし後のにしのまつかせ　九〇六

北野社にて社頭聞法といふことを

みにそしむたのむきたのゝまつかせにのりのこゑすらむあかつきのそら　九〇七

述懷哥よみ侍し時

あかつきのかねをあはれときくほとやしはしまことの心なるらん　九〇八

湛空上人嵯峨二尊院のかねを打
侍てのちかく申侍し

わかてらのかねの初こゑきく人のなかきねふりやこよひさむらむ　〔九〇九〕

返　事

かねのおとになかきねふりもさむへきをおとろくことをしらぬはかなさ　九〇九

わつらひ侍し人のもとへ申つかはし侍し

たまのをよをはりみたるなみたの名をとたひとなへてにしへ行なり　九〇
こえゆかはおもひもいてよしてのやまあとゝふらはん人はありきと　九一

　　をはりちかくなりて無下によはく
　　みえ侍と申て正念のありなしを
　　しらんとて哥よみてんやと知識
　　申侍しかは

をはりにこ釋迦も阿彌陀もちきりてしとたひの御名をわすれしもせす　九二
たのみこし釋迦のちきりもわすれねは本有のはちすひらけさらめや　九三

前權典厩集

藤原長綱

春

はるの歌の中に

わたのはらやへのしほちにはるやたつかすみてよするおきつしらなみ　一

あらたまのはるのかさしにさしかへてかすみそたてるあはちしま山　二

ふるさとのたかまと山もかすみけりわかまたあはぬはるやきぬらん　三

はるはまつかすむをみてもいたつらにおくりむかふるはてそかなしき　四

春洞雪といふことを

あさつくひさゝぬもしるしおく山のほらのいはとにのこるしらゆき　五

春濱霞

あまのとをいつる春日もなかはまのなみかせゆるくかすむそらかな　六

山家柳

霞たつしはのあみともすむ人もあらしによはきたまのをやなき　七

はるの歌の中に

いつまてとかすめるそらにとふかりのはてはあとなき世をしたふらん　八

あすをまつうきよならねは帰鴈なかきわかれに鳴々そ聞　九

おほかたの花は猶こそまたれけれわかみの春を思すてゝも　一〇

暁花といふことを

ありあけの月の涙(涙カ)も匂ふらしうつり香ふかきみよしのゝ花　一一

夜花

はるのよのふけゆくまゝに月さえていろもかくれぬ花を看哉　一二

はるの歌の中に

今日のみと花をみるかなもろ友にたのむへきよのならひならねは　一三

落花未遍といふ心を

吹風に花の心やうつるらんさそはれそむる山のさくら木　一四

はるの歌の中に

身のうさをうらむる袖にやとかりて涙にぬるゝ花のしら雪 一五

芳野川なかるゝ水もうつもれぬみねの櫻や雪とふるらん 一六

ちりにけり年にまれなる櫻花にほふさかりをまつとするまに 一七

山吹の花色衣しほたれてとゝめかねたる春雨そふる 一八

廻逢契や今はつきぬらんすゑたのまれぬ春のくれかな 一九

おもふとなくさむ春にすてられてあすまていきぬわか身ともかな 二〇

あさちふのはなさかりには
かならすおとつれよさらすは
うらむへきよしちきりたり
ける人のもとへつけやりて
のちおそくまうてきけれは
申つかはしける

一五六

はなのかをつてやる風にけふもこすゆきとふりなはわれやうらみむ

三

夏

まつりの日あふひにかきつけ
侍ける

のちのよのやみちをてらせ葵草心をかけてよゝもへにけり　二二

なつの歌の中に

あすしらぬ我ためきなけ郭公花たちはなの五月まつとも　二三

ほとゝきす待かね山にまちえてもなをもの思ふよはの一こゑ　二四

かすならぬのきのあやめは五月雨のしつくもしけきわか思かな　二五

すきかてにやすらふくれのほとゝきすのきはのおかのまつやしるらん　二六

しのゝめのあけゆくそらのほとゝきすおきわかれてやこゑもおしまぬ　二七

やとりつるつゆもけなくにおさゝはらみしかきよはの月そかくるゝ　二八

深山泉といふ事を

やまふかみ人にましらぬいはかけのしみつやゝすくよにはすむらん　二九

嶋螢

けふりたつむろのやしまにとふほたるいつれおもひのもえまさるらん　三〇

行路夏衣

しろたへのころもてかけてすゝみつゝたけの葉山にけふはくらしつ　三一

百首歌の中に

ほとゝきすおのかさ月もくれぬめりけふこそなかめこゑのかきりは　三二

はつせかはふるかはのへにまたもこむ今日のみそきをかきりならすは　三三

みそきするかはせのみつはきよけれと衣のそてをすゝきかねつゝ　三四

秋

百首歌の中に

身にそへる秋ともしらてわかやとののきはのおきも風や吹覧　二三五

たなはたによせて七月七日に
よみ侍ける　初秋

あきになり風は吹とも年にまつ君かためとておかぬ《おかせイ》扇そ　二三六

七夕

あまの原はるかにまちしたなはたのあふせにこよひみ舟よすらし　二三七

草露

風になひくみつかけくさの時にあひて今日をやつゆも契おきけむ　二三八

待戀

ちとせよりなを久方のあまつほしいつへき程をなとさためけむ　三九

逢戀

水の上にうつれるかけのはかなさはまれにあふよやなをのこるらん　四〇

別戀

なくさめよいのちもしらぬわかれたにあるはうきよのならひなりけり　四一

くさの花早といふ心を

さきてとくちるへきはきの花なれやまた大かたの秋はあさきに　四二

あきの歌の中に

たまほこの道のたよりのあた人もおれはうつろふ秋はきのはな　四三

羇旅鴈といふことを

ふるさとをいそく心もあるものをとこよいててやかりはきつらん　四四

秋宮霧

たかまとの宮の草木はしけけれときりたつそらやむかしなるらん　四五

野擣衣

つまかくすしたはのつゆやこほるらむのへのくさやに衣うつなり　四四六

秋歌の中に

世中はうつらなくの〻あきのかせつゐにくさはのつゆもとまらす　四四七

身にさむき秋のあらしやさそふらんくる〻よことに衣うつなり　四四八

さえのほるきぬたのおとやつけつらん衣かりかねなきわたるなり　四四九

ころもてのもりの月かけきよけれはくすのうらはの玉《山イ》もかくれす　四五〇

閑山月

たつねくる人もまれなるみねの月みやこにかへるこ〻ろと〻めよ　四五一

岡竹月

もろともにおかへのたけのよもすからおきゐる露も月やみるらん　四五二

秋歌の中に

待わふる杉の下道いたつらに月をのみ見みわのさとひと　四五三

旅宿月

つゆのみもあたちのはらの草のうへにおきゐて秋の月をみるかな　五四

百首の中に

いたつらにいくあき風にきえぬらむおもひのみたつみねのしらくも　有註マヽ　五五

おしかなくあきとしなれはかり人のひくやゆすゑのよるもねられす　五六

はゝそはらしくれまつまの秋かせはうつる許に吹かひもなし　五七

旅泊紅葉

あらなみのたゝぬいり江にとまりてももみちにいとふおきつしほかせ　五八

水郷紅葉

けふまてはちらぬ紅葉のかけにさへあすかの川はいろにてにけり　五九

秋歌とて

名にしおはゝかものはつひの山風にあはれいつくのもみちゝるらん　六〇

あけぬとてつまとふしかの歸山みねたかゝらしくもに鳴なり　六一

つゆしものたむけの山のしたもみち光をそへててらすつきかけ　六二

ほしやらぬかりほのつゆにしほるらしあへのたのものつるのけころも　六三

たつたかは一日もおちすふくかせにたえすなかるゝ秋のもみちは　六四

なかしてふ九月のよもあけぬ也いつをかきりのうきみなるらん　六五

寒庭虫

秋ふかきまかきのくさによはるなりむしのねかけてしもやをくらん　六六

秋歌の中に

いかにしてつゆのいのちのゝこるらんことしもすきぬ秋の木からし　六七

冬

百首歌のなかに

いまはまたしかのうらなみこほるらしひらのやまかせさえあかすなり　六八

閑居落葉

わかやとゝたのみしかけもまさ木ちるあらしの山の冬のはけしさ　六九

海邊冬鶴

吹かへすしほかせさむしおくの海のいはねにたてるつるの毛衣　七〇

冬里月

ひさかたのかつらのさとにすむ人も月をあはれと冬やみるらむ　七一

沼水鳥

つらゝ（マヽ）ゐる冬としなれはかものすむぬまのいはかきこす波もなし　七二

冬歌の中に

たかしまやかちのゝはらのあとたえてひとりそまよふ雪のゆふくれ　七三

やとからんみわの山みち行くれぬしもおきのこすゝきのしたかけ　七四

おりたゝてみるもさむけし冬の日のあれ田の澤における夕しも　七五

おりくふるしはのけふりにくもりつゝ冬はいたまの月たにもみす　七六

よのうさをたえてしのふの山おろしおとこそたてね雪つもりつゝ　七七

月も日もなかれてはやき物のふのやそうち河の冬のさむけさ　七八

ゆきふれはあまのとまやもみえわかてのこる磯なき沖つしらなみ　七九

水路新雪

たひゝとのすけのおかさもみえわかてゆきをそわたすうちのかはふね　八〇

冬池雪

かつきえしゆきふりつもるつのくにのいくたのいけはこほりしにけり　八一

嶺樹深雪

かくれぬのはつせの山もあらはれぬみねのゆつきのゆきのしたをれ　八二

冬歌の中に

いしはしるよしの河（マヽ）はこほれともゆくとしなみはとまらさりけり　八三

さくらおるおほみや人の数ならてうき身はなしに春をまつらん　八四

ことし又くれぬと許おもへともわかみのはてもちかつきぬらん　八五

心にもあらてふるたにくるしきにうきにたえたる山のゆきかも　八六

秋歌の中に　羈旅月

むさしのは秋の心のはてもなしみやこの月のしもにさえつゝ　八七

湖上月

みるめなきうらみもあらししかの海のおきつたまもをてらす月かけ　八八

しかのうみとまれる舟はかえれともくるれはやとる秋のよの月　八九

戀

春戀といふ事を

忍はしないは木の山のいはつゝしいはてやむへきおもひならねは 九〇

あふとたにまたみもはてす草枕かりねはかなき春の夜のゆめ 九一

したにのみおもふあたりのさくら花霞の間よりにほひおこせよ 九二

夏戀

さよ深き神なひ山のほとゝきす人こふる身もなく〳〵そきく 九三

秋戀

しぬはかり秋のよことになけけともなかきはつゆのいのちなりけり 九四

おみなへし人もなひかぬわかやとのきりのまかきになにゝほふらん 九五

(此一首ヽヲシテ消シタレド一字不同有依テカヽグ但シ歌番ハ同前ニス)

しぬはかり秋のよことになけくともなかきはつゆのいのちなりけり (九四)

戀歌の中に

日にそへてむへ山かせのあらし山人の心の秋そふけゆく　九六

いまそしる人をもときしゆふくれのそらは心にかなはさりけり　九七

さりとん（も）とまつにかゝれるつゆのみをしらてや月のいらんとすらむ　九八

おもひわひこやのけふりにたちそへと人にとはるゝゆふくれはなし　九九

わかそてを秋のならひにかこてとも月やはくもるはきのうへのつゆ　一〇〇

ふなひとのかとりの浦にとまりてもあふをかきりのみはこかれつゝ　一〇一

なくしかのおきふしわふる秋にあへすきえてわすれぬ人のおもかけ　一〇二

やよしはしいのちにかへてあふさかのせき吹こゆる秋のはつ風　一〇三

ふみ分てつゆをはあたにみしかとん（も）ゆふへむなしきくさのはそなき　一〇四

ゆふされはそらとふとりのねにたてゝゆくかたもなきみをそうらむる　一〇五

わすらるゝみをしる雨のふるそては在明の月のあるかひもなし　一〇六

たのめてはまたれしものを山てらのいりあひのかねもよそにきゝつゝ　一〇七

寄水戀といふことを

あけわたる月もとまらぬあふさかのせきもるしみつみつからやうき 一六八

やま吹のはなのたよりに
もの申そめたりける人の
かれかたになりゆくをなけき
侍ける人にかはりて
ちしほまてそめてし色もと〻まらすうつろふころの山吹のはな　一〇九
この人はつねにあひかたきゆへありて
よと〻もになけきなから
又山吹もさきにけれは
文つかはしけれとひんあし
くてかへりこともせさりけれは
おなし人にかはりて
くやしくそとへとこたへぬ色をしもおもひそめける山吹のはな　一一〇
あひかたくしてあひたりける

おうなのあふきをとりかへて
侍けるかゆふかほをかきたり
けるをはみるにつけてもゝよを
さるゝ心ちのくるしけれはとて
かへしつかはしけるそはにかゝむ
とてこひ侍しかは

うちとけてねられし時のゆめなれやみし夕かほの花のしたひも　二二

ものおもふけしきなりける
人のもとへ申つかはしける

ゆふくれは吹そふ風を身にしめてこひせぬそてもつゆは落けり　二三

醍醐のわたりにすみける人の
もとよりかへりてあしたに
つかはさむとて申しかは

きえかへるおもひそまさるすかはらやふしみのさとの秋のはつしも　二三

おの〻わたりにしのひて
かよふ所ありときゝ侍し人の
なか月のころとおきところへ
まかりにけれは申つかはしける

君しのふおの〻秋草しもかれてつゆのいのちもきえやらぬらん　二四

雑

百首歌の中に

わたりするみつのかはらの柳かけふねよふ人のたゝぬ日そなき 一二五

いつまてかつれなきそてにやとすへきおなしみやこの在明の月 一二六

よそにのみさくそかなしきよしの山すめはすむなるみねのあらしを 一二七

世中はあきかせあらきおく山にたえてすむへき心をそまつ 一二八

古寺松といふ事を

今日たにもしつかにきかむなからへていくよあらしの山のまつかせ 一二九

山家燈

風をまつつゆの命の友なれやたけのあみ戸の秋のともし火 一三〇

百首歌の中に

月の入おくらの山にやともかな心にねかふにしやちかつく 一三一

さためなきうきよの中のむらくもに光みえさす山のはの月　一二二
心すむ月やいつるとまちわひてまたやみつせのかはをわたらむ　一二三
いとへともうきよの中になからへてものおもはするいのちつらしも　一二四
なかゝれといのるによらぬものなれはいとふもしらぬつゆの玉の緒　一二五

入道中納言家にまうてゝ古今つたへ
たまはりてかしこまり申けるついてに

いかさまにむすふ契もあらはれてわかみにあまるよゝのことのは　一二六

御返し

かきつめし三代のことのはつたへおくもとのこゝろは色にみゆらむ　〔一二六〕

亡父かくれ侍しのち

よそにてはつれなきものとみしかともうきにはたえてあられけるかな　一二七
おしからて月日ふりにし身ならても世をすてつへきわかおもひかな　一二八
思かねしはしまところむ程ならてむかしわするゝ時のまもなし　一二九

一三〇 おもひねのゆめてふものもなかりけりむかしの人をいかてかもみん

一三一 いつかまたそらの煙となたなひかんいまはむかしの人こふる身も

一三二 わかれてもおなし所に廻あはゝなくさますともなくさめて猿

一三三 むかしたにあはれとおもひし橘の香をなつかしみなきつゝそみる

一三四 あらしふくあきまてあらはいかゝせんいまはくち木のかけたにもなし

一三五 おくれなはつゆのうきみのなにとしてあるへきものとおもひおきけん

一三六 もろかりしなみたのつゆはとゝまらてこふるたもとのぬれぬまそなき

一三七 世中のうさそみにそふなきこふるそのおもかけは月日へたてゝ

一三八 いまはたゝ身のあるをのみなけくかなよをうらみしも世をしたひけり

心の水すむよなき事を

なけきて

一三九 あはれとはそらゆく月もみそなはせ心とにこる心ならぬに

よもきかもとの梅としも

はなに咲たれは
つたへすむわかよもすゑに成にけりおい木の梅はなをやのこらむ　一四〇
よそゝもにやまゐにのみ
わつらへは
あるしとはのきはの梅もたのむなよひさしかるへきわかみならぬに　一四一
わかのちはみ世の佛の花となれおりてたむくる人はなくとも　一四二
栖霞寺の西に二尊院といふ
てらに涅槃おこなふを
年々《ナシ》結縁ありしかはいまも
まうてたれはいとゝかなしくて
つれてこし人もなきよにのこりつゝことしそ今日もいとゝかなしき　一四三
にはのさくらはるをわすれねは
あたならぬためしにひかむさくら花さらぬわかれはまたもあひみす　一四四

わつかにさきしふちのとし
とにさかりなれは
うかりける身をなけよとて藤波の花もことしやさきつくすらん 一四五
神なりいなつましていける
世にたにもかなしきに
雷のほゆるかとしと
あるもすてにみる心ちして
いなつまの光をみてもかなしきはこのよのゝちのうきみなりけり 一四六
しつみけん身の有さまのおもほえてうかふうきよを猶なけくらし 一四七
いにしはるやまゐのうちに
秋のくさをうへさせていと
はかなしとおもひしかとも
いろ〳〵にさきたれは

一四八 とゝまらぬ人のためとてうへしかとまたこの秋のはなをみるかな

一四九 なきかけにかはりてすまはやとの月うきよにわたる身をいかゝみる

一五〇 ふるさとのいたまの月のさひしさもしらていつくに君かすむらん

一五一 いまよりはうきみのとかをみなすてゝあはれとはかりたれかみるへき

つねよりもやまゐのこゝち
心ほそけれは

一五二 身にちかくしての山ちや成ぬらんのこりすくなくおもほゆるかな

月を見風をきくにも
なみたのみおつれはむかしの事
おもひてられて

一五三 われも又行へきさきの近つけはなみたのつゆのもろくなるらし

かくはかりものおもふ人も
なけれはこれのみや友と

ならむとて竹をうへて
みるほとに心ちのかきくらして
一五四 よはる身はうきふしゝけきわか友もいく世みむとてうつしうふらむ
なき人のためとて捧物すゝむる
人のもとへものかゝぬさうし
すゝりなとつかはすとて
一五五 ゆめのよはあともなきさのはま千鳥なく〱とふやかなしかるらむ
にしのかへに月輪をゝしたれは
夕日のかけありあけの光の
うつろひていとあはれ
なれは本地おもひよそへ
られて
一五六 世をてらす光をみてもむらさきの雲のうへなる月日をそまつ

いまはたゝ心をかくるむらさきのくもよりほかにまつともなし 一五七
とりへのゝけふりも西になひかなむおもふ心のすゑをたかへて 一五八

月日ふれとなくさむよなく
のみおほえて
冬きても思にあまるなみたのみつきせぬものと風やふくらん 一五九
われたにもなからむあとにとまりゐて又たらちめのいかになけかん 一六〇
わか心人のこゝろもあらはれてうしやうき世はたれかをしまむ 一六一

しわすの十五日二尊院に
まうてたれは廿五三昧おこ
なふとて現在帳をよむに
名字のあるをきゝて
けふまてはまたあるかすに年くれてかすみとならん春そちかつく 一六二

かたみの色ぬきすてむと

しける日かきりなくかな
しけれはあすもあるへき
心地もせて入道中納言家に
たてまつりける

ふちころも今日をかきりとしたふも（本ノマヽ）かなあすもあるへきわかみならねは　一六二

御返し

なからへて身をかたみとそしのふへきわかれはさこそなくさますとも　〔一六三〕

墓所にまうてきあひたる
人のもとへ

なきあともかはらぬ人をあはれとやくもとなりにしそらにみるらむ　一六四

遠忌のつきの日おなしさまに
いとなむ人のもとへ

いかにに君今日はかなしやかたみとてまちしきのふもねぬるよの夢　一六五

たまきはるわれもむかしのあとかけてひとりかゝけよのりのともし火 一六六

むかしのおもかけたひ〳〵
うつしてとにおもふかとく
なりけるをよろこひ申す
とて

本の身にふたゝひおもふおもかけはこのよひとつにおもふとやしる 一六七

返し　左京権大夫

あなかちにおもふこゝろのふかさにそふたゝひおなし身をもむかふる 〔一六七〕

信行ともにかけて罪障
ひとりふかき事をなけきて

うきしつみ身をはたのますみつせかはひろきちかひの舟にまかせて 一六八

年月のかさなるにしたかひて
かなしさのみまさりつゝ

心ほそさもしのひかたくて
遠忌の聴聞せし人の
もとへ
めくりあふ月日のとにかなしきはいまは限りのとしなりけり　一六八
かへし
なみたかはみかさもさこそまさるらめいまはかきりのさみたれのころ　〔一六九〕
又これより
せくみつもおちそふころの五月雨にわかれをとむるみちはたえにき　一七〇
としにまつむなしきそらのかたみにもたまきはる身はまたわかれつゝ　一七一

かたみのいろぬきかゆへき事も
ちかくなりていとゝかなしさも
もよをされ侍しかはいろ〳〵の
はなを二尊院にたてまつる
とて

すみ染のたもとは花のよそなれと三世の佛のためとてそをる　一七二
なき人のかたみの色そおしまるゝひさしかるへきわかみならねと　一七三

御返し　院主正信上人

すみそめのたもとおりはへかさしけるはなはあはれと三世の佛か　〔一七二イ〕
かゝりつるなみたの色ははてなくてたもとはかりをぬきやかへてん　〔一七二ロ〕
君はなをちよにましませ皆人をわたさむまてのはしもりとして　〔一七三イ〕
あはれにも契おきけるちきりかなまとの道のみちしるへとは　〔一七三ロ〕

平等院の紅葉ほかよりも

おもしろかりしかはおりて
たてまつるとて

さためなききよをうち山のもみちはにあきの心はそめつくしつゝ　一七四

御返し　おなし上人

いつくにもすくれてみゆる紅葉かな法のしくれやそめておこせし　〔一七四〕

河邊鳥といふことを

よしのなる夏みの河になくかもゝうきてよにふるはてやかなしき　一七五

名所述懐

そむかはやみはうち山の夕しくれふりみふらすみさためなきよを　一七六

いつかみむまた入やらぬみちのくのしのふのおくにかゝるしらくも　一七七

名にたてるあはての杜はかすめともわれをやはるの猶へたつらん　一七八

いたつらによしのゝ山のあるものをみをゝくかたをなにもとむらん　一七九

曉神祇

心あらはこゝろやすまむ晨明の月さえわたるかものみつかき　一八〇

夜釋敎　釋迦發遣　彌陀來迎

あみた佛とゝなふる聲をかきりにてうきみをゝくれはるの夜のつき　一八一

露色隨詠集

空體房鑁也

露色随詠集 二

自詠 六百首
贈答 三十七首

月百首

伊勢嶋松人

一 はるをしるいろそのとけきゆふかすみみとりにすめるみか月のかけ

二 わかなつむしつかいゐちのゆふつくよかけをかたみにかけてゆくかな

三 このまわくる月のひかりそなつかしきむめのにほひをおろすはるかせ

四 かせのよるやなきのいとのいろみえてかけもたわゝにすめる月かな

五 たきゝつきしけふりやいまにのこるらむはれてもくもるきさらきの月

六 やまのはのはなもほからのしのゝめに月影わくるうくひすのこゑ

七 なかむれはやまのはことにさきにけりはなまつころのみよしのゝ月

八 ひかりをはかすみのうちにおもはせて月ははるこそさひしかりけれ

九　かみさひてこかけくまなきなかめかなはなさくみねのはるのよの月

一〇　みやまへのはなのさかりもまとはれぬときはにしろしはるのよの月

一一　すむ月もさやけかるへきみねのはなをくもと見れはやおほろなるらん

一二　なかめやるかへるかりかねくもきえてかすみにのこるありあけの月

一三　月かけとまかへてこそはなかめしかさかぬかきねもさけるうのはな

一四　わかやとのしのふのつゆにすみなれてあやめにすかるのきの月かけ

一五　さみたれにほのかに月のみえつるはおもかけなれやおもふあまりの

一六　月そかしまよひにけりなにはのおものしもにしをれぬとこなつの花

一七　なかむれはこゝろそやかてやとりぬるはちすのつゆの月のもなかに

一八　かけさえて月のやとかるましみつはなつをとたゆるすゝみなりけり

一九　ほしあひのそらのあはれをゝしなへてかけもてかこふゆふつくよかな

二〇　かせふけはたまゝくゝすのうら見えてつゆにみたるゝのへの月かけ

二一　ちさとすきふたちさとにもこへぬらんむかししらるゝ秋のよの月

ゆくすゑにあきのなかはのくれまたはこよひの月やまつおもひいてむ 二二
ちゝのくさはなもいろ〳〵さくのへのつゆはおなしき月そすみける 二三
つゆにやとる月にこゝろのうつるまにうつらたつなりみやきのゝはら 二四
つゆむすふちくさのはなはしもかれて月さきかはるおのゝしのはら 二五
むくらとちて人そいりこぬわかやとは月はよかれすつゆのよすかに 二六
つゆをけは月こそすまめむしのねのしけくもあるかなこけのころもて 二七
いかはかりあまおしむらんあきのよのあかしのおきのありあけの月 二八
つゆやとるよもきにかせのいろさえて月ちりまかふにはのおもかな 二九
なかめやるちさとにつゝくこほりかないかこからみにあまる月かけ 三〇
月やゆきゆきや月かけあきわかんいろにまとひぬこしのしろやま 三一
むくらはふのきのしのふをかきわけて月ふきいるゝ山おろしのかせ 三二
よとゝもにやとれる月のかけきえてにはもたもともつゆそのこれる 三三
きりはらふそこのはまかせこさはれて月すみのほるよすかしまやま 三四

三五　つゆのいろのもりのかゝみうつしけりちゝのくさはの月をさなから

三六　あけぬとやおほおろとりのさはくらむ秋しるよはの月のひかりを

三七　つきかけのものいふよにもあらなくにむかしの秋をとひそかけつる

三八　あきのよのあはれのいろをうつしきて人のこゝろをしおる月かな

三九　このはふくかせをしくれになかむれはみねのましらは月になくなり

四〇　もみちゝるこのしたおとはしくれにて月のひかりそふりつもりける

四一　みねわたるくもにもみちのさそはれてこすゑも月もはれにけるかな

四二　くもはらふこすゑもしろく見ゆるかなあらしにやとるみねの月かけ

四三　むしのねものへのくさはもゝろともにしもかれにけりありあけの月

四四　ゆきはれてみやこの月をなかむれはよものわらやもたまのうはふき

四五　ふゆのよはさえこそまされかれくさのしもにしもをくのへの月かけ

四六　ゆきうつむしはのいほりにくもはれてまとよりうつる月のすきかけ

四七　みつしほににほのうきすのゆるかすはこほりとやみんなにはえの月

ときはなるはこやのやまのまつのこゑこたふる月にたくへてそみる　四八
かけまくもかしこきみよのうらはれてのとけき秋の月をみるかな　四九
かせふかてつゆもやすみのみよなれやくさはのとけくすめる月かけ　五〇
しきしまのよるのみきはのゝとけさに月やとしむるいせのはまをき　五一
かみさひて山たのはらのあやすきは月のすみかのしるしなりけり　五二
あさくまやかゝみのをもにかけみえてかみちのやまにありあけの月　五三
いはしみつさやかにすめる月かけにむかしのそてのつゆをしそおもふ　五四
あふひくさたくふかつらにかけそへて月すみうつすかものみやまへ　五五
まつかせにあめのあらくもはらはせてよろすよてらすすみよしの月　五六
かけたかきみかさのやまにすむ月はふりさけてこそなかめられけれ　五七
月をふくわかのうらかせなみはれてくまもなきさにたまつしま見ゆ　五八
さらしなやあかしのうらもまたしらすみやこの月のかけそのとけき　五九
すみのほるひかりはそらにあまれとも月はあかしのうらにそありける　六〇

月のすむあかしのおきのなみまよりあはとそ見ゆるあはちしま山　六一

いせのうみなみもなきさにゝほはせて月にはなさくおふのうらなし　六二

いせのうみちさとのほかのあなたよりなみわけいつる月をみるかな　六三

くまもなくきよみかおきにすむ月のなをとゝむるはなみのせきもり　六四

秋をへてともとなるこそあはれなれこけのむしろにすめる月かけ　六五

くさまくらよはのなこりをしのふれはあさたつそてにしたふ月かけ　六六

うらやましあかしのうらのあま人の秋をかきらぬ月をみるらん　六七

月のかけもれるくさはしなけれともやとにしむるはそてのしらつゆ　六八

月をおもふこゝろのゆくへなかむれはくもふきはらふみねのまつかせ　六九

おりならぬ月すみのほるまほろしのこゝろや秋のありあけのそら　七〇

ふけにけるわかよをそらになかむれはそてにやとかる山のはの月　七一

あらしふくおきつ月かけわきかねておとにきしるしかのさゝなみ　七二

あきかせのむかしのいろそしられける月すみわたるしらかはのせき　七三

菩提宿縁自然方|《引》進

よのつねにやまよりにしへゆく月をなにとわかてもしたはしきかな　七四

入月三昧破無明暗

月にわかなかめいれつるこゝろこそやみにまよはぬたのみなりけり　七五

菩提心能浄法界

うきくもゝひかりにきえてはれそゆく月こそそらのきよめなりけれ　七六

無我法中有眞我

なかめこしいろはさなからきりはれてわかものとみる秋のよの月　七七

衆生心水浄菩提影現中

いさきよきこゝろのみつにやとるらしくさはのつゆもわかぬ月かけ　七八

住靈鷲山及諸住所

なかむれはわかいほりよりすみのほるわしのみやまの月のおもかけ　七九

豈離伽耶別求常寂

なかむれはうき世のほかはこゝそかしこゝろひとつにすめる月かけ　八〇

なかむれははてはこゝろそさそひけるあけかたちかき山のはの月　八一

觀佛智光終得方丨《引》導

すみよしのおきにみたるゝ月かけのきしのねむすふまつのしたなみ　八二

よもすからあきつしまかせ身になれてありあけの月におもひやるかな　八三

もゝちさとすきてもかけのかはらぬはわかもろこしにすみし月かも　八四

ひさかたやあまてる月のますかゝみかけにすたかぬいろしなきかな　八五

おしなへてさためなきよのものなからいろもかはらて月そすみける　八六

いとひこし山はゝるかのなみにしてわたこくふねに月をみるかな　八七

よもすからおきにつりするあま人やこかけおもはて月はみるらん　八八

むかしまてやさしかるへきなかめかなよろつよしれるそてのうへの月　八九

なかむれはしつみなからそさやかなるにこりにしまぬみなそこの月　九〇

やくもたついつもくまなみはれにけりつまもおらはのよはの月かけ　九一
もろこしやなみちはるかのちきりかなわかしきしまの月のしたふし　九二
おくつゆにひかりをさしてすむ月をはなにもてなすいせのはまをき　九三
月のいろはこゝろにこそはうつりけれ身にしむものといかにいふらん　九四
あきのいろに月もむかしやあかぬゆへいまにこのよをめくるなるらん　九五
ふくからにあまきるいろそさやかなる月そめはやすみねのまつかせ　九六
月のいろのあしのはにをくしもとてやさはへをたつのなきてたつらん　九七
おもひせぬためしとそきくむかしよりおなし色にてすめる月かけ　九八
山かけにすみならひこしあまりかな月にしられぬそてのしたつゆ　九九
さためなきことのはのみそたのみあるしくれはれゆく月をためしに　一〇〇

閑居百首

二〇一 あと見えぬこゝろのゆくゑなかむれはおもかけたてるみよしのゝいほ

二〇二 たのめつゝよしのゝ山ちおもひいりてはなよりおくにすむこゝろかな

二〇三 よしのやままなくもかよふこゝろかなあたなるはなのいろしりかほに

二〇四 おほかたのうきこときかぬなにしおはゝみゝなし山にわれはすまゝし

二〇五 おもひやるよしのゝおくのさくらはなあるしとなりてはるをしまはや

二〇六 わけいりてはなにとはゝや山ふかみすまむこゝろはありやなしやと

二〇七 よしのやまあはれとのみそおもひやるもらぬいはやにぬれしそてまて

二〇八 はなにいとふもみちにうらむかせのいろしりてなけかむみちをきかはや

二〇九 はるなからことはりふかくおもひいるこゝろのをくそみよしのゝ山

二一〇 このもとをすみかにしめしあとまてもはなにおもひいるみよしのゝをく

二一一 よのつねの人こそしらねつきにすむこゝろのをくのふかきみやまへ

あさなからかくれのやまのをくそおもふいるはかきわけいゑゐせんとは　一二二
こゝこはにさくらのはなをにほはせてこゝろにすめるみよしのゝをく　一二三
かくれゐむよしのゝをくおはなみにとこゝろふかくもわきておもふかな　一二四
おとにきくおはらのおくのしつはらもすまむこゝろにうつしてそみる　一二五
人しれすふかくすみいるこゝろかなたかのゝをくのありあけの月　一二六
おくふかきたもとにくさのいほしめてすむ月かけをなかめいるかな　一二七
はるすきてみやこもうときみやまへにこの身をかくさむ花のかけもかな　一二八
はな見にとふかきみやまのゆきのおくにいりてかへらぬ身とやならまし　一二九
ゆきふかきよしのゝおくにいゑゐしてすきにしかたをゆめになさまし　一三〇
きたやまやにしやまのへのはなみにとさてすみぬへきたにもたつねん　一三一
うかれいてゝくものあなたにましりなんたかのゝおくのたにのすゝはら　一三二
はるこそはいるへかりけれよしの山さくらかりともことつけにして　一三三
うきよをはかくれのやまのさくらはなみかてらにこそいるへかりけれ　一三四

つまきこりかたやまさとにをりたきてみやこのはなのちるも見さらん　二二五
わけきつる山ちやおとろとちぬらんおくりておきし人もとひこす　二二六
たにのゆきゝえはてころにいりゆかんあとをたつねてとめもこそすれ　二二七
やまちしるわれならなくはたれかみむよしのゝおくのおくのさくらは　二二八
わかやとのはなとそいまはまたれけるとしにわけこしみよしのゝおく　二二九
はるゆへのなはなかすともよしのかはそのみなかみにふかくすみなん　二三〇
よしのやまふかきなかめにはるをへてはなはさなからありあけのそら　二三一
なかめつゝことしもなにとくれはとりあやなくはなをまつそはかなき　二三二
くれ〳〵とさくらのしたにやとしめてよしのゝたにゝよをやくらさむ　二三三
よをいとふすみかのなこそあやなけれいもせのやまのこのもとのいほ　二三四
よしの山はな見にこそはいりこしかしはのいほりもとしふりにけり　二三五
かくれゐるこのはのしたのきり〳〵すよをしのひねのためしにそきく　二三六
はなをうゑてたにのこゝろをかこひてむいろしるいほと人もこそとへ　二三七

一三八 ふかくすむやまのかひなるつきかけを秋のよすからひとりみるかな
一三九 たにもふかしあはれはかりはすみなさしこのはしのきて人もこそとへ
一四〇 山ふかみこゝろもふかきすみかかなゆきのみうつむしはのしたふし
一四一 これもそのみやこのたつみしかもすむやまのなおなししはのいほりそ
一四二 みよしのゝおくのをくもなを花もありやまたのはらはたゝすきのかせ
一四三 はる〳〵といくたにみねをわけこえてよをわたらひにいほむすふらん
一四四 はなさかぬはるしらくものたにのほらかせをうれへぬすみかなりけり
一四五 もろこしはさそかしとのみたにのとのこゝのみやこもくもゐなるかな
一四六 いにしへは花もこのよはいとへはやよしのゝをくにさきはしめけん
一四七 さくらゆへよしのゝおくもとはるなり我かすむ山はしかもをとせす
一四八 やまふかみしかこそ人もすまさらめとりもをとせぬたにのおくかな
一四九 はなかりとことつけにこそしほりつれこれよりをくはしるしよしなし
一五〇 はなゆへそよしのゝをくもうとくなるかせにとはるゝよすかとおもへは

よしなくそつかろのをくもすみなれて又うき時はいつちかくれん　一五一
おくやまのやまのあなたもとやまありそのさともはなこのさともはな　一五二
やまのはらふかきこのよのゆめなからありあけ月にすむこゝろかな　一五三
ゆきふかしみやまもふかしふかくすむおくのこゝろはありあけの月　一五四
よふことりやまひこゝそはこたふらめゆきのをくまてたれかたつねん　一五五
あやなくそよしのゝおくもたつねけるつゆものとけしいせのはまをき　一五六
よしのやま山はむかしのやまなからはなゆへならてすむ人もなし　一五七
はなのもといたらぬくまやなからましはるをいとはぬ山ちなりせは　一五八
このもとにすみそむるよりおもふかなはなしさきなはいつちゆかまし　一五九
あきはきりはるはかすみにうつもれてはなと月とはうときたにかな　一六〇
ひとゝはゝまたみよしのゝをくのおくにはなとよをへておるとこたへよ　一六一
よのなかのうとくならすはみよしのゝよしのゝをくのはるしらましや　一六二
わけいりしこゝろのほかのすみかかなはなにとはるゝみよしのゝをく　一六三

一六四 我かものとよしのゝおくのさくらはなかめてはるのかすそへにける
一六五 さきてちるはなのよそにはるふれとしる人もなしみよしのゝをく
一六六 しをりせぬよしのゝをくのさくらはなかめてはるををしむもかは
一六七 さらにさはうきことをみぬ山もかなよしのゝおくもはなはちりけり
一六八 なをふかくわけいるとてもみよしのゝおくのゐなたもさととこそきけ
一六九 ちらすとて山のかひゐるもみちかはふきおろせかせさとのすさみに
一七〇 たにふかくいほしめしよりうくひすのいつるはつねはとし〳〵にきく
一七一 みやまへはひさし《サヒ（マヽ）》きよりそとことはのひはらかしたはかせものとけし
一七二 もののことにうとくなりゆくわかいほに月そむかしの色にすみける
一七三 ときはなるたにゝは秋もしられねはしかのねきかぬすみかなりけり
一七四 とやまにははなももみちもなかむらんわかすむおくはゆきそきえせぬ
一七五 さらぬたに人もとひこぬたにのとをゆきとつらゝのとちにけるかな
一七六 しゐしはもまはらなりゆくわかいほは月としくれのもらぬよそなき

しはのいほやこけのよとこにとしふれといなはかきわけとふ人そなき 一七七
山ふかみゆきふみわけてかすかなるたにほらのをくかくれてそすむ 一七八
すましつゝこゝろのもなかいほしめてみやこなからのみよしのゝやま 一七九
しきみつむはなのかたみにゆきちりておりしもすこくましらなくなり 一八〇
しきみたくけふりのにほひとをとちてすゝのしのやに月そもりくる 一八一
かくれゐるいほはいつくとしのひつゝとふ人あらはいはくらのたに 一八二
みやこより我かすみかとてたつねこはいはまうしとておくとこたへよ 一八三
よをいとふはるしらゆきの谷のをくはなしさかねはかせもしをらす 一八四
あとたえてひともいりこぬ山のおくにたへすをとなふゆきの下折 一八五
なれぬまそひさしくもあるみやまへはあらしもいまはともとなりける 一八六
みやまへははなねにかへりこのはちるいつこのかけかこの身かくさん 一八七
まつかねのこけのまくらをそめわひてしくれすきゆくしゐしはのいほ 一八八
こけむしろもみちのにしきしとねにて月をかたしくみよしのゝをく 一八九

一九〇 なかれいて〻いくよさとひとむすふらんわかたにおくのきくのしたみつ

一九一 あきすさむよしの〻をくのともなれやこけのむしろにすめる月かけ

一九二 いろにしまぬまきのしはふく我いほそこ〻ろしてしくれ秋のやまひめ

一九三 もろこしやみやこの月はそらにみてみやまにましる身そなつかしき

一九四 しほるてふつゆはさなからよそにしてもらぬいはやにしくれをそきく

一九五 とやまなるはなちりぬらしみよしの〻おくのさくらかり人いりくなり

一九六 なかむれはとやまにかすみたちにけりわかすむやとはまたもふるゆき

一九七 つく〳〵とよしの〻いはねとこにしてありあけの月なかを《本ノマヽ》るかな

一九八 なかむれはよのうきくも〻はれそゆくこ〻ろのおくにすめる月かけ

一九九 あかをけのかけにおほめくたそかれに山ひこ〻たふよふことりかな

二〇〇 このもとにすみてもいまはおもふかなはな見かてらに人やとひこん

名所謌　(四十六首)

春日野

かすかのゝわかなのそてにかほるらしかすみにゝほふうくひすのこゑ　二〇一

吉野山

はるのたつかすみたなひくこすゑよりはなのいさよふみよしのゝやま　二〇二

三輪山

たつねつるしるしもあるかな三わのすきすきかてになく山ほとゝきす　二〇三

龍田山

秋きりのたつたのやまのはつしくれおともわか身にこのはそむなり　二〇四

泊瀬山

かねのこゑしかのねたくへてすきそゆくはつせのひはらあらししみゝに　二〇五

難波浦

あさかすみなにはの浦にこゑすみておきこきわたるふなうたすなり　二〇六

住吉濱

すみよしのはまのまさこをかすにしてきみかちとせはきしのひめまつ　二〇七

葦屋里

おちのふゑひもくれたけにきこゆなりあしやのさとのかやりひのそら　二〇八

布引瀧

ぬのひきのたきにそのなはなかせともあやそおりけるせゝのしらいと　二〇九

生田杜

つゆわけてそゝとこのはをならすなりいくたの杜になのるあきかせ　二一〇

若　浦

なかむれはたまのこゑせるなきさかな月かけよするわかのうらなみ　二一一

吹上浦

ふきあけのはまのちとりのあときえてこゑはなみまをわけてすくなり　二一二

交野

あさはらけかたのにまよふかり人のかすみへたてゝこゑあはすなり　二三

水成瀬河

みなせかは月にさやけししかのねにたくへてそきくよとのふなうた　二四

湏磨浦

すまのうらせきふくかせになみさえてしかもちとりも月なかむなり　二五

明石浦

あまひとはとまやにすこくなかむらんあかしのうらのなみのうへの月　二六

錺磨市

うりくさもなへてのいちにくらふれはしかまのかちはいろまさりけり　二七

松浦山

からふねにひととやみらんもみちはをあらしにのこるまつらしま山　二八

因幡山

雲はらふみねのまつかせいろみえていなはの山のありあけの月 二二九

高砂浦

まつかせはときはにきけはたかさこのおのへにしかのあきなのるなり 二三〇

野中清水

くさふかきのなかのしみつすゑをぬるみくむもとしらてひつるそて哉 二三一

海橋立

たこのうみ月かけよするなみこまにあきかせわたるあまのはしたて 二三二

宇治河

いはまくらころもかたしきあしろきのしもにひをまつまきのしまひと 二三三

大井河

おほゐかはくたすいかたに秋ふけてもみちのにしきなかそたちゆく 二三四

鳥羽

とはたゝつくもゐはるかのかりかねをくたすおふねにきゝおくるかな 二三五

伏見里

ふるゆきにふしみのさとのくさやをもみやまへをさしてき丶すたなり（本ノマヽ） 二三六

泉河

いつみかはかはなみはやくゆくふねはなかれにさを丶させはなりけり 二三七

小鹽山

かみのよのちきりのいろそときはなるをしをのやまのみねのひめまつ 二三八

會坂關

すむひとのいほはいつくそあふさかのことのねつたふみねのまつかせ 二三九

志賀浦

かすみしくおきつなきさはあけやらてはなそほからのしかのしの丶め 二四〇

鈴鹿河

このはふるす丶かのたかねき丶わかんあらしにたくふたきつせのをと 二四一

二見浦

ともをふねふたみのうらのほの〳〵にたへ〳〵みゆる松のむらたち 二三二

大淀浦

おほよどのうらみてわたるはまちどりたつをとすなりなみに松かせ 二三三

鳴海浦

なみのよるなるみのうらになかむれは月すみおるゝいせのしま山 二三四

濱名橋

かはきりにはまなのはしのなかたえておちこち人のこゑわたるなり 二三五

宇佐山（津カ私考）

つたもみちそめにけらしなうつの山いろやむかしのしくれなるらん 二三六

佐良郡（志那歟私考）

月かけにかりとひこゆるおとすなりあきのなかめはさらしなのやま 二三七

淨見關

あやなくもなみのせきもりとゝむらん月はきよみのそらにすみゆく 二三八

富士山

さみたれのやみもあやなしとことはにゆきにさやけきふしの山もと　二三九

武藏野

わかくさのゆかりも人にみせしとやかすみこめつゝむさしのゝはら　二四〇

白河關

えすかたつこさふきはらふ秋かせに月すみわたるしらかはのせき　二四一

阿武隈河

はなのはるあふくまかはのなにしおはゝかしこきみよのせにもたゝなん　二四二

安達原

たつねきてまつそめてけりはつしくれあたちのまゆみいろもわか身に　二四三

宮城野

みやきのゝはきかつゆけきあきのよはそてをしほりてしかそなきける　二四四

安積沼

しつのをかあさかのぬまのわかくさにかつかるからにひつるそてかな　二四五

鹽竈浦

あきはきり春はかすみそたちわたるけふりむせひしほかまのうら　二四六

春

よしのやまかすみにけらしからくにのはるをさすてふはゐやみつらん　二四七

けさよりははるつくるなりまとのむめのいろかにゝほふうくひすのこゑ　二四八

かすみつゝくものたちゐのやまのはにたへてこもれるはるのいろかな　二四九

むめのはなことしもまたそさきにけるいろをかをもこそにかはらて　二五〇

やまさくらこゝろはかりにさかすれはいつしかかすみのきにたなひく　二五一

わか心なにゝおほせてしほるらんはなはまたきにはるのやまかせ　二五二

二五三 こその春さきてちりにし我こゝろこすゑにいまやつほみそむらん
二五四 さくらはなさけるたかねもしらくもにうらかなしくもそふかすみかな
二五五 おもふにはうつゝもちかきなかめかなそのもろこしのたにのさくらは
二五六 うららかにくもゝかすみも成にけりみよしのゝはないかにさくらん
二五七 はなをおもふ心もくもをはかりにてよものたかねはたちめくりける
二五八 さくらはなちりゆくそらにゆきふれはこすゑはさらにさきそかはれる
二五九 月にみてくもをいとへはよしのやまかすみいさよふはなのあけほの
二六〇 はるのゆきふりみふらすみおほそらによものさくらをくもに見るかな
二六一 しのふへきあすのあはれもせめてけるたら（え歟）てくれぬるはるのそらかな
二六二 まちえつゝめかれすまなく見るはなにいつしかこそのなつそきにけり
二六三 はるはけさみもすか（そ脱カ）は（マヽ）にたちにけりかすみわたれるやへのみつかき
二六四 はるへてもかれすとひけり我やとのつまゝつかはにきゐるうくひす
二六五 窓のむめしかものかほにすさむなりおはうちふれてこつたふうくひす

ねのひしてみとりのこまつちよまてといはひてそひくきみかためしに　二六六

はなちりぬやよひのそらのいろかへてはるしらくもにふれるゆきかな　二六七

ふるゆきにはなもかすみもうつもれてはるしるしなきとしにもあるかな　二六八

よしのやま山はむかしのやまなれははなやおなしきはなのさくらん　二六九

わくらはも嵐にとはれぬのへなれやつゆをゝもみのはきかはなつま　二七〇

月前擣衣

月かけのおくのあなたにとよむらし山ひこにきくころもうつをと　二七一

なかむかしのころ雅親朝臣をもて
題をいたさせはへりけるにおの〱
めつらしからむ題をいたせとせめ
はへりけれは於栗散國關大衆聲
といふたいをいたしけれは人々
へちのことなりとてよみはへらさ

りけると人のかたるをきゝてさも
ありぬへくやとて
きりはれてこゝろにすめる月かけにおとそさやけききさのやまかせ　二七二
としころ和哥の事なとつねにい
ひかすはす人はかなくなりに
けるときゝて
ことのをゝたちけむゆふへのそてのいろまなくもそらにうつすころかな　二七三
冷泉侍従三位定家
すゝかやまふりはなれにしかたはさそきのふやけふのゆきをたにとへ　〔二七四〕
返し
ゆきのけふはらひもあへすふるそてはくものまよりもきみゝさらめや　二七五
ものへいてはへるほとに長延神主
きたりてよめる

いけみつのなみにこかるゝもみちはのいろにこゝろそふかくそめぬる　〔二七五〕

かへりてかへしに

やみのよのにしきをあらふいけみつもきみかあやめにいろはますらん　二七五

これそこのにこりにしまぬはちすはとなかむるまゝにすめるいけ水　二七六

鶯聲在北

かへるかりわけゆく空にきこゆなりやまのかひなるうくひすのこゑ　二七七

海邊歸雁

ふねそこくあはのなるとのほの〳〵とかすめるなみにかへるかりかね　二七八

しけりつゝさきみたれたるかきつはたたかすさみこしすみかなるらん　二七九

ふかくさの民部卿入道の御もと
にて障子にかきはへる

これやこのよのちりはらふこけのそてに月すむつゆのふかくさのさと　二八〇

堂析にそまへいりはへりしに

はなゝらてひはらのそまもはるすからいたらぬ山のくまもなきかな　二八一
まよひこしうきよのはしめ月にとへはくもをはらひてこたふまつかせ　二八二
なにとなく
きのふはゆめけふはまほろしあすからはせにたちぬへきいろしなきかな　二八三
冷泉侍従三位の御もとへくすり
くして
きみかためよもきかしまのきくのはなまほろしならてたつねてそこし　二八四
かへし
まほろしのうき身はきみになくさみぬよもきかしまのきくのうへのつゆ　〔二八四〕
冷泉侍従三位の御もとより消息を
つけてはへりしをある人のもとへつ
かはすとてそへてつかはしはへる
かりならてたひのそらなるたつきにそそのたまつさはかけてきにける　二八五

なにとなく
おほうみのかたゆくなみにくらふれはなをあとなきはこのよなりけり 二六六
侍従三位の御もとへ
わかのうらやたまつしまかせおにこめてふきにしけしきいつかわすれん 二六七
むかしよものちのよもおしてしられけりよとてならなくきみかちきりは 二六八
しかのなくおのへのすゝきおしなへて月のなみよるさよのまつかせ 二六九
月すみてしかのねさゆるなみのをとにねさめやすこきすまのせきもり 二七〇
なつはいぬのきはにおきはそよめきてそてにつゆをく秋はきにけり 二七一
権禰宜長延もとより
人はいさまつともしらすやまさとのはきはさやかにわれさそふかな 〔二七二〕
けさのあめにたえそかねつるはきの花つゆたにそてにうつすなかめを 〔二七三〕
かへし
さらぬたにひとまつさとはくるしきにつゆふきかくる萩のゆふかせ 二七四

はきはなをいろこそまされけさのあめはきみまちかねのたもとにそふる　二九三

なにとなく

はなそかしはなのなさけはなのれともにほふにほひはしるひともなし　二九四

長延入道おもひをしはへるときゝて

よのなかのいろをあはれにいひなしてことはりなくもとはしとそおもふ　二九五

八月十五夜人々あつまりてよし
のかはいはなみたかくといふ哥を
かみにおきてひとゝきのうちによみ
はへりしなかに

よひのくもいさよふ月をまちえてもなをかきくらすそてのうへかな　二九六

しらつゆのそてにやとかるあきのよは月そかたしくさらしなのさと　二九七

のきはなるしのふのつゆにすむ月のやかてたもとにたまとちるかな　二九八

かせたゝくしはのいほりにすむ月のひかりしらるゝつゆのころもて　二九九

三〇〇 はれくもるくもまの月そあはれなるさためなきよのためしとおもへは

三〇一 いつよりもあくかれいつるこゝろかなみそらの月もいさなふ《マヽ》なくに

三〇二 はつせやまふけゆくかねのをとすみて月にさえたるこからしのかせ

三〇三 なかはにとあきはこよひの月かけになのりてわたるかせのいろかな

三〇四 身をしおりなかめし月のなみにことしのあきもめくりきにけり

三〇五 たかさこのをのへのまつにかけふけてあかしのおきにありあけの月

三〇六 かきくらすこゝろやそらにしくるらんなみたにくもるそてのうへの月

三〇七 くまもなくみそらにあまるひかりかなうらもあかしのあきのよの月

三〇八 ゆきとまてまたきおほめく色なれやおはすて山の秋のよの月

三〇九 くもりなくもにすむむしのかすみえてあしまさやけしなにはえの月

三一〇 身にしみてなかむるまゝに月かけのいろにいてにけりころもてのつゆ

三一一 つゆにすむ月のさやけきかけみへてしかなきわたるみやきのゝはら

三一二 のへのつゆに月しすますはむかしよりあきのよのいろなにゝわかまし

三一三 はまをきのつゆやかたしくかみかせやあらきはまへにすめる月かけ

三一四 やどあれてのきはむくらのしけれどもいたまもりくる月そさやけき

三一五 くれゆけはまつまたれけるならすかななかめなれこし秋のよの月

三一六 そてのいろたまとやよそにあやむらんつゆにやどかるあきのよの月

三一七 ひかりさすたかねのみねのこすゑよりとかけにしるしあきのよの月

三一八 とこなれてなかむる月もすむつゆにうとくなりゆくあけほのゝそら

三一九 おきつかせふけゆくそらそきよみかた月かけとゝめなみのせきもり

三二〇 おはなふくのへのあきかせいろ見えて月のたまゝくまくすはのつゆ

三二一 もみちゝるこすゑさひしき山さとはこの下にすむ月そさやけき

三二二 ひさかたのあまきるくものいろさえて月にしもをくゆきのまつはら

三二三 そらきよみ月すみわたる秋のよになとてたもとのしくれそふらん

三二四 めもあやにみそらのいろそさやかなる月すみのほるみねのとかけに

三二五 てにむすふみつにやどれる月かけをやかて心にすましてそみる

しらつゆに月のやとかるあきのよはのへとたもとそいろまさりけ

三六

戀百首和謌 （百首）

あきのよのしかのねよなかのたくるにていねかてにするたねとなるらん 三一七
わかこゝろあらはに見ゆるものならははきさくのへのしかはなかまし 三一八
おもひそめくれなゐふかくしをらすはこゝろのいろをそてにみましや 三一九
あきかせはいつちふくらし我やとのにはのこはきのつゆはよきつゝ 三二〇
しのひかねうかれいてぬる我こゝろなにのくさはにやとをかるらん 三二一
みちのくのしのふのおくのしらまゆみひくてはつよくわれそよはれる 三二二
そらたのめこよひ〱とおもはせてこゝらの月日かけくらしつゝ 三二三
おりならぬあきのいろあるたもとかなしけきひとめをつゝみやはせぬ 三二四
わかこゝろ人になしてもたつねはやこひてふいろはいかゝやすむる 三二五
おみなへしつゆおきそむるそのよゝりおはなかそてそぬれまさりける 三二六
いはまきる水よりもけにしたはやみくたくこゝろやたまに見るらん 三二七

おもふにはいはほのなかもとをりなんかたくつれなきこゝろなりとも 三三八
たまもかつくあまかたもとにあらなくにしつくをしをるひまもなきかな 三三九
なくせみはうつほになるとしりなからなをつきもせぬわかなみたかな 三四〇
あきのよのしくれにやとるこゝろかな山めくりしてそてはそめつゝ 三四一
わかこひはたゝゑにかけるまつなれやかせはしほれとゆるくけそなき 三四二
なかむれはかけさへうとくなりにけりそてのいろつくあきつゆのつき 三四三
身をつくしふたみのうらのしほあひにあはてそかへるなみのよる〳〵 三四四
はなにそめ月にいろつくこゝろかははきさくのへのしかもなくなり 三四五
つゆにぬれしくれにそむるわかそてになみたをとしてかりなきわたる 三四六
あのゝうらのあまのしをやにたつけふりむせひてそ見る心ならひに 三四七
うかれいつるこゝろのゆくへたつぬれはあさちかはらのゆきのしらくも 三四八
しかのねにたくへていまそわたるなるまつふくかせにやとるこゝろは 三四九
わかそてをきみかたもとにくらへはやいりあひのかねおちのあらしと 三五〇

ちよまてとたのめていてしよこくものなかめくやしき山おろしのかせ　三五一

いにしへのすだれうこかしふくかせの身にしみわたるよはゝきにけり　三五二

わかこひはさみたれのそらにまつ月のありかもしらぬそてにしほるゝ　三五三

ともちどりあとはなきさになみきえてうらとくねのみなくそかなしき　三五四

五月雨かほたるとおもへはわかそてにうつらさへたつきゝすなくなり　三五五

かせふかはまねけよさきのおかすゝききみかとをめにそてとみえなん　三五六

いかにせんはなにちきりてはるくれはさくらまつ〳〵しほるこゝろは　三五七

とことはにたまもすそひくあまならてなにゝたとへてそてかゝるらん　三五八

たまゆらのさよのなかめにうらふれてたえ〳〵《マヽ》ほのみねやのともしひ　三五九

さをしかのつまとふ月にさそはれてこのよもあけぬおのゝくさふし　三六〇

あさまたきまたきしくるゝやまのはのなかめにそまるよこくものそて　三六一

たれゆへそかすみにむせふうくひすのこゑをしほりてしみゝにはなく　三六一

ことならはまくすかはらのおくなれやあきかせしけしそてのうへのつゆ　三六二

わかこひはのへのあきはきすゑわかみもろくもそてにつゆそちりける　三六四
あきのかせすきゆくのへのしつくかもくれなひふかしそてのむらさめ　三六五
なかめやるかせのたつきにすみなれしねやのありかそそてにすきゆく　三六六
かせにこそみたれあひしかたまやなきなとてこゝろにむすほゝるらん　三六七
いはゝやないはぬやいろのいかならむはなふくかせよ月のうきくも　三六八
たのめをきしことのはゝつゆのあときえてまくすかおもにしほる秋風　三六九
たのめこしちきりをくちぬためしにていくとしすきぬ秋のまつかせ　三七〇
人めをは月にかこちてなかむれはつゆかくれなみころもてのいろ　三七一
すむ月はおなしこゝろになかむらんかけをならへぬとこそさひしき　三七二
まとたゝくかせとや人のおもふらんなかめてまなくかよふこゝろを　三七三
わすれしなわすれしとこそまくすはのかへすまてにもうらかれにけり　三七四
よかれせすこゝろはかりはかよはせてあはてとしふるゆきそいたゝく　三七五
よしなしないかなる月日なれそめてあけくれそてのいろしのふらん　三七六

せめてわか身をたなはたにたくへてもとしにこよひをまたはこそあらめ　三七七
はつせかはふるかはのへのすきならてまつのちきりにとしもへにけり　三七八
うかれいてゝくさはにやすむふくかせにつゆとけぬへきわかこゝろかな　三七九
あやめくさみかくれてのみそてひちてふかきさはへにしつむころかな　三八〇
〽しのへともそてはなみたのそめてけりこゝろのいろやよそにみゆらん　三八一
おもふとも思ひしられぬあきのよはしかのなくねもしのひてそきく　三八二
くれなゐのいろやわか身にあまるらんちしほのなみたつゆとちるかな　三八三
わかこゝろくもとかせにそたくへゆくうはのそらなるゆめのちきりに　三八四
いそにすむあまならなくに人しれすあさゆふそてにしほはたれつゝ　三八五
いろことにおもひつくせるあきのよにきえかてにするともしひのかけ　三八六
〽たえはてゝとはすはとはす我はたゝきみをうらみしきみをわすれし　三八七
わかこひをゆきすり人にたつぬれはこたへはなくてねをそなきける　三八八
はなもなし月もすまなくおほそらにむきゐるかたそなかめられける　三八九

三九〇 こはれすもやさしくもなき我身かな人をわするゝなたにたゝねは
三九一 もろこしのよしのゝおくにまかへてやよになき身ともひとにきかれん
三九二 あさとあけてくもゐにのへそなかめやるきみわけゆきしおはなかくれを
三九三 こひわひてあまのかるもそうらめしきわれからしほるそてとおもへは
三九四 いまはさはおもひいてしとおもふよりこゝろよはみにそてはそをちぬ
三九五 しつめかねこゝろはよもにちりにけりおもはぬいはのほらたにもなし
三九六 わするゝことのはまてそなつかしきそれゆへものをおもふと思へは
三九七 くもはやみそらのしくれははれにけりあやしやそてにすきやらぬかな
三九八 いかはかりそてしほるらんおきなくさはきかつまよふしかのなくねに
三九九 またしらぬおのゝすみかまよそなからおもひやるよりそてむせひつゝ
四〇〇 おきのはのそゝとんせねとあやめつゝなか／＼しよをいねかてにして
四〇一 なかむれはにはにしもをく月ふけておちこち人のおとそすみぬる
四〇二 しつのめか山さはゑくをつむからによそのたもとにつゆのたまれる

むもるれはとけぬやかなしとしをふる山下ひかけつもるしらゆき　四〇三

そてひちてやまたのさはにゑくそつむみかきかはらのむかしならねと　四〇四

玉かつらたへぬものからわくらはにかけてとはるゝつゆの身そうき　四〇五

あふまてとまつらさよ姫いそまくらいはなかたしきいくよねぬらん　四〇六

しのひこしみとのまくはひあと見えてわかなくやしきねをもなくかな　四〇七

いせしまのいはねをしめてすむからにあはひのかひのみともなるかな　四〇八

あやなくもつけのまくらをなつさへてちきりしことのわするまそなき　四〇九

さをしかのつまとふこゑを身にかへてあきのよすからねをもなくかな　四一〇

まくすはらなひくあきかせふくからにそてのうへさへつゆのちるらん　四一一

のとならはなにとかなりてすまゐせんうつらあとなきまくすはのはら　四一二

あきすからきくにこゝろそすみわたる人もとかめぬひくらしのこゑ　四一三

なかめやるのきはにゝなへてすみよしのきしのしたくさおひそしけれる　四一四

わかそてはそのもとあらのはきもなしなにをよすかにつゆちらすらん　四一五

おほそらの月ひとおとこまつなへにつまよふしかそなきわたりける　四一六

わかこひはしのふのおくのあきなれやしくれもしけししかもなくなり　四一七

はきもさくしかなくそてにおち人のあさちのあきのいろそとひける　四一八

なみたかはなみこすうみになりゆけはうきせのそてそすゑのまつ山　四一九

つゝめともいろいてにけりたてのほのからくもそてをひとに見えぬる　四二〇

あきかせにしられぬのへにたくへてもきえかてにするつゆの身そうき　四二一

いせしまのあまにとはゝやあはひてふかひゆへひつるそてのふかさを　四二二

われもそのことやとはましみやことりすみたかはらのたひねならねと　四二三

まちわふるうつゝのなかめつきぬれはころもかへしていくよねぬらん　四二四

なかめやる山のおくひとことゝはんしかのなくねはいかゝかなしき　四二五

きゝおくるよはのかはみつおとふけてかたしくそてになみくゝるかな　四二六

月　に

くもたかくみそらにゐまる月かけのつゆのよすかにそてに見るかな　四二七

あるひとのふみをかきおきて
ふねよりまかりはへりけるに
やとにひときたりてふみを見
てよめる

はまちとりゐとをとゝめておきつよりなみまかすかにいまやゆくらん　〔四二八〕

かへし

なみちよりまつらのしまになかむれは心にいさよふひれのそてふり　四二八

ある人いゑをいてけるに人の
もとより

はなつまはかたみをそてにかけかへておなしみやまへいらむとそおもふ　〔四二九〕

かへし

つみなれしはなをはまきにこりかへてやまちはひとをそへしとそおもふ　四二九

あるなまめきたる人のおやのこ
ゑたかくこをいさめられけるに
きゝて

よそまても身にそしみけるおとたかみはゝそのもりのこからしのかせ　四三〇

かへし

このはたにちりにしものをはゝそはらあらしはよそもけあ《マヽ》しかるらし　〔四三〇〕

人のもとよりうりちこをひと
にとらせたりけるに

こゝろあらはかへしてことをつけてましものもいはなくちこのすかたよ　四三一

返し

おもふあまりことのはつけてやりしかとはかなくちこのかたらさるらん　〔四三一〕

いせへくたるへきひとありけれは
人のつかはしける

いつかさはいせのはまおきおりふせて月にやとかすつゆをはらはむ　〔四三二〕

かへし

いせのうみはまおきのはのすゑのつゆに月すむころをまつとしらなん　四三一

月のころひとのよめる

月よゝしよゝしとこよひまちわかぬいかにせよとてかけくらすらん　〔四三三〕

かへし

月よゝしよゝしと人にすゝみなはまつまたすともいかてきかまし　四三三

月のころしくれけるに

月にうつるこゝろさへむとしくるれとなかめはくものうへにすむかな　四三四

かへし

月きよみなかめをかはすくものうへをいかに時雨のさへむとすらん　〔四三四〕

ひとの
はるのうちはやとをまくらにすみなさんはなふきいるゝかせをいとはて　〔四三五〕
かへし
はなこそはあるしなりとはたのみこしそのかけにすむゆくへおもへは　四三五
なにとなく
はつはるのかすみにむせふうくひすのこゑをかすかにしみゝにそきく　四三六
ひとにかはりて
とけやらぬこゝろまとひのさよすからねぬにもゆめをむすひけるかな　四三七
返し
ゆめそかしこゝろまとひにしたひものとくともしらぬよはのなこりは　〔四三七〕
五節櫛人のもとへつかはしける
さしくしのさしもかひなきおやのよにこのちきりをはわすれすとしれ　四三八
かくはかりさしはなれぬるなかならはこれをわかれのくしとたにみよ　四三九

かへし

うりちこのおやの契はさしくしやさしてくちせぬためしとそきく　〔四三八〕

〽くちもせしおもふあまりのことのはをわかれのくしにかへむものかは　〔四三九〕

ひとにかはりて

はる〳〵とわくる山ちもかみかきもおもふこゝろはひとのためかは　四四〇

なつころぬしなきいゑに人の
やとりはへりけるにとなりのかた
よりとはれけれはよめる

にはくさにつゆたにとはぬなつのよにおもはぬゆきのそてにふるかな　四四一

ひとのたひところにはへりけるに

おもひやれ松かせふけぬわかやとにこのもとの月たれなかむらん　四四二

なにとなく

なかむれはかりとひこゆる山のはのくもにたゝよふわかこゝろかな　四四三

四四四 はなになれてはなかりゆけはしらくものゆきしろたへのそてそふりける

冷泉宰相治部卿御許へ
絶久不言上案内定及御不審
候歟更以非疎略之議只依貪道
尫弱難差合期専便居邊山幽
谷之間不知都鄙便風候故也
然而偏奉懸澤御邊以慰神罷
過候者也

四四五 おもひいてぬおりこそなけれむすひこしみやこのいつみかけもすゝしく

盡志至偏仰陰徳之處去春
付被遣長延入道許へ御書預傳語
候歟且悦員外隱士被思食書之

事且恥不顧恩札被處等閑之事

わくらはのかせのたよりにとひはせてうたゝもよそにいさふなるらん　四四六

おもひやれきみもとはなく我いほはかせにしられぬはきのうへのつゆ　四四七

小阿射賀御庄預所使者定常
往反候歟時々ハ被仰下候へかし
又可有御參宮之由度々其仰
さふらひしそかし

みやかはのあふせとはきみか神かきにちきりてしかはわれのみやまつ　四四八

二見浦一度は尤可經御覺
也候覽

かみもさはふたみのうらの月かけをひとめたにきみなかめせしかも　四四九

先年御參宮之時御詠をた
むけおはしますこといかてかおほ

しめしあはせられさらんや
盡信之至乍憚所上聞候也

これやそのおとろのみちのはしならぬねきしことのはあふせとしらなん　五〇

尙々御參詣候は感應無疑候
歟神は是仁ニ同云事有其謂哉

あゐそめもはひさすからそしかまなるかちよりもこきいろとなるなれ　四五一

いつそや八重櫻をつき木にせはやと
仰のさふらひしか心にかゝりて
このみやの御邊にめてたきやへ
櫻のさふらふをこひうけて
このはるおろしえたにして
さふらふなり當時もねはさし
て候へとも寒にはかれもうし

候とて不進候明春必可進候也

かみかせや山たのはらのやへ櫻ひとえたおろすきみかみために　四五三

欝念之餘乍恐言上心事存略候

恐々謹言

かへし　　治部卿

便風之音信久絶多年芳契已

空奇驚之思時而不休

欝結之思千廻今被芳札忽散

たまきはるよのことはりのゝかれぬにありてとはれぬとしをふるかな　〔四四五〕

愁訴

おもひいつるひとやかはかり忘草かはらぬやとにかゝることのは　〔四四六〕

雖憑陰徳猶失本望

いせしまやあらぬなきさのみやことりことゝひかねしたよりしりきや　〔四四七〕

雖須差專使散蒙爵貴下之
賢慮本性不似常人々聊背賢
慮之時不顧親舊之好必有奇量
猒却年來皆所承畳也而經年
月不蒙音信爰知愚身有短悪芳
契之變改心中恥之仍毎使奉
尋其安否之處今本荒之小萩
露面目本懷已計會

はきかうへのつゆとはいかゝたのむへきしものしたはのいろかはるよに〔四四八〉

參宮之事乍懸愚意思而
渉日自然懈怠遺恨爲恐

ゆふたすきかくるたのみは神もきけ又みやかはのあふせまつほと〔四四九〉

但若存浮命有退身之期者心

深慕勢州之居竊有結草庵之
志
ふたみかたまたみぬうらのあけくれはこゝろにしむる月にすまはや　〔四五〇ノ一〕
いかてきみたれもいのちのなからへてきよきなきさにむかしかたらん　〔四五〇ノ二〕
神徳在頂爭不存哉
すゝかゝはやそせしらなみたれもみよおとろのみちのかみのしるへは　〔四五一ノ一〕
あゐそめしきみし心にふかけれはしかまのうらのいろもひとしを　〔四五一ノ二〕
雖渉年月隔關山芳契更不可忘
八重櫻殊以感悦必可獻使者但爲
合裁小阿射賀之邊也
ゆきて見ん山たのはらのやへさくらなへてはるあるさとにならさて　〔四五二ノ一〕
書不盡言硯氷筆滯併期後信
此道猶々不可令懈怠給向後無

其謂乎

いまもいまみちはみちなるくになれはよゝにつたはるそのなわするな　〔四三ノ二〕

先々合點御哥必書連重可給

不宜得之

九條殿下御所參勤して醍醐座

主僧正證憲とあひともに御ものかたり

お申はへりけるに鍐也は安養都卒

之間何をねかふそと殿下仰ありし

かはよめる

いつもわかみそちはかりのこゝちしてまことのゆくへしる人もなし　四五三

即身成佛自稱證人難有くやこ

僧正はへりけるはるのうたとて

たつねいるみよしのゝはなまちわひてころもかへしてこけそかたしく 四五四

なかめつゝゆきふるやまにきこゆなりまたこゑわかしたにのうくひす 四五五

はるかせにちりてとまらぬともなれやそてにしらるゝはなとなみたは 四五六

ちりはつるはなよりおくのやまのはのかすみにむすふはるのよのゆめ 四五七

伊勢のみやちかくとしのうちに
かたをたかへてよのあけはへりしかは
かへるとて

うれしさは身にそあまりぬ日とゝせにふたはつはるのあさひいたゝく 四五八

おもふにもはるけかるへきゆくへかなあさひうらゝのけさのいゑちは 四五九

山雪

おりならははなとやけさはおもはましあをねかみねにふれる初ゆき 四六〇

月のすむまくすかおもにおけるつゆかせのよすかにつてにちるかな 四六一

あさゝらすきりはにのこるこすゑよりかせをうらむるせみのこゑ〳〵 四六二
なつのゝふかくさゆふひあかねさすひかけたまぬくあさつゆのいろ 四六三
つらゝこくるのきのたまみつつく〳〵とかそふるはかりはるはきにけり 四六四
うつみひのあたりにこらをいさめつゝおもくかこゑもよはふけにけり 四六五

ことはりあることをあらぬさま
になかひかれけれは
伊勢宮へおくりはへる

あまてらすかみちのやまにすめる月たかきひかりをあふきてそ見る 四六六
あまてらす月日いたゝくみやひとはよのことはりそさやけかるへき 四六七
いさこゆるいすゝかはなみせをはやみはやくそゝこのこかねしるらし 四六八

又傍官禰宜のもとへ

月日すむみとりのみそらてらすらんとおもへはひとにまかせてそみる 四六九

返し　禰宜　氏良

月日すむそらそやさしきくらしとはきみもみやまのしゐしはのかけ　〔四六九〕
たみのくちをふたくは水のくちふ
たくよりもはなはたしといふこと
お思ひいてゝ
はかなしなさはかゝりはやきみなかみにせきとゝめむとかけるしからみ　四七〇
御かみにいとをたむくとて
ゆふしてをかくる心のいろにして我ゐるいとそぬさにたむくる　四七一
ある人うたとも見せにつかはし
けれはかへしつかはすとて
わかのうら人もなきさになかむれはたまもふきよするたまつしまかせ　四七二
こすゑをはなへてかすみのうちにしてなかめに見ゆるおくやまのはな　四七三
八幡別當のもとへつかはしはへる

いはしみつみとりのみそらうつすらん月日にあふくころもてのかせ　四七四

なにとなく
いけみつにきしへのかけをうつしみてこのよのいろそふかくしりぬる 四七五
つてにきくあけほのかたにこくふねのあとのなみちをおもひやるかな 四七六
なか月の月のさかりにある人
きたりてかへるとてよめる
おとにきくおはすて山の月影はきみかやとにそすみわたりける 〔四七七〕
かへし
たにふかみ月もさひしき秋のよはきみならなくはたれかとはまし 四七七
堂柱人來書付之
冬日爲條行徑于此處毎物
肅條觸事催興不堪中心之感
遂及外形之詞而之
桑門量詒

みやまへやさひしく見ゆるみねにしし〔マヽ〕もすみうかれとて松かせそふく　〔四七八〕

浄胤

ものことに心すみけるすまゐかなたれもさてやはしゐしはのいほ　〔四七九〕

阿念

すみわひてたつねいりぬるみやまへに身をかくすへきこのもともかな　〔四八〇〕

仲冬之比他行之間賢士來此
窟留佳什也還向拜見之銘肝
符染心底不可點正愍加和恥諷述
而之

まつかせはともにちきりてとしふれとすみうかれともおもふやはせぬ　四七八

しはのいほみるからすめるこゝろこそおくもゆかしきなかめなりけれ　四七九

このもとはすむからにこそいにしへもはなのかけには身をかくしけれ　四八〇

なにとなく

わかくさのゆかりはよそのむさしのにのをなつかしみやとやからまし 四八一

いにしへのくさのゆかりもしらなくにすきかてにするむさしのゝはら 四八二

しらしかし我もしるやはこゝろからかくれてのなにあらはれてはなき 四八三

みやまへのすきのうははにいとはれてまくすか原にしくれふるなり 四八四

よのなかに連哥とていさこくら
くへうたかひもなくといひけれは
ほちしたやはつさの月をなか
めつゝとそつけはへる

そてのうへはなのにほひそまさりけるさくらふきおろすはるのやまかせ 四八五

ゆきふれはくさはとをくに秋にかへてかれえはなさくまのゝはきはら 四八六

建保年中臥中詠之仍記之

月すみてあか月をまつたにのほらあやなくさはるよはのうきくも 四八七

内宮の禰宜のもとより

偸選忠心雖待息問春秋空過
欝望難休可思食出候歟とて

禰宜　氏良

おとせねとおほかたひとはつらからてあはれきみしもうらみしるらむ　〔四八八〕

かへし

おとはかはおとせぬきみか月日をはせゝにかそへつゝふちとなるまて　四八八

なにとなく

いかにせむいろこそあらめかをたにもあやめもしらぬ花をみるかな　四八九

しきしまはくさきの心たねとしてうみにはなさくわかのうらかせ　四九〇

おほかたさはいかなる人のかをかきていろのあやめをさためしりけん　四九一

かしこしなたまほこのみちさしそめしそのみことのりいつもやへかき　四九二

うつのやま

ふみわけしゐとこそいろはまさりけれうつのやまへのふるきつたみち　四九三

なにとなく

四九四 そらたかくあまてる月をなかむれはいたゝきおもしかけもなつかし《かしこし》

四九五 そこふかき人のこゝろのあやめまていろふきわくるわかのうらかせ

四九六 わかすさむわかのうらかせむかしよのたまのこもれるいはにあへさなん

四九七 おもひかねそてをのはらになかむれはゆきゝえのあとにのこるしらくも

古詞をとふらふて

四九八 わきかねしこそとことしのうちにまたいにしへのはるたちかへりけり

四九九 むすふといふ水のこほりをとくかせのけさはなのりてはるときにけり

五〇〇 はるくるとさとのかすみやなかむらんいまたゆきふるみよしのゝやま

五〇一 かすむよりこほれるなみたとけぬらしはるめきわたるうくひすのこゑ

五〇二 はるきてもなへてゆきふるむめかえににほひをわきてきなくうくひす

五〇三 はるわかみゆきはふりゆくこのえたにはなにあやまつうくひすそなく

五〇四 おるなへもそてにたまらてきえそゆくこゝろまとひのはなのしらゆき

五〇五 しらたえのゆきそかしらにつもりけるはるへてはなのかけのしたすみ
五〇六 はるかすみたゝるこすゑにゆきふれははなのにほはぬさとむらそなき
五〇七 うくひすもなかねとはなそまたれけるたかねのかすみなかめやりつゝ
五〇八 さとよけすはるになりぬとつくるなりかすみつたひの鶯のこゑ
五〇九 こほりとけていはまたまちるかはなみおはつはなに見てはるあやむかな
五一〇 かせにたくふむめのかほるかしるへにてとめきにけらしうくひすの聲
五一一 はるきぬとなにゝならへてうくひすのゆきふるすよりけさはなくらむ
五一二 うくひすの物うかるねのあやめまてさも山ふかくすむこゝろかな
五一三 きゝすさむ人すまなくにそのゝへのうくひすもいまなかすもやあるらん
五一四 われなからつまこもれりとなのりつゝけふやかさなんかすかのゝはら
五一五 わかなつむみやこのゝへはかすみしてみやまのゆきをはなにみるかな
五一六 わかなつむかすみのゝへのうくひすはすこくにやきくとふひのゝもり
五一七 あつさゆみはるひうらゝにまとゐしてのへのわかなをかたみにそつむ

きみゆへのわかなつむのにゆきふれはかさしろたへにそてそふりける 五一八
かすかのゝわかなやいまたもえさらむかたみふりはへかへる人見よ 五一九
かすみきるはるのうはきのうつたへにゆきゝえのかせによさむやあるらん 五二〇
あさみとりときはのこすゑそめはへてまつははるこそ色まさりけれ 五二一
かすみしてそめにけらしなおしなへてみとりに見ゆるのへのいろかな 五二二
はるかせにやなきさくらのみたれあひてはなをたまぬくあをやきのいと 五二三
はるのくるやなきのいとにひくまゆをたまのおとかせやゆらくなるらん 五二四
ものことにあらたまるといふはるきてもゝちとりのみふるこゑになく 五二五
やまひこのおとをたくひにたのみつゝともありかほによふことりかな 五二六
こそのあきみちゆきふりのかりならてかへるこしちへことやつてまし 五二七
さくらといふはなにならはてこしちなるゆきにおほめてかりかへるらん 五二八
うくひすもいまはそてにそきなくなるたをりもてこしむめのにほひに 五二九
むめのはなたれかありかにかほるらんぬしたにいまたそてふれなくに 五三〇

まとのまへあやなくむめそうへてける人のそてふるかにそまよひぬ　五三一
おるなへそそてもふれつれむめのはな人のあやむるかにそうつれる　五三二
しかゝさにぬふてふむめのはなのかけにあめをしほりてうくひすのなく　五三三
さきしよりめもあやにこそなかめつれたかゝきこしにむめをゝるかも　五三四
むめのはなこゝろのまゝにゝほふかないろかあやめの人もなきよに　五三五
はるにほふくらふのやまのむめのはなやみにもしるしかをあやめつゝ　五三六
おしなへてこのえたしろき月のよはかをしるへにてむめそおるへき　五三七
やみのよもかくれそあえぬむめのはないろはさやかにかにてしるかな　五三八
むくらとちてにはにあとなきふるさとにむかしのいろにさくらさくらん　五三九
かけうつすかはへにさけるむめのはなふかきにほひはなみそおりける　五四〇
せもはやみかはへにゝほふむめのはなあらしにちるやなかるとみらん　五四一
さきしよりめかれこそせぬいつのまにはなのしらなみかせによるらむ　五四二
むめのかもにほひもそてにうつしおきてゆきなんはるやかたみとやせん　五四三

あやなくもそてにゝほひのとまるかなうたてくむめのちらんものゆへ 五四四

にほひをもかをもものこさてちりゆけはむめはなけきそかたみとはみる 五四五

ふたはよりみそめしさくらことしこそはるしりそめてはなさきにけり 五四六

やまふかみ人すさめぬにいろはえておもふことなくにほふはなかな 五四七

たつねいるみやまのさくらはるかすみしかものかほにたちかくすらむ 五四八

はるをへてふるきになりぬ山さくらはないやましゝみゝさきつゝ 五四九

みよしのゝおくのさくらのにほはすははるのやまちにしほらさらまし 五五〇

たきつせと見ゆるくもかなさくらはな山かせはやみたをりてゆかん 五五一

みてしこはいかゝかたらむやまさくらおりてもつらしさと人のため 五五二

えたとをくやなきにかはすいとさくらにしきにみゆるしらかはのさと 五五三

としふれとおなしにほひのさくらはなきてみるひとそいろかはりける 五五四

たちかくすかすみあやなしさくらはな人におられてうすひすのなく 五五五

ゆきてみむたかねのさくらさきにけりかすみのうへにおほふしら雲 五五六

としやときまたきにさくらさきにけりゆきにあやまつみよしの〻やま　五五七

はるくはふるとしはわくらはありとてもくせにさくらはなぬかにそ咲　五五八

あたなりとたれいひそめしさくらはないろもかはらてはるそへにける　五五九

けふこそはきえせぬゆきとふりにけれきのふははなのさかりとみまし　五六〇

おりおきてかたみとも見むさくらかなちりなんのちはこふもあやなし　五六一

このもとにかりをそさしつ山さくらちるまては見んおらまをしさに　五六二

あやなくもさくらにころもそめてけりはなの思ひいてたえぬしほりを　五六三

はるくれはあへすさくらのさくやとははなみかてらの人もとはなむ　五六四

やまふかみおくれてさけるおそさくらなへてのはなのちるやまちけん　五六五

さくらさくみねもおのへもたつかすみたなひくやまのいろそかさなる　五六六

さきてちるはなをなぬかにかきらすはなに〻かさくらのいろをまさまし　四六七

いろことにありてはてなきこのよにもはなさくはるはつきせさりけり　五六八

たひねして山ちやみゆとまちわひぬきえかてにふるはなのしらゆき　五六九

さくと見しさくらもかつそちりにけるうつせみのよのことはりにとて　五七〇
しる人のきても見なくにこのはるもなか〳〵しひにゝほふはなかな　五七一
はるかすみみ山のさくらちるころはふもとのそらにゆきそふりける　五七二
ひとさかりはなふくかせにたくへゆかむこのもとさひしゐとみるもうき　五七三
けふもなをまちみてちらなんさくらはなとしに見にこしきみかきなくに　五七四
さくらはななぬかにかきるちるまたに見せてかすみのたちかくすらん　五七五
たれこめし人のすさみもゐやなしなめかれすにはなうつろふ物を　五七六
ゐたにちるはならなくは山かはの水のゐはともなにかならまし　五七七
さきてこそまちしにもけにしをりけれみるまにうつろふ花のゆかりに　五七八
ちりやすきさくらはいまたにほへともきて見る人そもろくかれゆく　五七九
さくらはなゆきとふるたにゐるにまたゐとさへさそふおちのかせかな　五八〇
はるのひのひかりのとけくなからへてはなのにほひそ久しかりける　五八一
くもに見るはなのにほひのけやはやみゐたりよきつゝはるかせそすく　五八二

五八三 わけゆきしたかねにさけるさくらはな風にまかすなくもにみはやさむ
五八四 はるさめになみたふるまておしむらんはかなきよとてちりゆく花を
五八五 なこりなくかせさそへともさくらはなゆきふるそらになみそたちける
五八六 ふるさとゝいへとんならのみやこにははなさかりなり色もはるけし
五八七 かすみこそはなかくせともはるやまのかをはたくへてかせのすきゆく
五八八 はることにはなうゑそへむおいきちるわかきのにほひおくれてやみむ
五八九 なへてはるふかくそなりぬかすみしくときはの山もはなに見ゆらん
五九〇 あやなくそかすみはかくすみわのやまのはなのしらくも杉にたちつゝ
五九一 はなのかけやとにしめつゝはるやまにましるこゝろのいろふかく見ゆ
五九二 はなみにそあくかれいりしよしの山わかふるさとやいろかはぬらん
五九三 ゆくすゑのはなのさかりを思ひやる人のこゝろやありあけのくも
五九四 ちりぬともはなをためしにひくならはなをもはるまつたのみならまし
五九五 はるのいろめてゝわけくるかせならはこのひともとはよけてふかなん

まつ人にこりならはすはあやなくもうくひすきなくはなおりてまし 五九六

あたなりといふもあやなしはるくれはまつそさくらのはなはまたるゝ 五九七

伊勢より冷泉侍従三位御もとへ

いかにせんあけくれなみのくゝるらんふたみのうらのそての月かけ 五九八

返し

すみよしの松やふたゝひとはかりもたれにうれへてあかしくらさん 〔五九八〕

はかなしなとはれぬ月日いくかとかたまきはるよに 〔五九八〕

（以　上）

如願法師集解題

（一）

昭和七年七月に發行された川田順氏の著書、「新古今集の鑑賞」の内、「北面の歌人秀能」の項の最末に、大正十二年一月稿と附されてゐるが、

藤原秀能の家集なるものが今日遺されてゐるか否かも私は未だ究めてゐないが、竹柏園大人にでも教を仰がうと思ふ。

と記されてゐる。秀能即ち如願の家集の存在は、この様に一般には知られない存在である。然し川田氏の前記の著書より以前、即ち大正十五年に刊行された福井久藏博士の著、「大日本歌書綜覽　中卷」の家集の部に、如願法師集の名に於て次の如く解題され、纔かに今日に遺されてゐる事が知られてゐる。

如願法師集　寫三卷　藤原秀能

圖書寮に一本あり。一卷は四季、戀、哀傷、祝に分ち、二卷は雜とし、三卷は三ヶ度の百人一ヶ度の五十首を收む。金玉の響ある歌多し。別に應制百首あり。始に防鴨河判官出羽守從五位上兼左衞門尉藤原朝臣秀能上とあり『春きてもなほ雲(雪)深しまきもくの檜原にかすむ雪の山風』以下春秋各二十首、夏冬各十五首、戀十首、雜二十首なり。增鏡おどろの下、淸撰御歌合の條に『北面の中に藤原の秀能とて年頃もこの道にゆりたるすきものなれは、召し加へらるゝこと常のことなれど、やんごとなき人々の歌だに云々その身にとりて永

世の面目』云々とあり。

◇秀能は河内守秀宗の子、後鳥羽院に仕ふ。仁治元年卒す。

川田氏の著の秀能の項は、項末に附記されてゐる如く大正十二年一月の稿である爲、福井博士の歌書綜覽の刊行以前の事となるから尤も知られなかつたのであらう。歌書綜覽の刊行された後の今日に於ても、秀能の家集に關する注意は向けられてゐない。

綜覽に引用されてある增鏡の同條によれば、秀能は當時慈鎭和尚よりも上位の歌人と許せられてゐる　それ程の歌人であつた秀能も、夫木鈔以來、家集の存在も知られず、且又新古今時代の各歌人が種々研究され、論ぜられてゐるにも不拘、秀能程高名であつた歌人の研究に手を染める人は殆んど無かつたのは不思議とすべきである。此の原因は、第一に家集の在否が不分明であり、又存すと紹介されても、其名の存在を示すに止まり、内容の紹介、飜刻に至らなかつた爲であらう。猶宮內省圖書寮にのみ一部存すと云ふ事では、誰もが、研究に不便を感じ、後廻しにしたのであらう。

(二)

秀能が在世中、如何に歌道に堪能であり、且つ又喧傳されてゐたかは、熟知せられる事であらうが、目に觸れた文獻によると、次の樣なものがある。

先づ　後鳥羽院御口傳を見ると

ちかき世にとりては大炊御門前齋院式子、故中御門攝政良經、吉水大僧正慈圓これら殊勝なりき。（中略）又寂蓮、定家、家隆、雅經、秀能等也。（中略）秀能が身のほどよりたけありて、さまでなき歌も、ことの外に出ばへするやうにあ《なイ》りき、まことにもよみもちたる歌どもの中にも《はイ》、さしのびたる物どもありき。然るを近年、定家無下の哥のよし申と聞ゆ。（下略）

と、寂蓮や、定家、或は家隆の級の歌人であると、仰せられ、位階の低い彼秀能に似合はないたけのある歌を詠すると御批評になつてゐる。且又建保六年八月の道助法親王家五十和歌の奥書の上皇勅書に、「秀能於當世大略無雙者也。於歌沙汰者、彼詠必被具者也」と仰せられてゐる。

猶建保二年八月十五日に行はれた水無瀬殿の清撰御歌合の記事を、增鏡の「おどろのした」に徴すると、驚く可き好評であり、其の作家としての地位は、慈圓の上にあり、大いなる面目であつた事が知られる。

又清撰の御うたあはせとて、かぎりなくみがゝせ給ひしも、みなせどのにての事なりしにや、たうざに衆議はんなれば、人々の心ちいとゞおき所なかりけんかし。建保二年長月のころ、すぐれたるかぎりぬきいで給ふめりしかば、いつれかおろかならん、中にもいみじかりし事は第七番に、左、院の御歌、

あかしかた浦路はれ行あさなきにきりにこきいるあまのつりふね

とありしに、きた面の中に、藤原のひでよしとて、としころもこのみちにゆりたるすきものなれば、めしく

はへらるゝ事つねの事なれと、やむごとなき人々の歌だにも、あるは一首二首三首にはすきざりしに、この秀能九首までめされて、しかも院の御かたてにまいれり。さてありつるあまのつり舟の御歌の右に、

契おきし山の木のはの下もみちそめし衣に秋風そふく

とよめりしは、その身のうへにとりて、なかき世のめいぼくなにかはあらむとぞきゝ侍りし。むかしのみつねが御はしのもとにめされて、ゆみはりとしもいふ事はとそうして、御ぞたまはりしをこそ、いみじき事にはいひつたふめれ。またつらゆきが家に、びわのおとゞ魚袋の歌のかへしとぶらひにおはしたりしをも、みちのかうみやうとこそ日記にはかきて侍れ。近比は、西行法師北面のものにて、世にいみじき歌のひじりなめりしが、いまの代のひでよしは、ほど〳〵ふるきにもたちまさりてや侍らん。このたびの御歌合、大かたいづれとなくうちみわたして、すぐれたるかぎりゑえりてさせ給ひしかば、おの〳〵むら〳〵にぞ侍りける。吉水の僧正慈圓と聞えし、又たぐひなきうたのひじりにていましき。それだに四首そ入給ひにける。さるのみはことなかれければもらしぬ。

不幸にして今日に於ては此の増鏡に出された水無瀬殿淸撰歌合は、見る事が出來ないが、これを以てしても當時の秀能の世評を窺ふに充分である。

さしもの歌僧と云はれた西行――この人も北面の出身の人であり、且つ又其歌才に於ては一頭地を抜いてゐたと後鳥羽院御自身がお認めになつてゐたが、この様に院の御歌と歌合に一番に組合される事はなかつた。これの

みでも非常な面目を得た事になる。

秀能の歌壇に於ける地位が、斯様に高く、當時に於て公に許された無雙の者であつたが、今日になつては此の好評を得た歌道を、如何にして習得したかは全く知られない。それらに關して語る書物は甚だ少いからである。父秀宗は歌人とは知られず、唯建仁の比ほいから、或る期間土御門大臣通親家に出入してゐた事が知られるから、此處に何等かの暗示が得られる様に考へられる。

家集にも又尊卑分脈の秀能の項にも、彼と土御門家との關係の淺からぬ事を語つてゐるが、くわしくは後に述べたい。

(三)

名聲を博した秀能は、鎭守府將軍として陸奥に偉名を轟かした秀郷の後胤。河内守藤原秀宗の次男である。佐藤義淸、後の西行法師も、秀郷の流れを汲む藤原氏であつた。西行の歿年は文治六年春であつた。この秀能は元曆元年、卽ち壽永三年出生と尊卑分脈が敎へてゐるから、西行の死んだ文治六年は七歳であつた。俵藤太の後胤の此の二歌人――西行と秀能とは雁行してゐるが、歌人として活躍した時は全く離れてゐた。西行の家は、同じ秀郷の後胤でも佐藤の流れであつたし、秀宗の方とは流れが異つてゐるらしいから、西行と同じ時にゐた秀能の父、秀宗とは、深い交際はなかつたらう。秀宗は、分脈の示された事によると、實際は和田三郞平宗妙の子であつた。それが養父秀忠には外孫となつてゐたから、養つて藤原の姓を相續し、繼承させたのである。故に西行の家とは猶以て關係が薄かつたかもしれない。

秀能の評傳史料は、頗る稀であつて、まして幼年の頃は知り難いのであるが、二三の手元のものにより、その概略を記述する事も此の場合は無駄でもあるまい。

尊卑分脈の註記に依つて生年を逆算して見ると、前述の如く壽永三年、卽元曆元年(皇紀一八四四)となる。この說は概ね認められてゐる樣である。幼年は東北の武士の子として育てられたらしく、一通りの武藝六道に精進させられたらしい。十六歲の正治元年、後鳥羽院の北面の武士として召される事となつた。かくして西行法師の若年の頃鳥羽院の北面として奉仕するうちに、歌才を現はし始めたと云はれる樣に、秀能もこの北面時代に歌才を發見されたのであらう。翌正治二年二月八日に行はせられた和歌所の當座御會に出詠した四首の歌が家集に見えてゐる。

奉仕以來一年位しかならない、然も賤しき北面の若侍が、和歌所の當座の御會に侍るを得る事が出來た理由は明にされ難い。和歌所に出詠をなすには、道の尊者の吹擧が必要であつた。定家卿すら、卅九歲にして正治の奏狀なくしては、同じ二年の院の御百首の作者たり得なかつたのである。彼は元土御門內大臣通親公家の祗候であつたと註してゐるが、土御門家も大臣家として立派な存在ではあつたが、その家の吹擧に依つて北面より直ちに和歌所に出詠の御聽許があつたかといふ事に就いては、甚だ明でない所が多い。兎も角、理由は不明であるが、

次の四首の歌を詠進してゐる。題　霞隔山雲、尋花問主、旅泊春曙、野亭秋夕

山のはにあさゐる雲をたちこめてふかくもみゆる春霞かな

さくら花にほはぬやとのかけならはなにをたよりに人はとはまし

明わたるゆらのみなとや霞らんくもにこきいるあまのつりふね

むさしのや草のいほりもまばらにて衣手さむし秋の夕ぐれ

此等四首は、今日知られる彼の最若年の作品である。

かくまで詠歌をさせるには、當時の人と云へど相當な修業が必要であつたであらう。卽ち十七歳の正治二年の春には、和歌所に詠進出來るだけの實力を持てるやうに、歌才は磨かれてゐたのである。建仁と改元される正治三年には、正月晦日及二月一日の當座の御會に、其後には小御所の御歌合を始め、鳥羽殿影供歌合、御當座、和歌所、石淸水社等の十指に餘る歌合に出詠して、本格的歌人の歌壇生活を思はせる様な躍進振を、家集の詞の整理に依つて知る事が出來るのである。

元土御門家の祗候であると尊卑分脈に出て居るから、此所に於て或は和歌の道になじんだかも知れないと暗示しておいた。敷島の道を何處で誰に學んだかは知られないが、建仁二年の作歌の說明の詞からして、この年に飛鳥井雅經と親しんでゐた事實があつた。その詞によると、春の比として

二條前宰相雅經少將と申し時ともなひて百首歌よみし時……

とあり、後日有名になつた雅經も、建仁元年には十八歳の秀能に牛耳を取られてゐた形である。又同年の年號を冠して

二條前宰相雅經少將と申し時、住吉にまいり歌よみ侍りし時……

とあつて、雅經との關係を語つてゐる。雅經は嘉慶二年（一八三〇）の出生であるから、元曆元年（一八四四）生れの秀能より、十三歳も年上である。雅經は和歌を定家に學んだとあるが、年上の雅經を牛耳るだけの才能を持つてゐた秀能の師匠こそ明になしたいものである。

同年には雅經の他、「後久我太政大臣二《三ィ》位中將と申しゝ時」の、十首歌合にも出詠して、久我家とも關係して召される歌人となつてゐた事を語つてゐる。

建仁二年になつて、明月記に表はれた秀能の官は左兵衞尉とある。何時の頃からかは知らないが年齒十九歳を以て、北面の身分にも不拘左兵衞尉となつてゐた事は、出世が早かつたのであらう。二度の影供哥合（二月十日と、八月廿日）、二月十三日の御當座御歌合、三月廿二日の城南寺影供歌合、及び五月一日の石淸水撰歌合の五歌合の作者となつてゐる。建仁三年は、大內の花見、花見御幸の御供、久我二位中將家の十首歌合等に活躍した。次の元久元年は六月の和歌所詩歌合に、水鄕春望を二首詠進し、八月十五日には春日社歌合の作者となつた。

かくの如くにして、和歌所の御歌合、共他公儀の諸歌合等に作家として活躍して當時の一流作家と交はる樣に

なつた。又後鳥羽院には殊の外、御目を止めさせられたと思はれる。

交誼を得た人々は、この北面の武士よりは比較にならない高位高官の人が多く、家長、範淸より、通具、定家雅經等の後の著名な歌人達があつた。

以上の事があつたからであらうか、彼の廿二歲の元久二年二月十九日には、新しい寄人として召されたのである。同日の明月記に

（前略）家長、秀能、宗宣宮內少輔、在和歌所喚入。此日來撰歌書詞切繼殊被忩（下略）

と、あり秀能の入所を暗に知つて書き止めてゐる。

當時は新古今の撰歌切繼の眞最中であり、寄人は多忙を極め、撰者と仰を蒙つてゐた定家、通具、家隆、雅經、有家の五人は、家長和歌所開闔を主任として功を急いでゐたのであつた。それが元久元年七月以來であり乍ら、事務は捗らなかつたらしい。その原因は、五名の寄人相互間の主觀の衝突にあつたらしく、暗々のうちになるべく出席しない樣になつた。その最初の一人は定家卿であつて、撰歌事務に不平を感じ所勞不參勝であつた。其うち冬十一月晦日には父の喪に逢ひ、遂に全く和歌所へは姿を現はさない樣になつてしまつた。仍て撰歌事務は著しく停滯し出したのである。院の御豫定もあり且つ、餘り長日月にわたるので、此の際事務の進捗を謀る爲に、偉大なる推進力を持つた定家を、服喪中をも憚からずとして召し出され、他の寄人をも督勵され、加ふるに家長、宗宣とこの秀能を新寄人として、二月十九日附にて御召しになつたのである。秀能はすきの者とは云へ、北

面の者として寄人に加へられたのだが、斯道に於いて甚だ面目であつた。此の時秀能僅に廿二歳。後日の名譽を此の日に約束したのである。其の翌二月廿日の除目に、彼は兄秀康の後を襲つて主馬首になり、定家及び家長と祝歌の贈答をなし、地位の重きを加へた事を自ら喜んだのであつた。

寄人になつてからは、その年だけでも

三月廿六日　五辻殿詩歌合、
同　廿七日　新古今集竟宴御會、
六月十五日　北面歌合、
同　　和歌所詩歌合、

に出詠したのも何の不可思議もないわけであつた。

建永元年となつても、

七月　七日　北面歌合、(和歌所當座歌合)
同　十三日　和歌所御歌合、
七月廿五日　和歌所當座御歌合、
七月廿八日　當座御歌合、

等が明であり、まだ月日不明の

小御所御歌合、
春日社御歌合、
の二ケ度が見える。併し小御所に於ける御歌合は、當時の他の家集に現はれて來ない名稱であり、後鳥羽院のみではなく、小御所におはす主上土御門天皇にまで、秀能の歌才を御認になつた事を語るものとして、彼の傳記に特記する必要もあらう。

× × ×

彼の生涯は、寄人に任ぜられる事により、確かに一段の發展をなしたと云ふべきである。これは後承久に入道して、歌三昧には入らなければならなかつた時と同じく傳記に特記すべき二大時期の一つであらう。今日知られないまゝにせよ三冊の家集を殘したのは、寄人となつた彼であつたからである。同日に寄人になつた人に具親があるが、彼は公卿の出身であり乍ら家の集もないのである。秀能は生れながらの歌道の好士であつたのであらう。

當時和歌所の寄人達の色彩には、誰もが云はれる樣に、淸輔の流れを汲む一派と、俊成の流にある革新派たる一派とがあつた。革新派の最も有力者として良經があげられ、良經の相手、保守派には通親があつた。そして六百番歌合以後、保守派の人等は自から革新派の人々に并呑された形であつた。

後鳥羽院の御趣旨からすれば、和歌所に於て二派對立を望ませられなかつたのであるから、新入の是等の寄人も、派の色彩はないものと見るべきである。秀能もその通りであつた。併し、建永元年の事件として、良經の急薨がある。これは舊革新派の人々を悲しませ、家々の集に哀悼の贈答歌が見えるのであるが、秀能の歌は見當らない。これは彼が中立の歌人であり、唯優秀なる歌人として院の御目に止まり、和歌所に入所した事を意味するとも考へられまいか。「秀能於當世大略無雙者也」を深くお認めになつたのであらう。

承元元年と改元になり廿四歳となつた。家集の詞書整理表から見ると、此の頃からして作品は少くなつて來てゐる。即ち、三月廿七日に最勝四天王院名所御障子の和歌、十一月には住吉社歌合に。この二件のみ明瞭に本年の作たる事を語つてゐる。同二年には歌數からしては又々減じ、五月十七日の加茂橋本歌合に二首、同廿九日の住吉社歌合に一首の三首となり、承元三年には全く作品を殘さなかつたと云ふ事になつてゐる。

承元四年は作歌の上では大した事はなく、只小御所の當座御會と、粟田口宮御歌會に出詠してゐる。しかし十二月廿二日には、廷尉に任ぜられてゐる。微官のならひ、何が故かは知られない。廷尉は刑獄を司る官名で、我が國には檢非違使の佐又は尉に當る唐名である。

彼は後に出て來る行蹟にもより、檢非違使の役に居る事はふさはしく、且つ又その役に居てよく働いたらしい。

建曆元年の事は知られないが、同二年になつて、彼は院宣を蒙つて御使として鎭西に發向した。尊卑分脈によると「建曆二年五月廿二日、爲院宣御使下向鎭西。九月上洛。」とある。これは何の爲に鎭西に下つたのかを

說くものは管見にふれた事がなかつた。家の集の詞に依ると、

西海の底に寶劔のましますよし聞食して、御使に下り侍りし時

であつて、壽永の昔、安德天皇が平家の者共と西海に寶劔を持して入御になつた。その寶劔の探査である　猶家の集では、

建曆二年春西海の底に……時、門司にて

とあり、此の旅行の歌が三ヶ所に出てゐるその最初のには建曆二年春と春の字を添へてゐるが、秋の歌も二首あげてゐる。又旅の部に同樣な詞を附してある歌に

都いでゝ百夜の波のかぢ枕なれてもうときものにぞありける

と詠じてゐる。これより愚考をめぐらすに、分脈の五月廿二日出發は何によつたか知られないが、或はこれはあやまりではあるまいか。詞書にある樣に、春に都を出でゝ、源平の古戰場を探訪して海路百日を經て門司に到つたものであらう。從つて門司にては秋であつたのであらう。

此の度の旅行は相當名譽な役目であつたらしく、日吉社の禰宜成茂に裝束をもらつて出發し、海上に道を取つて門司に到り、九州に上り、太宰府の安樂寺にまでお詣りをなし、菅公の偉德を偲んで、秋の晚れ九月頃に上洛したのであるらしい。

秀能は歌道に於ても大いに長じてゐたが、又弓箭の道にも巧であつたらしく、鎭西への旅の翌年、卽建保元年

正月十日には、後鳥羽院の新日吉小五月會臨幸に際し、流鏑馬役を勤めた。北面としてのたしなみを捨てなかつたのである。作歌の方は決して多くなく、院御所御歌合(五月九日)、北面哥合(八月廿五日)のみであつた。建保二年は、四月十四日の庚申夜和歌所へ歌を進め、面目を施し、八月十五日に行はれた水無瀬殿清撰歌合の作者として出詠した。これが詳細は增鏡に書かれてゐる所である。

秀能の母は、秀能の卅一歳の建保二年に他界したらしい。「母身まかりたりける秋……」の語を持つ歌が集中に見える。因に尊卑分脈に依れば、母は伊賀守源光基女の出である。

建保三年は六月二日和歌所御歌合の作者となつただけ。

三十三歳の建保四年には、歌の方とは違つた廷尉、即檢非違使として名を轟かせた。それは、當時東寺に納められてゐた佛舍利が盜難に逢つたのであるが、その盜人を檢非違使として搦め取つた功績により三月六日出羽守を兼任する事となつた。當時彼は防鴨河判官廷尉從五位下兼左衞門少尉であつた。此の方向の彼の性格が本來のものかも知れないが、その作歌に見られる明快な氣分よりも、豪膽沈勇の武士であり、歌などの上手と思へない弓箭兵馬の術に長けてゐた事を物語るものである。又此の功績は長兄康秀にまで及ぼし、右馬助を兼ねさせられたのであつた。

建保四年に出羽の守を兼ねてから、承久の亂までの間、順德天皇は實に度々の和歌會、歌合を御主催になつてゐるに不拘、出羽守兼任祝の贈答を定家卿住吉の神官經國と交し、和歌所御會に行路秋の歌を進めたゞけが知ら

れ、五年には

四月十四日、庚申夜和歌所の庚申御會、道助法親皇家五十首會

同六年

八月廿七日　水無瀬殿御會

十月　寂勝四天王院名所和歌御會

承久元年

十月十日　長尾社歌合

以上の五度であつた。

猶建保五年十二月八日には、松尾北野兩社行幸の行事賞に依り、從五位の上を賜はつた。而してその慶賀の歌を家長と取り交した事が知られるのである。

承久三年五月兵亂の起つた時、秀能は北面として、武士として名譽ある追手の大將に任ぜられ、日頃修得した武藝を以て、東國の賊徒と戰を交へた。だが不幸にして京方に利なく終始し、その果て秀能は熊野の山奥にのがれ、雉髮して如願と號したのである。

×　　×　　×

承久の役では三上皇すら遠所に御遷幸になつたのであるからして、弓箭を以て追手の大將となつた秀能には、

生きよう道理はなかつたのである。罪一死をまぬがれ得ない地位にあつたのであるが、傳ふる所によれば、和歌の道に堪能なるその德により、九死に一生を得、僅かに出家の身となる事により許されたといふ。

從來數奇の心のみにて嗜んでゐた敷島の道は、出家する事により當面の問題となり、且つ生れた家門の業たる武藝よりは全く緣が切れたのであつた。家集中俗名の應製百首が一ヶ度あるが、これは位が從五位の上となつてゐる關係上、建保六年から承久三年までの作であらう。又春に詠んだ百首であらねばならなかつた。

三十八歲にして出家した秀能は、西行の場合とは自ら意見も異り、且つ覺悟も違つた。西行の如く、自ら求めては入つた道ではなく、他から强ひられてこの道には入つた――言はば方便として佛門に歸したのであつた。其の頃であらう、述懷の歌を多くものして俗界に魅戀のあつた事を示してゐる。熊野に於て出家して後、承久四年には高野山に移住し始めた。そして眞昭法師に逢ひ、身の辯明をなし

おもひきやこけふみわくるたかの山あらぬ道にもまとふべしとは

ものゝふのそのうち河の名にしあれと同じ波にもふちせやはなき

の二首の述懷歌を詠じてゐる。同情すべき心境である。

熊野山は十何歲かの昔、多分建仁度の熊野御幸に御供をなし、後二十年して出家の後眞昭法師をたづねて登山してゐる。その他一度以上三山めぐりに行つた事があるらしく、彼は三度以上熊野への旅行した事があると知られる。

役の後貞應から元仁にかけては彼は述懷無常等の歌を多くものした。又人の求めに應じた歌も三度程あつた。そのうちにも特記すべきのは貞應元年末に、後鳥羽上皇より題を賜はり、舊臣相寄りて、歌合をした事である。かく上皇も秀能如願らに御心をかけられたのであつたが、又彼も院に蒙つた幾年間かの御寵愛の程をわすれず、深くお慕ひ申し上げてゐたのは、次の述懷の歌を見てもよく推察する事が出來るのである。例へば

時しあれば雲ゐのかりもかへるなりいつかはきみをまたもあひみむ

又

石見のやうき世の中のさかのせきしばしはゆるせ行きてだに見む

と詠じてゐる。

嘉祿元年、承久の事があつてから四年を經た今年は、四年間の田舍生活たる高野の生活を切り上げて都に出て來たらしく思はれる。家集には今年から都の歌筵に關係を持ち、都の人と交通が一度に繁しくなつてくる。何時頃よりから都に歸つてゐたかは勿論確實に知る由もないが、出家して高野に入つて以來、彼は諸々を旅行する樣になつた。それはとりも直さず出家の身の自由さ、仕官といふ制限を受けなかつたからであらう。嘉祿元年晩秋には住吉に到り降祐侍從と歌を詠じた事もあり、又翌二年には同じ秋の頃、住吉を經て高野に旅をしてゐる。そして翌安貞元年春までには都に歸つて居り、右大臣家の歌筵に連なつてゐる。都の近くでは大津、坂本、或はもつと近く深草の里等に出かけた。併し安貞元年より寬喜三年までの間は、大した旅行もせず、概ね都にゐて諸所

に催さるゝ歌會に心の傷手をいやしてゐたのであらう。當時歌壇は復興の途上にあり、正治建仁より建保の比の如く賑はふ様にと金剛峯寺攝政公經、家良等が努力し、定家卿をして新勅撰の事を成させようとした頃であつた。如願は此の頃ほひ、都にゐて自から人に働きかけたり等はしなかつたであらうが、歌壇に活躍してゐる事のみで、定家卿の側からは相當つらい存在であつたらしい。それは明月記に、新撰集の沙汰の事を記した序に、此の仕事は誰が勅を承るとしても、秀入道、家隆などの生きてゐる今日、撰歌の上に困難を感ずる事であると記録してゐるのから察する事が出來る。

如願法師は、四十八歳の貞永元年秋の頃より、西國への旅に出發した、これは出家當時「時しあれは雲ゐの雁も歸るなり」と云ひ、「何時かは君を又も逢ひみん」と願つた事が、一昔になつても實現しないので、隱岐の院をお慕ひ申し上げる情の實現であり、且つ又、「しばしはゆるせ行きてだに見む」と詠じた願望の具現であつた。西國に下つたと詞書する歌に

いのちとはちぎらざりしを石見なるおきのしら島また見つるかな

と詠じてゐる事から、隱岐に渡つて上皇に拜顏を得て來たと考へる事は無理ではあるまい。隱岐には彼の二男能茂(實は猶子の由)も上皇のお供として居つた事でもあり、又承久の役に戰死した一男秀範へのせめてもの慰靈であつたらう。

西國の旅行は何時まで續いたかは知り難い。貞永の元年に一首の作品を止めてゐるだけで嘉禎元年の上半中ま

でのものは一首もない様である。或は其の間都には不在であつたのではなからうか。

×　×　×

嘉禎元年七月より暦仁元年までは知られ得る最後の歌壇生活をなした時代であつた。述懐のを歌よみ、宮内卿家隆のすゝめる四十八願の歌を讀んだ。又遠所八十番御歌合の作者として、歌を日本海上の孤島に参らせ或は十首歌の召に應じたのも彼の終末に近い歌壇生活の最後の花であつた。家集により最も後期の作品として暦仁元年七月の粟田口若宮の御會の歌二首を止めてゐる。これが最後の五十五歳の作品になつてゐる。延應元年、仁治元年は如何にすごしたか、窺ひ知る資料のない事を殘念に思ふ。

一生一代を一世に仕へ盡したこの純情の歌人は、仁治元年五月廿一日を最後としてこの世を去つたといふ事である。

北面の若年、後鳥羽帝に寵を得てより實に四十年、主に對し奉り忠誠無比、度々の高名を以て下賤の北面、防鴨河判官出羽守從五位上兼左衞門尉に到る。奥羽の藤原氏の出身にして出羽守になり得た事は最高の榮譽と云ふべし。且これも獨自の勳功を以てせしは誠に武門に鑑たる事言をまたず。承久の役に官軍の大將となり、不幸利あらずして熊野に到り、九死に一生を得たるは、みやびなきあらぶる心の鎌倉の武士等の心をやわらぐるにたる歌人なるを以てなりとかや。又聖なる哉敷島の道にも。

猶子秀茂が父秀能の除服のとき「ふち衣なれしかたみをぬぎすてゝあらぬ袂も涙なりけり」と云つた歌が續後

撰に見えてゐる。つきなみの哀悼の歌であるが、猶彼の一生をのべた後には哀を催すものがある。

（四）

藤原秀能入道如願の家の集は、前述の如く流布してゐない稀觀の書である。此の集も本書に合本された他の前權典厩集及び空體房鑁也の家集たる露色隨詠と同樣、宮内省圖書寮の御藏と私家藏との他には存在を聞かないのである。そして寮の御本と私藏の本との書誌學的關係は、これ又同一の系統に屬するものである。卽ち私藏の本を底本として、近世期の始め頃までに、何人かによつて書寫されたものであると考へられる。前權典厩集の書寫本の如く、忠實なる模寫本ではなく、もつと粗雜なものである。從つて原本であると思はれる私藏本の「ん」を「む」に書き更へてゐる所など多々あつて、若し此の想像通りの關係であるとするならば、寮本の如願法師集は、文獻學的には高く評され難い事となる。今此所に於て寮の御本に關聯して多く述べるより、此の飜刻に用ひた底本たる私藏本に就いて多く述べた方がいゝと考へるので、寮の御本については觸れないで置く事とする。

私家藏の如願法師集は二部存してゐる。但し此の一部は他の多くの典籍と共に、享保八年中に爲久卿に依つて今一部の古本を寫したものであつて、古寫の一本が存する以上今日に於ては、如何なる點に於ても古寫本の上に出るとは思はれない。故に此の理由により爲久卿享保八年書寫本に關しても說明を省き、古寫本に就いてのべる事とする。（以下は底本と云ふは家藏本の古寫の一部のみを指す。）

底本は元三冊からなつてゐたが、今は二冊に假綴されてゐる。宮內省の圖書寮本は、三冊の時代に、爲久卿本は二冊にされて以後にそれ〴〵寫し取られたのであらう。底本が今日何故二冊に合綴されたか、その理由は詳に出來難いが、家藏の全典籍が昔の或時に修覆と整理が何回かなされた。その或る時に整頓と修覆の意味に於て三冊が二冊になされたものであらうと思はれる。

現在二冊になされてゐるのを元の三冊としてその各一冊々々を見る事とする。

第一冊は定數歌を集めたものであつて、百首三ケ度、五十首一ケ度が納められてゐる。但歌數を勘定してみると三百五十首ではなく、三百四十五首しか數へる事は出來ない。此の第一冊は橫五寸五分、高さ七寸五分、四十二枚三帖としてゐる。裝幀は共紙の表紙のまゝであり、以下に述べる第三冊と共に紙捻にて二ケ所を綴つてあるだけである。別に他の樣式に綴られてゐたと云ふ樣子もない。極く粗雜な臨時の處置であつて、筆者が書き終つてから自ら散逸を防ぐ手段としてなしたものと考へられる。用紙は全部楮紙白色無地のものであつたらしいが、今では黃味を帶びた色を見せてゐる。一冊四十二枚のうち墨附は三十七枚七十三面に及んでゐる。表紙になつてゐる第一枚表は、中央に「如願法師集上」と直かに書かれ、他筆で少さく「御一見了」と書かれてゐる。本文は表紙共第三枚の裏から始められ普通に見られる書き方で、一首二行書きとして一面十行乃至十二行に書かれてゐる。各百首及び五十首はその始めに於て面を新にして始められてゐる。そして三百四十五首の歌を三十九枚目表までに書き納めてゐる。第四十枚の表に「藤原秀能、一交了」と一行に書かれ、後二枚は白紙のまゝにされてゐる。

此の第一冊には奥書きがない爲に何時誰によつてなされたものか、如何なる底本に依つたかは知られないが、此の書を書寫した爲久卿の本を見ると、第一冊の終の所に註として

以資經卿筆古書寫之

とある。又順序上次に說明する第二冊の奥にも爲久卿の同樣の附註がある。今第一冊の筆跡をよく見ると、表紙に書かれた題字と本文第一面とは同筆らしく、本文第二面以後卷末までは他の一筆になつてゐる。第一面と第二面との筆跡を比較すると、前者は肉太の文字であり少し筆勢が幼い樣に思はれる。後者の筆跡は細い女流を思はせるが如き美しい線を持つてゐる。こちらの方が前者に比して數段能書と思はれる。この第二面以下の筆跡を第二冊の筆跡と比らべると、同一人の筆跡である樣に思はれる程似てゐるのであつて、爲久卿が附註にある如く、この細い筆跡が資經卿の筆と見るべきである。資經卿とは甘露寺伯爵家の御先代、親長記の著者として知られる親長卿は資經卿の七代の孫になつてゐる。資經卿は定經卿の男、四條天皇の文曆元年六月廿三日前參議正三位を以て出家し、乘願と稱した。猶入道して廿年近く在世し建長三年七月十五日、七十一歲の高齡を以て他界した人。定家卿とも同じ時代である爲に、資經の名は屢〻日記中に散見するのであるが、歌人としてゞはなく公卿としてのみ見えてゐる。歌人でなかつた點に於ては、廿一代集作者部類を檢して見ても、此の人の名は出てゐない

事を以ても知られるであらう。此の點からは或は不可思議に思はれるのであるが、資經卿の名は家集の研究家には甚だ聞きなれて居るのである。前田家の育德財團尊經閣には相當數多く同卿筆の諸家集が襲藏されてゐる由であるが、其他の諸家にもまゝその存在を知られてゐる。私藏にも如願法師集の他に數點同卿の筆になるものを襲藏してゐる。此の卿にして此の方面の行蹟が殘つてゐなかつたならば、或は今頃は忘れ去られてゐたかも知れない方であるが、今日その詠歌の一首を見出すにも苦勞するであらう人――歌人でなかつた卿が、何の目的を持つてかくも多數の而も珍らしい家の集を書き殘してゐたかは全く不明である。かゝる人に依つて爲された遺業のうちに、此の集の如き珍本を見出す事が出來る事を、今更乍ら厚く感謝すべきである。

如願自身と此の集の筆者とは、時代からいつて筆者の前半の生涯が一緒であるから、或は面識の間柄であつたであらう。面識のある人の家集を寫し取る事に於て何等不可思議がなく、且又本文の内容の文獻學的價値も大きいと見ねばなるまいと思ふ。

此の第一冊に含まれた歌は

一、春日詠百首應　製和歌　九八首
二、詠五十首和歌　道助法親王家　五〇首
三、詠百首和歌　九九首
四、詠百首和歌　九八首

計　三四五首

要するに五首紛失してゐる。これは如何したものであらうか、筆者の誤謬による脱落か、著者の己意の仕業か判しかねる。恐らくは前者のものであらうと思ふが、據ある何かによつて補正したいと考へる。

最初の百首は防鴨河判官出羽守從五位上兼行左衞門少尉と肩書してゐるから、建保四年春、東寺の舍利盜人を搦め取つた賞に出羽守になつたので、本年春以降の作、建保五年春中のものであらう。次の五十首は附註により道助法親王家之會の歌であり、家隆卿と共に　後鳥羽院より廿八首といふ最高の御點を頂戴した作品で、建保五年四月十四日以前になつたものである。其後の二ヶ度の百首は、「沙彌如願」としてゐる點から入道以後、卽ち承久三年以後のものとなる。第一冊は制作年代に從つて、五十首と百首を限つて入れられてあるのである。

第二冊　六帖

橫五寸　縱七寸五分。粘葉綴一帖

裝幀が弱つたからであらう、上端と下端が絲にて綴られてゐる。第一冊と同樣、裝幀は粗末なものである。表紙も裏表紙も本文と共紙で、こと更に別の表紙を作つてゐない。使用料紙は第一冊が楮紙一種全白紙であつたが、これは所々染紙であり、又全部の料紙は布目紙を用ひてゐる。卽ち全冊五十二枚を以てしこれを六折を成さしめてゐる。第一折は八枚、卵黄色布目紙、第二折は十枚、第一折よりは薄手の紙で、色は同樣なるも、まゝ布目の消えてゐるものあり、紙質も少しは變つてゐる。第三折は第一折と全く同一の料紙で十枚。布目も顯然としてゐる。第四折は十枚一析であるが、赤褐色に染められた布目紙を用ひてゐる。各紙の色は少し濃淡はあるが先づ一様と云つてよからう。第五折は矢張り十枚であるが、第一枚と第十枚は黄褐色の布目紙他は黄色の布目のある紙を用ひてゐる。最終の第六折目は、第一折と同様な卵黄色の布目紙八枚を用ひてゐる。以上により五十二枚一冊をなしてゐる。本文墨附は、表紙裏表紙に各一枚用ひられ、第二枚裏面から始められてゐるからして、五十枚、九十九面に及んでゐる。筆者は第一冊の時に合せて述べた如く、甘露寺資經卿一筆であつて、第一冊本文第二面以下の筆蹟と違ふ所はない様である。猶本文の書き方は第一冊と同様である。

表紙には外題として「如願法師」と本文筆者の筆により左肩にかゝれ、題の右肩に○印を附してゐる。其他此の題字の猶左方に極めて薄墨で「秀能上サ七」と書かれてゐる。この薄墨の本文五字中上の二字は解する事が出來るが、後の三字は解釋に困惑を覺える。裏表紙には全々墨痕を止めずに白紙のまゝにのこしてある。今日に於ては此の一冊の上に楮紙の外包を附してゐる。第一冊や第三冊に比すれば、紙質の關係であらうが、蟲害が多いが、內容を見るに少々の不便はあるものゝ讀過する事が出來ないといふ程のものではない。猶本冊は第一冊、第三冊とは少し寸法が少さい爲に、今日に於ても單獨で昔のまゝの一冊となされてある。

さて第二冊に納められた歌は、三百三十二首と、他人の詠歌六首とを數へられる。第二冊と第三冊は部類歌となつてゐて、第二冊三百三十二首は、春の部より祝の歌までに分類されてゐる。今その部立の一々を左に表示する事にする。

部類	歌數	他人歌數
春詞	八七	二
夏詞	三四	〇
秋詞	七五	〇
冬歌	二六	〇
戀歌	八三	〇
哀傷	一四	三
祝歌	一三	一
計	三二二	六

第二冊と第三冊は、作品の説明の詞に年月日を明記したのが多い爲に、史料的な價値も大層多く、當時の社會情勢と、歌壇の趨勢など知るに便である。かゝる詞書きを持つた點からも、此の集が自撰の集であつて、決して他撰ではないと裏書するものとならう。

第三冊

第一冊と等しい大きさをなしてゐる。卽ち横五寸五分、縦七寸五分、五十枚三帖からなつてゐる。第一冊と等しい大きさをなしてゐる爲に、今では第一冊と合せて紙捻で一つに綴ぢられてゐる。表紙もうら表紙も第一冊同樣本文の紙の最初及び最後の一面をそれ〴〵にあてたもので、假本といつた氣分がするのである。全冊の筆蹟は數種に分ち得るであらうか、恐らくは同一人の筆ではなからうか。筆捌の幼稚な筆勢であり第三冊卷頭は第一冊文の卷頭字とよく似てゐるからして、これは同一人であらう。それ以下は如何にも文字通りの禿筆を弄した如くで文字は拙劣であるが、七枚目位より筆の先のよくきく筆を用ひたのか少しく細くなつてゐて見易い樣である。要するに此の一冊の筆者は一人であつても、二人以上であつても、その筆者の名は知られないのである。

表紙左肩に「如願法師」と記し、「秀能」と肩書してゐる。猶同面中央右寄りの所に「御一見了」と書いてゐる。本文は第二枚目一枚と第三枚目表とを白紙にして、第三枚目裏から始められてゐる。書き方は第一冊と同樣であつて、詞や題は二字分程低く、歌は上下兩句に分ち一首二行書、一面九行乃至十一行としてゐる。終りは四十四枚目裏一杯に本文を書き了つて、四十五枚目の表左下に「一交了」と記し、あとは全部白紙のまゝ殘してゐる。

此一冊に入れられた歌は、本文最初に書かれてある如く「雜謌」である。雜歌は季題の外の歌であるが、これは季題の歌も多く入れられてゐる。斯樣な分類は色々の見解があつて、解釋も異つて來るのであるが、仲々一致し難い。要するに季題の歌でも、述懷に寄せて詠じてあるとか、或は入道後の作品だとかいふものが多いので、雜歌的な歌を集めたものであると見ればいゝのであらう。拾遺集の部立のうちに、「雜春」、「雜秋」、「雜戀」、「雜祝」、があるが、それに似たものであると思へばいゝであらう。

雜謌上	八一首	他人歌數 二

（春）	二三	〇
夏	一〇	〇
秋	三〇	一
冬	一八	一
雜歌中	六五	一二
（祝）	二〇	九
旅	三八	一
山家	一七	二
雜歌下	八〇	六
（述懐）	三七	三
神祇	二四	二
釋教	一九	一
計	二二六	二〇

この巻の部立は以上の如くであるから、並通の家の集の通り雜之部と云ふ事が出來、釋教歌の部を以て、集を結んでゐると考へられるのである。卽ち此の内容からして見ると、第二冊に直接に續くものであつて、其間に何

等省略があるとは考へられないのである。

雑歌に四季がある點からして、前にも一言した拾遺和歌集の雑四季の部立の位置と比較して考へねばならないかも知れない。拾遺集に於ては雑祝の歌の巻が最終となつてゐる。而も雑春より雑祝までの四巻は連續してゐて巻十七よりの位置が設けられてゐる。それより以前の巻に單純に云ふ雑の巻があつて、祝も哀傷も懷舊の歌も、全部が收められてゐるのである。それ故に十七巻以下の雑の春秋戀祝の部立は例外なものとなつて來る。通常如何なる集も雑部を以て終るのであつて、拾遺集の如きものは例外中の例外である。然しよく考へても一度拾遺集の終り方を研究して見たい。雑の四季中、春と秋とを取つたもの丶、續いて雑の戀及び祝を添へて大尾として居る。この二巻は別に雑の戀だの祝だのと斷るべきものではない性質のものである。撰集體の龜鑑とせられる古今集に於ても、戀のうち、祝のうちに雑に詠んだもの、季を取り入れて詠まれたものもある譯であるから、拾遺集のこの終りの二巻は雑と冠した雑の意味がないと見てもい丶のである。卽ち雑を冠した部立に於ても四季を戀雑よりも先立て丶居るのである。これと同理由に此の第三冊の部立を考へればい丶のではなからうかと思ふ。

山中曆日なしの謂は古くから存する。俗人にしても一度山内に入れば曆日を知らないのである。まして一期を託して身を佛道に入れた出家の身に於ては、春夏秋冬の四時もなく朝夕をも辨別しないといふのが本來であらう。作者秀能が出家したのは心から進んで行つたとは思はれない。承久の變の後に於て鎌倉方が秀能に慫ひに出家を命じたのであらう。故によむ歌も花の盛りを見ては　三上皇に御見せ致したいとなし、澄んだ秋の空に登る月影を仰いで、遠島に御住ひなる　上皇の御影が寫るかと見たかも知れない。第三冊雜謌の四季に於ては、出家以後の作品が多く　三上皇に對し奉り忠誠の意を契り、當時の事勢をのろったのである。故に雜の春と部立し、秋としたのであつた。拾遺集の卷末に再び雜の部立を設け、四季の一部を先頭に雜の祝に終る編纂がしてある。如願法師集に於ても此の方法を雜の部全般に取り入れて此の部立を編纂したのであらう。かく考へる時は此の部立の問題はなからうと思ふ。

第三冊に於て殘念な事は、七三八番に當る一首の下句が全々缺如してゐる事であつた。これは書寫者の誤謬であるかは知れないが、殘念である。歌の句が缺除してゐるのは第三冊のこれだけであるが、一首中の文字の誤寫により、一句の意不通になつてゐるものは各冊共に二三ケ所を數へられ、總てで八首となつてゐるが、これも仕方のない事であらう。

以上で集の三冊の略說を終るのであるが、集そのものゝ研究の前に、此の三冊の順序について一應考へる可きであらうと思ふ。此の問題は或は論ずるに不足と云はれるかも知れないが、次の諸點からして當然明瞭にして置く可きものと考へる。卽ち、

一、第一冊と第三冊が今日に於て合冊されてゐる事、而も內容から考察する時には、連續するものと思はれない。

二、第一冊本文第一面の筆者と、第三冊第一面の筆者が同一である事。これは「一」と如何なる關係があるだ

らうか。

三、第二冊の筆は第一冊の大部分の筆者と同一であるが、書物の裝幀及び用紙、大きさ等が第一、三冊とは差違のある事。

以上の三大點から見て、此の三冊は如何に連續されるものかは一應檢討すべき事となる。此所で私は結論を先に述べる。集の順序は三冊の略說に述べた第一、第二、第三冊の順序であると思ふ。此の結論に導くには他の集との比較研究をも必要とするのであるが、出來るだけ簡單に論を進めたい。

私の思ふ所は次の通りである。先づ第一冊の表紙の外題に於て、「如願法師集」とあり、その下に「上」の字が少さく添加されてゐる。又同冊末にも同樣の事が記されてゐるが「上」の字の部分は見せけちになつてゐる。或は著者の原典に於ては上中下の命名はなかつたかも知れないが、筆者も、この第一冊を「上」と考へたのではなからうか。家集には種々の體裁があつて一概に論じ難いが、本集と比較研究の對照に出して來る可きものは、どうしても如願と同時代の人の家集でなくてはいけないと思はれる。それは雜然としてゐてかまはない時代と、殊更に整然とさせねば不可いように考へた時代、——即ち家集編纂者はその目的により、多少の差異はあるにしても時代の流行には坑し難く、感染し易いからである。一代の歌壇指導者を以て自他共に許してゐた定家卿が、その勢の猶盛んであつた建保時代に編纂した家集拾遺愚草に於ても、又その父である老大家俊成卿の長秋詠藻に於ても、集の先頭に百首、五十首等の定數歌を置いて居る。これは必ずや此の時代の流行であつて、決して古い形式とは云へない新しい傾向である。秀能も此の意味に於て、流行に從ひ定數歌を先づ第一卷として纒めたと見るのが當然であらう。

第一冊に續くものは、部類歌の春から撰集體に編せられた部でなくてはならない事は論を俟たないであらう。然しかく云ふ事は容易である、が此所に第二冊を順序であるとするには前掲の一、及三の問題を解決し、加ふるに第二問に對して、解釋を與へねばならないのである。先づ第一問に於て、第一及第三冊が合冊されてゐる事は、內容から考へ、一般の撰集體の形式を考へ合せ妥當を缺いたものである事は明瞭であらう。此所で第二の問題の解釋に及ぶが、第一及び第三冊の始めの一面の筆者が同一である事から、當時には第一及第三冊と同樣な體裁に、然も同形の本で第二冊の內容を有する本があつたといふ事は容易に想像出來ると思ふ。第一面とそれ以下の筆者の異る事は、多くの古寫の書物を藏する人には普通の事と見られ、その第一面の筆者の命令に依つて以下が書き繼がれたのであると解してゐるから不思議は存しない。故に第一と第三冊は、それ〴〵の第一面筆者の所有の本であつて、密接なもの、卽ち同一形の同時のものと見ていゝわけである。故に第一と第三冊は、それ〴〵の第一面筆者の所有の本であつて、密接なもの、卽ち同一形の同時のものと見ていゝわけである。全くの續きであつて第二冊目を缺いたものである。次は第三問の事に關してゞあるが、これは餘りにも想像がすぎてしまふかも知れないが、第一及第三冊が、略說で述べた如き裝幀の狀態であつたからして、第二冊の部分を早く紛失したと考へられないであらうか。或は人に借り忘れられるとかしたのであらう。故に資經卿が見計ひで用紙體裁は異にしてゐるが大體に於て大きさの似た本を以て補つたのではなからうか。これは自然的な推論でないかも知れないが、こんな考察もなされないとは云ひ得られないであらう。要するに第一冊と第三冊を綴り合せたのは只單に本の大きさの問題であつて、底本の成立後時代を經てからの事であらうと思はれる。それのみが理由であらう。

以上の如き理由で、第一冊の次に四季以下の歌、部類した第二冊を以て順序とすべきであらう。これは裝幀が異る二本でありとも、第一冊の大部分の筆者と同一筆者に依つて成された第二冊であり、然も集の著者と時を同じうしてゐた人であるから、異系統のものを挾むとは云へないであらう。第二冊の後に第三冊の來る事は說明を要しないと思ふ。

以上迷論であつたが、順序については一應の說明が出來たものと考へる。

如願法師、秀能の生前に於ける歌壇の地位は、前に述べた所である。今其生前の事を想像しつゝ如願法師集の傳來及び地位を考察して見る。

如願法師或は秀能の名に於て、撰集に作品のは入つてゐる集及び其歌數は次の通りである。

一、勅撰集之部

1、新古今集	一七首
2、新勅撰集	九
3、續後撰集	五

七九

4、續古今集　一
5、續拾遺集　九
6、新後撰集　五
7、玉葉集　三
8、續千載集　三
9、續後拾遺集　三
10、風雅集　八
11、新千載集　三
12、新拾遺集　三
13、新後拾遺集　二
14、新續古今集　八

二、私撰集之部　五四

1、萬代和歌集　一二
2、夫木和歌鈔　四二
3、秋風和歌抄　一

計　一三四

勅撰集に於ては新古今集に一七首入撰して以來十四代の勅撰集に七十九首出てゐる。又私撰集の方に於ては萬代集に十二首、夫木鈔に四十二首が入れられてゐる。私撰集は夫木集以後は後を絶つてゐる。卽ち民間に於ては夫木鈔以後、公に於ては勅撰集の最終まで明らかに如願の作品を何かによつて撰擇が出來たのである。私撰集に於ても又勅撰集にも同樣に、その入集の歌が何等かの典據がなくてはその集の威嚴にかゝる事があるから自筆詠草或は家集から取るのである。作者の死後年代を經る程散逸し、資料がなくなるので、典據とする所は家集の外はなくなる。此の意味を吟味しつゝ、二三の古い作者の例を考へると明瞭になる。如願の場合に於てもその例に漏れず、撰集に入れられた歌は大低家集中に含まれてゐる。これと反對にその人の作品が撰集に現れてゐる間は該當作者の家集が健在すると見られる。如願集に於ては吉野朝時代までは完全に傳はり、或る範圍の流布があつたと考へる。吉野朝時代以來、和歌より連歌の流行が旺盛となつて、まゝ幕府の結構した和歌の催しもないではなかつたが、集の編纂等の大業は一切跡を絶つてしまつた。それ故に如願集の存在も明瞭ではなかつた。又私藏の珍書を借覽して書寫する好士も少なかつたらしい。時代移り德川氏幕府を江戶の地に開いて漸く天下又安のきざしを得て、學問藝術の復興するに及んで今日の圖書寮の御本は成作されたものであらう。要するにこれまでには傳本も今日の此の底本のみではなかつたらう。他の傳本は京都が陣地になり、戰塵にまみれ、兵火に見舞はれた時に澌盡灰滅したのであらう。家藏の書物は、此の時は或は山寺の寶庫に、或は地方の豪家に兵亂を避ける爲に寄託されてあつたのである。それが爲に幸にも今日見る事が出來るのであつて、今後共に祖先の取つた賢明なる手段に瑕をつけない様にと我々は考慮してゐるのである。其後江戸時代になり、今日の場所に邸宅を與へられてからは、多くの他の書物と同様に貴重本として保存を嚴にしたのである。就中靈元院の如きは家藏の典籍の貴重なる事を御主張、勅封を以て散逸を防止遊ばされるに至つた。今も猶この院の厚き御思召を旨と守り、出門の禁止と他見の謝絶とを家憲となし、嚴守して今日に到るのである。故に今日他の書物と共に比較的古寫の本を殘す事を得たのであつて、院の叡慮に對し奉り、且又祖先の取扱ひ及び保存に對する深重なる態度に子孫として感激し感謝するのである。

此の間明らかに底本を書寫されたものに宮内省圖書寮本、及び享保八年寫の爲久卿本を今日知る事が出來るが、其他は全々存在をも聞かないのである。爲久卿本に關しては、底本を常に見る事は破損の基であるとの意志の下に制作されたもので、書誌學上にも文獻學上に於ても、底本の右に出づるものではない。但し存在のみを明記して置くに止めよう。

此の集の内容或は作者に關しては恩師武田祐吉先生の「國文學研究」の「歌道篇」に述べられ、九大教授小島吉雄氏の「藤原秀能とその歌」と題する論文が雜誌「國語國文」第八巻第九號(昭和十三年九月號)に發表されてゐる。私としても一言觸れて見たい氣もないではないが、秀能の一般的な事は先に略傳を記して所々記したし、今はその場合でないから止める事とする。その代りとして少し必要あつて過日調査した如願集の作品の形式的な統計表を左にあげたい。

如願法師集三巻中、彼の作品九百十三首のぅち、句切の方法とそれを用ひた歌數、字餘りの歌と、其の歌數、結句の結び方、即ち結びの語の品詞別による統計等がそれである。但し例へば體言止の作品であり、初句に字餘りがあり、而も三句切になつてゐるといふ場合には、それぞれを一つ宛勘定して置いたから、體言止、三句切、初句字餘りと云ふ綜合の項は作らなかつた。猶體言を以て結句を終結してゐる體言止は、句切法の一種としてその中に表示し、結尾語の品詞別の表からは除外した。

第一表、句切法

1、體言止	二九五首
2、初句切	四九
3、二句切	七三
4、三句切	一〇七
5、四句切	一〇
6、句間切	一

第二表、字餘り

1、初句一字	五二

2、二句一字　一〇
3、三句一字　五〇
4、四句一字　一三
5、結句一字　一一
6、初句二字　〇
7、初、二句各一字　〇
8、初、三句各一字　一
9、初、四句各一字　〇
10、初、結句各一字　〇
11、二句二字　〇
12、二、三句各一字　〇
13、二、四句各一字　〇
14、二、結句各一字　〇
15、三句二字　〇
16、三、四句各一字　〇

17、三、結句各一字	〇
18、四句二字	〇
19、四、結各一字	一
20、結句二字	〇

第三表、結語品詞別

1、動詞	六八
2、形容詞	二八
3、助動詞	
イ、べし	六
ロ、む	二六
ハ、じ	一
ニ、なり	二三
ホ、けり	六二
ヘ、らん	七九
ト、なん	七

チ、けん　一七
リ、其他　四二
4、助　詞
イ、つゝ　一四
ロ、其他　四二
5、感動詞　かな　一二六

総　計

第一表に示した句切の方法は、それ自身歌の格調に及ぼす影響も大であるが、聲調にも大いに關係がある。これにより如何なる調子を作者が好んでゐたかも知る事が出來るのは勿論、他に此の句切の法に於て歌の時代的嗜好と云ふか、時代調子をも表はす代表的なものといひ得る。後鳥羽院の御思召に叶ひ、所謂新古今調のうち一部の代表的作者たる秀能の句切法は、その他の人の作品の句切法の統計と比較研究しても面白く、且つ又單獨にも何等かの參考になるであらう。

第二表の字餘りに關する統計は、主として聲調を研究する上に必要なるもの。勿論他の作者と比較して面白いものであるが、爛熟した新古今時代を背影に置いて見る時に餘計に興味深々たるものがあらう。

第三表は、第一表と合せて作ると餘計に趣味深いものと思はれるが、聲調に關しても、格調に關しても、結語の餘韻の支配する一首全體の氣分は決して輕視出來ないと考へる。歌體を支配するのも、結字と、句切法とによる所大である。かゝる機械的な統計も今後の鑑賞と、作者の氣分の分解に必ずや役立つものと思ふ。敢て卷末に記した次第である。

如願法師作品鈔出

（歌ノ頭書番號ハ國歌大觀ノモノナリ）

新古今和歌集　春上一、秋上二、冬二、哀一、旅二、戀二、二、戀四、二、雜上二、雜中一、秀能

巻一一首　詩をつくらせて歌に合せ侍りしに水郷春望といふことを

二六　夕月夜しほみちくらし難波江の芦の若葉をこゆる白波

巻四二首　最勝四天王院の障子に高砂かきたる所

二九〇　ふく風の色こそ見えね高砂の尾上の松に秋は來にけり

山月といふことをよみ侍りける

三九八　足曳の山路の苔の露のうへにねさめ夜深き月をみる哉

巻六二首　春日の社の歌合に落葉といふことをよみて奉りし

五六四　山里の風すさましき夕暮に木の葉みたれてものそ悲しき

冣勝四天王院の障子になるみのうら書きたる所

六四九　風ふけはよそになるみの片思ひ思はぬ浪になく千鳥かな

巻八一首　父秀宗身まかりての秋寄風懷舊といふことをよみ侍りける

七八九　露をたにいまはかたみのふち衣あたにも袖をふく嵐かな

巻十二首 和歌所の歌合に羈中暮といふことを

九六〇 草まくら夕の空を人とはゝなきてもつけよはつかりの聲

旅の歌とてよめる

九六七 さらぬたに秋の旅寝は悲しきにまつにふくなり床の山風

巻十二二首 夕戀といふ事をよみ侍りける

一一一六 藻鹽やくあまの磯屋の夕煙たつ名もくるし思ひた《きイ》えなて

宇治にて夜戀といふ事をそのこともつかうまつりしに

一一三九 袖の上に誰故月は宿るそよよそになしても人のとへかし

巻十三二首 寄風戀 （二首ノ内一首見エズ三本一覽）

一二〇五 今こむと頼めしことを忘れすはこの夕暮の月やまつらむ

巻十四二首 題しらす

一二八一 人そうきたのめぬ月はめくり來てむかし忘れぬ蓬生の宿

和歌所の歌合に深山戀といふ事を

一三一七 思ひいる深き心の便りまてみしはそれともなき山路かな

巻十六二首 能野に詣て侍りし時奉りし歌の中に

一五三二　おく山の木の葉のおつる秋風にたえ〳〵嶺の月《くもイ》そ殘れる

一五三三　月すめはよもの浮雲空にきえてみ山かくれを《にイ》ゆく嵐かな

和歌所の歌合に海邊月といふことを

一五五六　あかし潟色なき人の袖を見よすゞろに月も宿るものかは　（今検するに此巻三首存す）

巻十七一首　海邊の心を

一六〇三　今更にすみうしとてもいかゞせむなたの鹽屋の夕暮の空

新勅撰和歌集　夏一、秋下二、冬一、戀一、一、戀二、一、雜一、二、雜二、一、如願法師

巻三一首　題知らす

一八六　明けぬるか水間もりくる月影の光もうすき蟬のはころも

巻五二首　題しらす

三一〇　さを鹿の鳴くねもいたく更けにけり嵐の後の山のはの月

秋の歌よみ侍りけるに

三三〇　月になくかりの羽風のさゆる夜に霜《はイ》をかさねてうつ衣かな

巻六一首　五十首の歌よませ侍りける時惜歳暮といふ心を　（道助法親王家）

四四〇　飛鳥川かはる淵瀬もある物をせくかたしらぬとしのくれかな

巻十一 一首 百首の歌奉りけるに戀の歌

七〇四 山河の石まの水のうすこほりわれのみ下にむせふころ哉

巻十二 一首 庚申久戀歌

七五〇 あたにみし人のこゝろのゆふたすきさのみはいかゝかけて頼まむ

巻十六 二首 題しらす

一〇四四 あたなりと何恨みけむ山櫻はなそみしよの形見なりける

題知らす

一〇九六 此の里はしくれにけりな秋の色の顯はれそむる峯の紅葉は

巻十七 一首 題知らす

一二四五 涙もて誰かおりけむ唐衣たちてもゐてもぬるる袖哉

續後撰和歌集　春上一、春中一、秋中一、戀一、一、雜上一、

巻一 一首 春の歌の中に

四三 ふるさとに咲かはまつ見む梅の花むかしに似たる色や殘ると

巻二 一首 故郷花といふことを

一〇〇 住む人も哀いくよの故郷に荒れまくしらぬ花の色かな

巻六一首　月の歌の中に
三二三　心こそ行方も知らね秋風にさそはれ出つる月をなかめて
巻十一一首　戀の歌の中に
六八五　しらさりき音に聞來し三輪川の流れて人をこひむ物とは
巻十六一首　事かはりて後人々にいさなはれて法輪寺にまうてゝよみ侍りける
一〇八八　昔見し嵐のやまにさそはれて木の葉のさきにちる涙かな

續古今和歌集　雜下一、秀能

巻十九一首　後鳥羽院に奉りける百首の歌の中に
一七三八　風吹けは何れの島とたのむらんはるかにいつるあまの釣舟

續拾遺和歌集　夏二、秋下一、冬二、雜秋二、旅二、戀一、一、如願

巻三二首　題　知らす
一七八　暮れかゝるしのやの軒の雨のうちにぬれて言とふ時鳥かな
浦螢と云ふことを
二〇〇　埋れぬこれや難波の玉かしは藻にあらはれて飛ふ螢かな
巻五一首　題　知らす

三三六　鐘のおとも明け離れ行く山のはの霧にのこれる有明の月

巻六 二首　前大納言爲家の家の百首の歌に

三八六　今日も又暮れぬと思へは足曳の山かき曇りふるしくれかな

後鳥羽院に冬月の五首の歌奉りけるに

四六四　いたつらに今年も暮れぬとのへもる袖の氷に月を重ねて

巻八 一首　建保二年秋の十首の歌奉りける時

五九四　物思ふ秋はいかなる秋ならむあらしも月もかはる物かは

巻九 二首　源光行あつまにまかりけるにつかはしける

六〇七　旅衣きてもとまらぬものゆゑに人たのめなる逢坂のせき

道助法親王の家の五十首の歌の中に旅春雨

六七一　忘れすはしをれて出てし春雨の故郷人もそてぬらすらむ

巻十一 一首　戀の歌の中に

七九五　袖の色を偖のみ人に知せすは心にそめしかひやなからむ

新後撰和歌集　春下一、旅一、戀二、一、雜上二、

巻二 一首　暮春の心を

一五三　暮れて行く春の別はいかにそと花を惜まぬ人にとはゝや
巻八一首　もしの關にてよめる
六〇一　都出てゝ百夜の波の舵枕なれても疎きものにそありける
巻十二一首　戀の歌の中に
九二一　涙川うき瀬に迷ふ水の泡の流に消えぬ身をいかにせむ
巻十七一首　住の江にてよめる
一三六　住吉の松ふく風もかはらねは岸うつ波やむかしなるらむ

玉葉和歌集　夏一、雜上一、雜三、一、

巻三一首　（六帖の題にて人々歌つかうまつりけるになこしのはらへ）おなし心を
四四八　夕されは麻の葉流るみよしのゝ瀧つ川うちに禊すらしも
巻十四一首　題　しらす
二〇二〇　奥山の峯の時雨を分けゆけはふかき谷よりのほる白くも
巻十六一首　松尾社の歌合に、山家夕を
二一九四　山深き里のしるへになるものは入相の鐘の聲にそありける

續千載和歌集　冬一、雜上一、雜中一

巻六一首 題しらす

六四二 もみちはのかけ見し水のうす氷とまらぬ色を何むすふらむ

巻十六一首 山里にこもりゐて侍りける頃述懐の歌よみ侍りけるに歸雁を

一六六〇 歸る雁越路の空のしら雲（雪イ）にみやこの花のおもかけやたつ

巻十七一首 秋の頃述懐の歌よみけるに

一八二七 世を秋の山のあらしの烈しきにいかてか澄める有明の月

續後拾遺和歌集 秋上一、秋下一、戀四、一

巻四一首 題しらす

二九三 小山田に風の吹き敷くいな莚夜鳴く鹿の臥しとなりけり

巻五一首 後鳥羽院に奉りける秋の歌の中に

三五〇 久かたの月影さむし白妙のそてにまかへて霜や置くらむ

巻十四一首 戀の歌の中に

九四三 恨みむと思ひし物を夏衣ひとへにうすくなりにけるかな

風雅和歌集 夏一、秋上一、冬一、雜中三、雜下一、賀一、

巻四一首 夏の歌の中に

三九三　山ふかみ雪消えなはと思ひしに又道絶ゆるやとの夏草

巻五一首　庭草露と云ふ事を

四九一　踏み分けて誰かは訪はむ逢生の庭も籬もあきのしら露

巻八一首　寒　蘆　を

七八三　湊いりのたなゝし小舟跡見えて芦の葉むすふうす氷かな

巻十六三首　雑の歌の中に

一六七一　袖の上に變らぬ月のかはるかなありし昔の影を戀ひつゝ

一六七三　何となく昔戀しき我か袖の濡れたる上にやとるつきかけ　（今検此巻中二首而耳）

巻十七一首　雑の歌の中に

一九一七　しつたまき數にもあらぬ身なれ共仕へし道は忘れしもせず

巻廿一首　後鳥羽院の御時五人に二十首の歌をめして百首にかきなされける時　祝の歌

三九一　あひ難き御代にあふみの鏡山曇なしとはひともみるらむ

新千載和歌集　冬一、戀一、一、雑中一、

巻六一首　建保五年四月庚申の夜五首の歌に冬夕

六三七　草も木もしをれ果てたる山風に夕への雲の色そつれなき

巻十一 一首 後鳥羽院に奉りける百首の歌の中に

一〇三八 思ふともしらしな人目もる山の下吹く風の色し見えねは

巻十七 一首 建保四年の春、藤原秀能、五位尉にて東寺の舎利のぬす人召捕りて、その賞に出羽守兼し侍りけるあしたに詠みて遣しける　　津守國經

一九六六 あけなから重ねてけりなから衣たつ白波のあとを尋ねて

返し　　如願法師

一九六七 白波の跡を尋ねしうれしさはあけの袂にあらはれにけり

新拾遺和歌集　春下一、冬一、旅一、

巻二 一首 同じ心を　（花）

一三三 身に換へて思ふも苦し櫻花咲かぬ深山にやともとめてむ

巻六 一首 題しらす

五七七 しからきの外山の紅葉散り果てゝ寂しき峯に降る時雨哉

巻九 一首 羇旅の心を

七七四 わたの原八十島かけてしるへせよ遙にかよふおきのつり舟

新後拾遺和歌集　秋下一、雑秋一、

巻五一首　題しらず
三七六　わさたもる床の秋風吹き初めて假ね寂しき月を見るかな
巻八一首　建保四年後鳥羽院に奉りける百首の歌に
七八九　月待つと立ちやすらへは白妙の衣の袖に置けるはつしも

新續古今和歌集　秋上一、秋下一、冬一、旅一　戀一、一、戀五、二　雑中一、

巻四一首　建仁元年撰歌合に、野月露涼
四八一　荻原やつゆを秋風吹くからに袂をならすありあけの月
巻五一首　建保三年六月、歌合に、行路秋
五五六　旅衣なれすは知らしおほかたの秋の哀れは思ひこしかと
巻六一首　建保三年六月、歌合に、曉時雨
六一七　憂き物とおもひなれたる曉の枕にすくるむらしくれかな
巻十一首　元久二年六月和歌所の詩歌合に、山路秋行
九五六　葛城やよそに思ひし嶺の雲たもとに分くる秋のゆふくれ
巻十一一首　建仁元年九月影供歌あはせに、寄池戀
一〇五五　こやの池のみ草に沈む芦の葉の下には袖の朽ち果てぬへき

巻十五二雨寄雲戀を　（今検此巻　首而耳）

一五三一　今はとて思ひ絶えたる横雲の別れし空そかたみなりける

巻十一一首題　知らす

一八二一　海士のすむ方やいつくと眺むれは里の知るへに立つけむり哉

以　上

私撰和歌集

萬代和歌集　秋下二、冬一、戀三、一、雜一、二、雜六、六、

巻五二首後鳥羽院御時秋撰歌合の歌

月を

草のいほあらしにゆめはたえにしをおとろくほとにすめる月かな

續後　心こそゆくゑもしらね秋かせにさそはれいつる月をなかめて

巻六一首題しらず

新拾　しからきの外山のもみち散はてゝさひしき峯にふる時雨かな

巻十一一首戀歌のなかに

よしさらはおもひもたえぬしのしまやあこねか浦のたま〳〵もうし

卷十四二首　春　歌

をふの浦のかすみをわくるあまをふねいつれのしまの玉もかるらん

百首のなかに

續撰　故郷にさかはまつみむむめのはなむかしににたる色やのこると

卷十九六首　述懐の心を

露の身のいのちはかきりありけれはきえぬといひてとしもへにけり

（今以家本檢右一首而耳）

夫木和歌集

卷一一首　㝡勝四天王院名所障子

相坂やかすみもあへぬすきの葉の下つゆこほるあけほのゝそら

卷四二首　光臺院入道二品親王家五十首山家

みよしのゝ遠山さくらはることに心も空にかゝるしらくも

家集二《三イ》位朝中將家十首和歌

たのめこしみやこの人はまてとこす花のにはとふはるの山風

卷五三首　㝡勝四天王院名所御障子　大　淀　浦

大よとの春の浪路にゆくかりもうらみてかへるあかつきの空
承久三年長尾社歌合　海　邊　歸　雁
ならひとて霞の浪をたつ雁もなにはのあしのうらみてそゆく
家集戀の心を
かりそめに見てしとたちを立しのひ片野の雉子のしはうつなり
卷七一首　光臺院入道二品親王家五十首　夜　盧　橘
ふかき夜をとふ人もかな岡のへのをとろかのきに匂ふ立花
卷十一一首　院北面御會　故郷女郎花
古郷のみかきか原のをみなへしひかりつゆけきのへにふすかな
卷十二七首　家　集　鹿　を
かへる山みねのあさえ《ちイ》に風かけ《さえイ》てをちのすそのにすかる鳴也
和歌所影供歌合海邊夕雁
夕きりのゐなのみなとをこめつれは鹿のなくねによする舟人
最勝四天王院名所御障子
をしかなくとこの月かけゆめたえてひとりふしみの秋のやま風

みやき野のうつろふ萩にあし引の山たちならししかそなくなる

後鳥羽院名所歌《百イ》首

安達のゝ秋風そよくむらすゝきうきものとてやしかのなくらん

最勝四天王院名所御障子

さらしなや月ふくあらし夢にたにまたみぬ山にしかそなくなる

和歌所影供歌合　江月聞雁

月にふくまのゝうら風さむからし入江におつるころもかりかね

巻十三二首　撰歌合初判

竹の葉のふるきまかきにおとつれて霧ふきはらふまとの月かけ

元久元年詩歌合

しをりしてつらき山とは知らさりきたゝこの比の秋の夕くれ

巻十六二首　家集題不知

おくやまのみねの時雨をわけ行はふかきたにょりのほる白雲

嘉禎二年十首歌合　時雨を

しからきのとやまのもみち散はてゝさひしき峯にふる時雨かな

巻十七一首 後鳥羽院御時名所歌中

千鳥なく在明かたの河風に衣手さゆるうちの橋ひめ

巻十八二首 和歌所影供歌合　山家朝雪

あさな〳〵外山吹きこす雪のあらしよもきか庭のあとたゆるまて

最勝四天王院名所御障子（野）

はつせ山尾上の鐘そあはれなる雪のいほりのあけかたのそら

巻廿二三首 最勝四天王院名所御障子（野）

武蔵野や横雲霞む曙に春の悲しき色はみえ鳧

あたちのゝ《原イ》あさ風そよく村すゝきうき物とてやしかのなくらむ

いつみ《森イ》河川浪すゝし水鳥のはゝそのもりの夏の夕けり

巻廿三四首 最勝四天王院名所御障子（海）

たちまよふ波とかすみのたえ間よりくもゐに見ゆる天の橋立

後鳥羽院御時八月十五夜撰歌合　湖上月明

にほてるやよこの入江のなみ晴てつきよりうへにまつ風そふく

和歌所歌合寄池戀

こやの池のみくさにましるあしのはの下にや袖のくち果なまし
院北面御會　池上落葉
もみちふく風はこすゐにおとたえて浪にいろあるひろ澤の池
寂勝四天王院名所御障子　交野
露わけし野への秋くさかれしよりみかりはつらきあまの川かせ
家　集（浦）　巻廿四一首
おふのうらの霞を分る海士小舟いつれのしまのたまもかるらん
家　集（浦）　万代巻廿五六首
よしさらば思もたえぬしのしまやあこねか浦のたまくもうし
寂勝四天王院名所御障子（浦）
しかのうらやよはにしもふむあしたつのはかひの月をふく嵐哉
十首歌合　海邊待月
ひさかたの月まつかねのいそまくらかくてとしふるすまの浦人
寂勝四天王院名所御障子　吹上濱
千鳥なくふきあけにたてる松風のこゑすむそらに月そやとれる

和歌所御影供歌合　海邊千鳥（あかしかた、播磨）

明石かたなみにたちまふはま千鳥松吹かせに聲しきるなり

巻廿九一首　光臺院入道二品親王家五十首　寄松祝

ちきりある高野の山のみねの松なほゆくすゑの千代もかはらし

巻卅一一首　㝡勝四天王院御障子（市）

秋くれはしかまのいちにほすかちのふかき色なる風の音かな

巻卅二一首　後鳥羽院御時御撰十首歌合（志折）

しをりしてならひにけりな里人のかへる山路にいつるつきかけ

巻卅五一首　㝡勝四天王院名所御障子（唐人）

から人のたのめし秋はすきぬともまつらかおきに雲なへたてそ

巻卅六一首　和歌所歌合月前旅

草むすふをのゝしのはら月さえてまたしきしもの袖にしらるゝ

秋風和歌抄

巻十七一首　水無瀬殿にて冬月五首講ぜられし時

いたつらにことしもくれぬとのへもるそてのこほりに月をかさねて

歌學書中

續歌仙樂書

仙洞詩歌合に、水郷春望といふことを
夕月夜しほみちくらし難波江の芦のわか葉をこゆる白波
百首歌奉りけるとき
風になひくみくさも青き池水に山のはなからうつる月かけ
仙洞秋歌合に
竹のはゝふるき籬にをとつれて霧ふきはらふ宿の月かけ
草の庵あらしに夢はさめにしを驚く程にすめる月かな
山月を
あし引の山路の苔の露の上にねさめよふかき月をみる哉
春日社歌合に落葉を
山里の風すさましき夕くれに木葉亂れて物そかなしき
夕戀を
もしほやくあまの磯やのゆふ煙たつるもくるし思ひ絶えなん

宇治にて、夜戀といふことを

袖の上にたれゆへ月は宿るそとよそになしても人のとへかし

文屋秀宗みまかりて後の秋寄風懐舊といふことを

露をたに今はかたみの藤ころもあたにも袖を吹あらしかな

琴のねにみねの松風かよふらしいつれのをよりしらへそめけむ

桐火鉢

袖の上に誰ゆへ月は宿るそとよそになしても人のとへかし

明石潟色なきひとの袖をみよすゝろに月は宿る物かは

風ふけはよそに鳴海の片思ひ思はぬ浪に鳴千鳥かな

増鏡

契おきし山の木のはの下もみちそめし衣に秋風そふく

最勝四天王院障子和歌

春日野　大和

袖ぬれて霞にしのへ若菜つむ春日のはらの雪の下みつ

吉野山　大和

吉野やまうつろふ花は朝霞たな引わたるみねの春風

三輪山　大和

ほとゝきすなこりを袖にとゝめ置て村雨はるゝ三輪の茂山

龍田山　大和

龍田山時雨にぬるゝ我袖のまたひぬさきに散るもみち《このはイ》哉

泊瀬山　大和

初瀬山おの八の鐘そ哀なる雪の庵のあけかたの空

難波浦　攝津

芦火たく煙もかすむ難波かたうらむとすれとしのゝめの月

住吉濱　攝津

すみよしの霞のうちに漕舟のまほにも見えぬ淡路しま山

蘆屋里　攝津

五月雨は芦屋のとまやくちぬらむ軒の玉ゆらぬるゝ袖かな

布引瀧　攝津

布引の瀧のしら糸よるかけて月みんとてやとひこさるらん

生田杜　攝津

しくれつる生田の杜に雲消てうつろふ色に秋風そふく

若浦　紀伊

古へをかけてそおもふ久かたの月待宵のわかのうらなみ

吹上濱　紀伊

千鳥鳴吹上のたてる松風の聲すむ袖に月そやとれる

交野

露わけし野への秋草かれしより御かりはつらき天河風

水無瀬川　攝津

菊の花にほふ嵐にみなせやま河の瀬しらむ霧の遠かた

諏磨浦　攝津

須磨の浦になか雨あかすはれにけり月は西へもいらぬ物ゆへ

明石浦　播磨

あかしかた雲をへたてゝ行舟の待らん月に秋かせそ吹く

餝磨市　播磨

秋くれはしかまの市にほすあゐの深き色なる風の音かな

松　浦　山　肥前

唐人のためのめし秋は過ぬとも松浦の沖に雲なへたてそ

因　幡　山　因幡

別てもよしやいなはの嶺に生る松となつけそ心つくしに

高　　砂　播磨

吹かせの色こそみえね高砂の尾上の松に秋は來にけり

野中清水　播磨

契あれは野中の清水むすひあけてもとみし影を又やとす哉

海　橋　立　丹後

たちまよふ波と霞のたえまより雲井に見ゆる天の橋立

宇　治　川　山城

うち山の嵐におつるもみちはやあしろによるのにしきなるらん

大　井　川　山城

大井川ふるきを忍ふ事ならはもみちのにしきふみねかさらん

鳥　羽　山城
秋立て月をおしねの露こほるとはたのおくて雁も鳴くなり
伏見山　山城
をしかなく床の月かけ夢たえてひとりふしみの秋の山かせ
泉　川　山城
いつみ川かは浪すゝし水鳥のはゝその杜の夏の夕かせ
小鹽山　山城
をしほ山松に霞も色に出ぬうけひく神にみよのしめなは
相坂山　近江
あふさかや霞もやらぬ榾の葉の下水こほるあけほのゝ空
志賀浦　近江
志賀のうらや夜半に霜ふむあしたつのはかひの霜を吹嵐哉
鈴鹿山　伊勢
すゝか山木の葉にふかき秋の色にしはしも淀む波のまそなき
二見浦　伊勢

風ふけはいせの濱荻おりしらぬふたみの浦の月の影かな

大淀浦　伊勢
大淀の春の波ちにゆく雁のうらみてかへる曉のそら

鳴海浦　尾張
風吹はよそに鳴海のかた思ひおもはぬ波になく千鳥かな

濱名橋　遠江
秋風に夕かなしき東路の濱名のはしにかゝるしら波

宇津山　駿河
しられしな今もむかしも宇津の山蔦よりしける思ひ有とも

佐良之那里　信濃
更科の月ふく嵐夢にたにまたみぬ山の鹿そなくなる

清見關　駿河
きよみ潟みしかき夜半の浪のまにほとなくふくる有明の月

富士山　駿河
裾野には夕立しけりふしの山けふりも雪も消ぬ物から

武藏野　武藏

武藏野やよこ雲かすむ明ほのに春の影なき色はみえつゝ

白川關　陸奥

陸奥のまたしら川の關みれは駒をそたのむ雪のふるみち

阿武隈川　陸奥

年へてもあふくま川の友ちとり鳴くね身にしむよはの月影

安達原　陸奥

安達野の秋かせそよく村すゝきうき物とてや鹿の鳴らん

宮城野　陸奥

みやき野のうつろふ秋にあしひきの山たちならし鹿そ鳴なる

安積沼　陸奥

みちのくやなこり安積の花かつみ深き色をは尋ねてもとへ

鹽竈浦　陸奥

あま人の波まにみゆる白妙の衣てかすむしほかまの浦

寂勝四天王院御幸之御時名所障子和歌

たかしのはまを

忘らるゝうきなたかしの濱風にいくたひこえぬ神の浦浪

前權典厩集解題

前權典厩集解題

宮內省圖書寮と家藏の他に存在を聞かない家集である。福井博士の「大日本歌書綜覽」に見えないし、他にこれが爲の照介、或は特殊研究の發表されたのも耳にしない。全くの新資料であり、宮內省圖書寮の御本の拜見を許された極く少數の人々のみがその存在を見知つて居られるだけであらうと想像する家集であると思ふ。

今此所に飜刻した前權典厩集は、家藏二本のうちの古寫本の方に依つた。家藏の二本の關係に就いては全く親子關係にあるもので、新寫の一冊は、古い一冊を爲久卿によつて、享保の頃新しく寫されたものである。その奧書は

前權典厩集以古本書之

とのみある。但し此の家集は

如願法師集（本書別項參照）

淨照房集

前權典厩集

越前前司時廣集

の四家の集の合綴の一部となつて、十七枚に書かれてある。越前前司時廣集の書き終つた次の一面（最末面）に

右前越前守時廣平時房男哥以古本書寫之。

享保八年季春下旬　右金吾爲久

とある。此所に書き添へられた年號は、時廣集ばかりの書寫を意味するのではなく、以上四家集の書寫完了の時を示すものと見て決して誤ではない。新寫本の筆者爲久卿に就いては些細に語る時ではないが、同卿が享保七年より同九年に到る間の書寫熱は餘程高かつたのであり、此の三年程の間に數百種の書を寫し取つたのである。

前權典厩集以古本書之

右の奥書きの示す古本は、どう考へても今飜刻された家藏の一本であつて、決して他ではない事も筆者爲久卿の傳記に依つて明白な所である。從つて家藏新寫本は、文獻學的に論じて他の一本たる右奥書の「古本」に一歩も優るものでない事は確かである。

一方宮內省の御本は如何と云ふに、右の「古本」を忠實に書寫したものであるだけで、私の考へる所では「古本」の存する今日、決して「古本」以上の價値はあり得ないものである。書寫も近世の始め、叉は中期の筆である。要するに本集に關しては今日、この「古本」を以て原典とするが一番有意義なる照介、解題、或は研究がなされ得ると考へられるのである。

さて此の古本は、高さ四寸八分、幅四寸八分の桝形粘葉綴の一帖。五折を綴つたもので

第一帖　八枚　（内一枚は表紙）　本文墨附七枚
第二帖　十二枚　　全部本文墨附
第三帖　十枚　同
第四帖　六枚　同
第五帖　十枚　（他一枚附紙裏表紙）　本文墨附四枚

となつてゐる。用紙は厚手の鳥の子であるが時代を經て少し變色してゐる。

題簽は特別にはないが、表紙左方の肩に顯著な特徴を有する定家卿の筆で「前權典厩　の四文字が書かれてゐる。題簽の文字は誰が見ても定家卿筆と見誤らないけれども、本文の文字は、これと同筆と見定めるには、定家卿筆の各時代のものを色々研究した人でなければ出來ないと思ふ程、變つてゐる。卽ち（表紙共）第二枚目表より書き始められた筆樣は、枯淡そのものであり、普通の定家卿筆の如くに肉がなく老いてゐる。それは全く自筆本拾遺愚草の後年の加筆の條と全く同一樣のものである。從つて此の家集の書寫年代もほゞ推定出來るわけであり、定家卿七十五歲以後のものと見られる。何故七十五歲以後と見るかと云へば、この前年に書かれた前出家の土佐日記に比すれば、筆勢に猶老骨を窺ふ事が出來るからである。かゝる老齡に至つてもまだ歌書の筆寫に旺盛なる歌道欲を持つてゐた事を示すと共に、老境にある卿の生活を知る資料とする事が出來るものである。恐らくは定家卿筆現存のうち最晩年のものであらう。

さて本文の書寫の様式は、先づ第二枚目の表より始めてゐるのは卿の筆を染めた他の書と同様である。本文最初は內題もなく、いきなり本文の「春」と部類を示す文字から始まり、一面十行書を原則として居り、部類を示す文字は歌と同じ高さに、歌の題又は詞は歌より凡そ二字分低く書かれてゐる。歌は上下の兩句に分け、一首二行書きとしてゐるが、一部類の末尾には三行等、美術的に散らし書きの類に似たことをしてゐるが、若年の頃の華美流麗さはない。紙面の都合であらう。

前權典厩なる人は如何なる人か、權典厩とは左右馬寮の次官の唐名であり、職原鈔に依つてこれを見ると、「權頭一人殿上、五位殿上人、諸大夫共任之。於諸大夫者尤爲清撰之職。」として居る。要するに此の集の著者は左右馬寮の權頭であつた人であつた。著者の官名を取つて集名とした事になる。この著者は何時頃の人であらうかといふに、本集一二六の歌の詞書きに、

入道中納言にまうでゝ古今つたへたまはりてかしこまり申けるついでに

といふ事が見えてゐる。古今傳授の事を云つて居り、相手の入道中納言といふのは恐らくは定家卿その人であると考へて誤りはなからう。しからば著者は定家卿の門弟と云はれるし、又以前から卿の家に出入してゐて明月記にも一度位はその名が記せられてゐるであらうと考へ、前權典厩の肩書をたよりにして明月記を檢索してみると

左馬權頭宗雅　一度

右馬權頭　四度

前典厩但馬　　　　　　　　一度

前左馬權　或ハ長綱　　　　十六度以上

等。これらが作者に擬せられる人々である。右の四人のうち最も常に出てくる長綱に關して、少しく考へたい。

續群書類從卷第三百九十四に「長綱百首」なる一卷が加へられ、又家藏にも寫本を一部藏してゐる。此の百首には定家卿の評點が加へられ、その總評の最末に

後のためにも心安事候へば、こま〳〵と申候なり。御歌の姿は世によく候也。一定歌よみにておはしましぬべし。

と云つて、將來を囑目するに足る歌人だと云つてゐるのである。又一卷の終りに曉月の奥書があり、

本云
此一卷之始返報之詞歌之裏書等、祖父京極中納言入道定家卿法名明靜。眞筆無疑候。往事嘉祿二年九月十七日。今者嘉曆二年二月家本二月ナシ廿三日拜見之。返々哀になつかしく存候て、下略

とある。明瞭には解し難いが、往事嘉祿二年九月十六日とある事から、此の年代に定家卿が評を加へられたのであるかとも解せられる。今此の日を明月記に依つて調査しても、何等うる所はなかつた。又同記の抄出も何も敎へてくれなかつた。

藤原長綱が、如上の如き人であるからして、定家卿の晩年に古今傳授を受けるに誠にふさはしい人であるかの如く、且又長綱が前左馬權頭であり、いよ〳〵以て集名の前權典厩と符合し來て、全く偶然の一致とは思はれ

ず、一定此の作者は長綱であると考へられるに到つた。明月記上に長綱の名の出現した最初は、予の備忘錄にあやまりがなければ、建仁二年四月廿五日であつた、長綱は當時藏人であつて、それと陪膳の勤番の事に就いて語つてゐる。其後長綱は兵部少輔となつて居り、白河僧正御房の請により臨時の昇殿を聽許されてゐる事もあるらしい。元久元年十月廿六日の京官除目に正五位下してゐ、それより間もなく左馬權頭に就任したものであらう。暫らく明月記に長綱の名が登上しないが、嘉祿元年に現はれた時は、唯單に長綱朝臣とのみ出てゐて、左馬權頭の肩書は附いてゐない。前左馬權守と肩書を以て初めて明月記に表はれたのは安貞元年三月三十日の記事で、左の様な事を記してゐる。

　他行之間、前左馬權頭長綱朝臣入來云々、初學歌人也。依其詞優加勤勵之詞。

但しこれより少し前、卽、同年三月一日に、人々の三十首の歌を注する時の事情を記し、序として歌人の少評をなしてゐる所に、

　長綱子忠綱得其骨由見給。藏人大進光俊堪能如何。答云。彼御邊不參事也、若自然事歟。

此の二個所を見て、考へれば、長綱なる人が左馬權守であつた事があり、歌道に得骨の人と思はれ、且明らかに定家卿の門下の人である事も想像され得るのである。

　以上これ位に「前權典厩集」の作者としての條件を滿足させる人は長綱の他はあるまいと考へ、前記三名の同官署の人は更に論ずるの要を認めないと愚考する。又安貞以後にも長綱の名は明月記に七度も出て居り、晩年の

定家卿の慰安として、よく行はれてゐた歌或は連歌の會に、左京權信實、但馬前司家長、攝州、禪尼等と共に集まり、卿の云ふ老狂の相手であり、家長朝臣と同樣昵懇の間であり、最も古今の傳授を受けるにふさはしい人と見る事が出來るのである。

以上まで考へついて、舊稿を訂正しなくてはならないと思つてゐた時、更に吉澤先生の主宰せられる「帚木」の昭和十七年八月號がくばられて、福音をもたらした。それは學兄谷山茂氏の『「先達物語」と「前權典厩集」の作者は藤原長綱なり』と題せられる研究報告に依つて、力づけられたからである。

谷山氏は「先達物語」或は「定家卿相語」と云はれてゐる歌話の書中に、寛喜元年八月十九日とある日附より、明月記を考證せられて、此の編者が前左馬權頭長綱であるとせられ、加ふるにその官署より前權典厩集も同作者であるとせられた明快な、しかも筆者に取つては尤も貴珍な研究であつた。氏の研究により長綱に「定家卿相語」の編著がある事が明になり、長綱の集を飜刻する者に取つては大いに愉快な事であつた。前權典厩集が長綱の著である事は谷山氏の發表が先であり、筆者は全く氏の御高説に負ふ所であると、今日になつては感謝してゐる。

谷山氏は、長綱を作者部類によつて、

「五位。藥師寺出羽守藤原長村男

とあるのと同人かと云つて居られる。この說は長綱百首の寫本を作つてゐる爲久卿もその卷末に同書による同一の考證を附加されてゐるが、讃意を表し兼ねる。作者部類には、長綱の歌が續拾遺集に三首。即ち雜秋一首、雜中二首。と敎へてゐる。即ち、

雜秋

藏人おりて後よみける

雲の上の月みし秋を思ふにはあけの衣の色もうらめし

雜中

述懷歌

うき物と老のねさめを聞きしかとかくてそ見ける有明の月

歎くまに月日そ過ぐる背きても身を隱すべき浮世ならねば

家集は僅々二百首のものであるから、右の三首が集又は百首にないからとて作者を疑ふといふ事は餘り短慮にすぎる。第一の歌などは、五位で藏人であつた長綱の作としては返つてにつかはしいものである。此の歌三首は何に依つて入集したか知らないが、先づ定家卿の門弟たる長綱の作としてい丶であらう。但、此の三首を敎へてくれる作者部類の編者が、長綱を「藥師寺出羽守藤原長村男」と註してゐる。しかるに明月記、安貞元年三月一日の條には、長綱は忠綱の子と註してゐて、作者部類の註とは符合しない。明月記の記事に於ける事は大概信用出來る事であり、且つ同時代の人の、然も門弟である者の親の名等は誤らないであらう。故に谷山氏の說や、爲

久卿の附註に背するのでなく、作者部類の編者の說に疑問を懷くものである。地下の人の常として、藥師寺出羽守長村に關しても、明月記に云ふ忠綱に關しても、共に資料不充分にて知る事は出來なかつた。

長綱朝臣と定家卿との知遇を得た最初は、前述の如く同朝臣が藏人時代で、勤番の事に關してゞあると思はれる。が、特に急速に兩者が親しみを見たのは、同朝臣の父の地位や其他による事も多かつたかも知れない。明月記の語る所によれば、長綱朝臣の父は、關東に深い關係を持つてゐたらしく、嘉祿元年六月十日の記に、

曉吏長綱朝臣以使告送、關東五日之飛脚到來、下略

又、寬喜元年八月十九日の條に

（前略）前左馬權頭長綱來、令叩門、扶起言談、依好歌來也、父朝臣七月五日赴關東近日可歸云々。事次聞及。

等がある。定家卿が關東に知人門弟が多かつた事は周知の事であつて、何かにつけて關東の消息を聞きたがつてゐたのは、此等の他にも見える事である。關東通の人を父に持つてゐたから、長綱は餘計に親しくなつたのかも知れない。

長綱に關しては以上の他には知らないが、この朝臣の年齡に關して、短期日に想像した事を加へて置きたい。前述の如く、長綱と卿とは建仁の昔よりの知り合ひである。建仁の頃既に藏人の朝臣になつてゐたのであるからせめて從五位下してゐたのであらう。地下の人が五位になるのは相當の年齡に達しなくてはいけないのが普通である。五位になればも早地下と云はれる內には入れられないで、殿上人に加へられるのである。又、前揭の寬喜

元年八月十九日の記事に「父朝臣」とあるから、父なる人も、五位した人であると思はれる。公卿が五位になるのは十歳代の事、家權有力な攝家淸華に於ては十歳までゞあるのが普通であるが、五位止りの氏の人では、三四十歳になつて五位になり、官は五位相當の所に移動しても、五位以上進級しない地下の或る級の人と見られる。本卷に納めた如願法師集の藤原秀能等も同様な家格である。後鳥羽院様の御寵愛の秀能が從五位の上になつたのが、建保五年、三十三歳の時である。斯樣であるから長綱も同樣と考へ、建仁二年は、從五位の上か下か不明だから、此の年を三十歳と假定して見る。すれば定家卿よりは十年若く、定家卿の晩年によく會合して歌莚の友たる家長、信實等と長綱はほゞ同じ位の年齢であつたと考へられ、此の集が成立した――定家卿によつて書寫された頃を成立と見る――頃は六十歳から七十歳までの間の老境にはいつた人となつてゐたと云ひ得る事になると思ふ。

歌人としての作者の地位如何と考ふるに、定家卿が古今の祕事を傳へたといふ關係上、實力のあつた人とは思はれるが、全く歌壇からは忘却されつくされて居り、今日その集が存する事すら不思議な位である。即ち打ち續く勅撰集の續拾遺集に僅か三首入集した人であるが、其後はこの方面からは全く一顧の價値なき樣に見られ、且又鎌倉末期の現存の歌書類を總動員して編纂されたと思はれる爲相卿門下、勝田長淸の夫木和歌抄にすら一首も取られてゐない。言はんやこれ以後の歌集に於て、この權典厩の作品には一顧をも與へたと思はれないのである。作品として歌を見る時には、今日に到るまで七百年間も塵にうづもれてゐただけにこれと云つて注目すべきものはないが、今三人の集を比較して見れば、鏤也の集程粒の不揃な事はなく、如願のそれほど光を放つてゐない。總じてこれを評すれば、絢爛華美と妖艶秀麗な手法と境地を極度にまで歌ひ込めた新古今的な作品そのものではなく、堅實なる技巧と僞らざる表現とを持つた所謂手ごわい新勅撰張のものでもなく、實に爲家卿の平淡寞にかたむいた優雅な女性的な詞葉つゞきと、寂寞として哀愁に富んだ表現を持つてゐる。如願の如き無手法のうちの妖麗さ――天才的ではなく、努力的ではあるが圓熟したうちに寂寂たる味を持つてゐる。かゝる性格のうたは、決して缺點があるわけではないが、鑑賞する者には決して濃厚な印象を與へるものでない。卽ち平凡だといふ事になつて來るのである。それ故に後人には忘れ去られてしまつてゐるのであるが、決して價値の少い作品とは言ひ難いのである。今此所に數字的に、句切法、名詞止等の割合を引き出して見る事にする。但しこの數字的性格は何もこの集を價値附けるものでもなければ、時代性を確實に指摘するわけでもないが、大體の時代の範疇を示し、性格の近似値を示すものと考へられるからである。

		全歌數ニ對スル百分比
體言止	三六	一九・七%
初句切	三	一・六二%
二句切	一	〇・五四%
三句切	二二	一二%
計	六二	

右の様な數字を示してゐる。右のうち

初句切にて體言止のもの　一首

三句切と體言止をかねたもの　五首

も含まれてゐる。これ等の數字は決して特徴のある數字ではない事は他の新古今時代の集のかゝる數字に比らべられれば自から明瞭であらう。又字餘りを検するに

三句に　字加はつたもの　五首

四句に一字加はつたもの　三首

であつて、一首中二字以上增加されてゐるのは一首もない。字餘りの八首といふ數の百分比は四分三厘弱となりこれ又少い數である。この八ケ所の字餘りの句は、各々母音を一個以上持つてゐて決して聲調の上に影響をなしてゐる事はない。

以上の二方面よりして見た作者態度は決して積極的なものでなく、女性的な從順な消極的なものであると思はれるのである。

前權典厩の集は、小規模なものではあるがよく整頓された集である。但作者の作品の多くを集めた、――全歌集の様な――ものではない。極めて精選されたものを一巻にまとめたものであるらしく、詞書其他より判じて見ると、自撰集の様に見ゑる。集の成立に關しては餘り知る事が出來ないが、次の様な事は想像出來ると思ふ。

一、定家筆本が現存する事

二、正信房との贈答歌がある事

一、に關しては前にも少しのべた如く、拾遺愚草の書き加への筆樣と同樣である。書き添への歌が下卷末の定家卿出家の贈答歌であるから、少くも天福元年十月以後である。又前說の如く筆勢を前田本土佐日記に比すれば猶老耄の趣顯著であるから、嘉禎以後の筆と云ふ事が出來よう。又定家卿の傳記資料を涉獵してゐた時に、次の如き奧書きを發見した。それは大納言家良集の奧に、

延應元年七月、京極入道中納言

被請愚草、十二月廿四日被返、

送之次相具之

大納言家良

とある。これは何を意味するのであらうか。先に建禮門院右京大夫に向つて、その作歌を求めた事は周知の事であり、又時代も十年許り前の事であり、目的もほゞ想像して的中させるに苦勞はしない。然しこの延應の七十八歲になつてからは何を以てこの擧に出たであらうか。私はこれを老いて益々盛んな歌仙の所以であり、後進を指導する意圖であつたと考へて居る。家良集の前掲の奧書にもある通り、延應元年十月廿四日になつては、原本を作者に返還してゐるのである。求めた七月から十月の間には、必ずや一通の寫本を作成してゐた事であらうとは

思はれる。その寫本は恐らく今論題にしてゐる前權典厩集と同樣な筆勢の衰へた文字で書かれてゐたであらうと思ふのである。こんな例もあるわけであるから長綱の場合でも、定家卿には家良公と同じく門下である故、長綱にも家良と同樣、書きためた家集の提出を求めたのであらう。今家良集の方は、定家卿の書寫したものが亡んで、作者自身の系統の本が殘つてゐるのであるが、前權典厩集の方は家良集の反對の側に於て殘されたのである。今例に引いた家良集にしろ、此集にしろ珍稀の書物であつて、流布してはゐないが、前説の如くに考へると成立の動機は全く同一なのではなからうかと思ふ。又此の同じ動機に依つて成立した家集は前二集ばかりではなく、他にも存在するのではなからうか、私の如き淺學非才の者にはそれを知らないのが殘念である。

第二に二尊院々主正信房との贈答歌があると云つたが、これは集中入道中納言とあるのが定家卿の事であるとか、作者が此の時代の人に違ひない事を證するに必要な一つの鍵を與へてくれたものとして重要な事項の一つである。

二尊院院主正信上人といふのは、鎌倉時代に京都に居た天台淨土兼學の高僧である。本朝高僧傳卷十五に詳細が出てゐるので此處には抄出しないが、正信といふのは字であり、湛空と言ふのが本當であるらしい。藤原實能の孫に當る人で、幼少の頃より比叡山に於て剃髮納戒し、當時の座主實全に就いて顯密の敎法を研鑽し、世の聞え高く無著菩薩の權化と稱せられた人である。又上人は法然上人とも關係が深く、法然上人の遺骸を二尊院に移したのは此の人であつた。二尊院に取つては復興の主第二世と崇めてゐる。建長五年七月二十二日（一說廿七日）

同院に於て七十八歳の一生を閉ぢた。そして高僧傳に「臘六十夏」と註して居るから、六十年間は僧侶として生活してゐたのである。前權典厩は此の上人を二尊院の院主として交際してゐたのであるから、上人の後年の事である。即ち第一の條で述べた時代に相違ない事は明白である。

又左京權大夫たる信實とも交際してゐて作者が長綱である事をより明にしてくれる。

以上を以て、本集が定家卿の求めに應じて出來た自撰集である事を、決定していゝものと思ふ。

次に集の體形につき一應說明したい。

本歌集の總歌數百九十首、內、他人の詠歌、九首を算入してゐるから、作者自歌は百八十一首となつてゐる。家集としては今日まで忘れられてゐた如く小規模なものである。此の百八十一首を四季、戀、雜の三部に大別し雜の部を細別して雜、哀、述懷、神祇、釋敎の五分類をなしたが如く配列してゐる。各部門の歌の配列は、勅撰集體系であつて、題は類題式に並んでゐる。制作年代には少しも關係してゐない樣であるが、哀部のみは制作順に配列してあるかの如く思はれる。前言した如く此の集が作者の全歌集でない事は各部に百首歌を抄出した事を以ても明である。

前述七部門に分類された歌數は左に表示する通りである。

部門	歌數	對全歌數百分比
春	二一	一一・五四%弱

夏		一三	七・一四％強
秋		三三	一八・一三％強
冬		二二	一二・〇九％弱
戀		二五	一三・七四％弱
雜		（六七）	（三六・八一％強）
	雜　（他＝他人詠一首）	一二	六・五九％強
	哀　（他＝他人詠八首）	四九	二六・九二％強
	述懷	四	二・二〇％弱
	神祇	一	〇・五五％弱
	釋敎	一	〇・五五％弱

右に依つて見ると雜六十七首中哀傷の四十九首は一番大きい割合であつて、總計百八十一首の集にはふさはしからざる步合である。又神祇釋敎各一首は、餘りにも少數であつて、只單に勅撰集體系を具へる爲にこれもなくてはと附加した樣であつて、それ以上の意味は得難いと思はれる。これに類したのが述懷歌四首である。但しかく雜部を再分類する事は、編者側からすれば迷惑此の上もないかもしれない。それは雜部再分類は編者のなしたものでないからである。たとへさうあつても百八十一首の集が、初めが整然としてゐた場合後も習慣的に分類して

考へる事は當然の事であらう。以上の如き編纂に對する態度は、其他にも二三の疑問がないでもない。一體に鎌倉時代以降の家集は撰集體の分類がなされてゐるのが普通のやうであつて、それ以往の時代のもの〻様に、無分類のものよりも、系統的であつて、研究する學徒には大層便宜な事である。編纂者側よりすれば、我々の便宜を思つて撰集體になつたのではなくして、時代の向ふ所、その思潮を反映してなされた事であると思ふ。撰集體の分類は、その體系に於て科學的な方法である。依つて不審の存在はあり得ないのが原則である。一冊の書物に書き上げた上は、これに增補する事は、再淨寫を必要とするものである。今此所に本集の分類上の不審といふのは、前言した數の問題ではなくて、純粹な分類上の事がらである。卽ち秋の部に一つ。初秋をかざるものに七夕關係の歌群があるのはどの集に於ても見られる事である。この七夕關係の歌には戀、祝等の題も、七夕に關係して詠ずる事が多々あるので、敢ては不審としない。そして無關係の題でも七夕の二字を關してゐるか、或は詞の說明にそれがは入るかゞ習慣である。所が本集秋部、第二首第三首に七夕關係の歌を出し、四首目には「草露」の題のもとに

風になひくみつかけくさの時にあひて今日をやつゆも契おきけむ　（三八）

の一首がある。これも同様七夕の歌と見られない事はない作品である。次に「待戀」

ちとせよりなを久方のあまつほしいつへき程をなとさためけむ　（三九）

次に「逢戀」

みつのうへにうつれるかけのはかなさはまれにあふよやなをのこるらん　（四〇）

を續け、更に次に「別戀」

なくさめよいのちもしらぬわかれたにあるはうきよのならひなりけり　（四一）

の歌を出してゐる。

この連續三首の歌のうち、第一には「久方の天津星」とあるによつて、七夕關係の歌と見られない事もないが戀歌は常にかゝる神話等を本說に取つて詠歌するのが普通であるから、純然たる戀の部門に入れてもよからうかと思はれる。次の逢戀も同樣であつて、「水の上に云々」七夕に附隨的な天川の水を叙してゐるかもしれない。又下句に「まれに逢ふ」なども二星の傳說を意味してゐるのであらうが、これ又第一首と同理由により、戀部に入るべきである。又第三首目の別戀に至つては何等此の部に入れて置くべき意味を有しないと思ふ。七夕の一連の歌としてこれらの歌もものしたのであるならば、その旨詞書きに附記しなくてはいけないと思ふ。簡單な二百首たらずの家集を撰集體に編した時は、こんな存在が目立つて來るのである。

次に四季の末、冬の終りに

秋の歌の中に　羇旅月

むさしのは秋の心のはてもなしみやこに月のしもにさえつゝ

湖上月

みるめなきうらみもあらししかの海のおきつ玉もをてらす月かけ

しかのうみとまれる舟はかえれともくるれはやとる秋のよの月

の三首が書き添へられてゐる。これは前述の秋部中の戀三首程の誤謬ではなからう。當然秋部に入る可き歌を、自撰中に取りまぎらし、冬部の終りの餘白に書き添へたのであらうと思はれるのであつて、これは過失程度と見るべきで、編纂の粗漏と言ふは酷に過ぎよう。但し此の三首が冬部の終りにある事は、原著者の嚴密なる意味の原本に於て此の形であつたか、今傳へてくれる最古本たる定家卿筆本を卿が作る時に於て書き誤り、此所に假書したのか、それは不明である。然し定家卿は書物を透寫するに豐富なる經驗を持ち、文獻學上に於ては今日昔の人だと考へる程粗忽な人ではなく、用意周到な人で貫之の筆跡を後世に殘さんと臨模まで加へた人である。書寫の時の粗漏なれば必ずや註記が存するものと思ふのである。

分類上からの不審は以上の二ケ所で盡きるであらう。當時の人達の作歌は題詠第一であり、折に觸れて興の趣くまゝに詠じた卽興の作が第二とされた事は周知の事である。所が本集には題詠歌は非常に多く、卽興歌は割合に少ないと感ぜられる。歌の說明の詞、卽ち詞書きは簡單なのが多く、只單に題のみのが大部分であるのも集の質素さを意味してゐる。かく言ふものゝ

祭の日葵にかきつけ侍りける

等の詞もあるにはある。此所に題詠と卽興と、詞書きの短いものと、作歌の事情を說明した比較的長い詞書きと

二方面を對照させる事も出來て來る。

詞書きの短い、題詠は四季戀の部の大部分、殆んど全部をしめてゐる。逆に詞書きの長いのは雜の部に限られたかの如き感がある。それも哀傷の部に偏してゐる。戀部の內にも六首詞書きの長いのがあつて、此所から後にのみ存すると言つても過言ではあるい。先づ戀部に於て見ると、同部二十五首のうち十九首は題詠であり、後の六首が長い詞を持つた卽興の歌である。此所にも題詠第一主義がはつきりと見られるのである。撰集體の普通では、例へ戀部に於てもその題の順位があるからして、卽興歌も詞の意を含めて題意を探り、題を振り當てゝ適當な順位に繰入れてゐるのである。此の樣に卽興歌が一群をなしてゐる事は確かに編者の編輯態度の消極性を示すものと云はねばならない。戀部には贈答歌が現れ、その私生活を覗はせるのであるが、此の集ではそれをも堅く封じてしまつてゐる。

雜部最初の雜歌も四季同樣の題詠歌の羅列であるが、最終に本集に初めての贈答歌を出してゐる。此の贈答歌そのものより、その內容、詞が作者に取つては大切なる資料となる事は今重ねて云ふまでもない。猶此の贈答歌の相手たる定家卿の歌は、次に續いてゐる哀傷の部の贈答歌として出てゐる。

次の哀傷の歌は先に表示した如く、四十九首の多數に登つてゐるが、此の部は一つの筋に纏められてゐると言ひ得られる。卽ち作者の父の死去に衷心をなやましものした歌許りである。父の死後間もない頃の作と思はれるもの十二首を始めとして、悲哀の底に沈んだ心は、何とても澄まず、園生に春知り顏に舊主人の死去をも知らず梅の老木の匂ふにも、西山二尊院に涅槃會の恒例に道連れのなきを悲しむ。櫻藤の花につけ、なるかみ轟きいなづまするに身を破果なみ、秋ともなれば月に草花に涙を添へ、己が病に身哀れむ等々。月日經てかたみの色ぬきすてんとし、定家卿と歌を交す。參墓の友に心情を訴へ、遠忌（三回忌頃から遠忌と云つてゐる例がある。）に昔ありし人の事を惜しむ情薄らぐと見て悲しさ增して左京權大夫に文を通はし、程へてよりも悲情を訴へて正信房になぐまめられる程まで、父を戀ふ情厚きによつて作り出されたるこの一連の歌群は、讀者にも哀れを催さしめるであらう。此の部の末に「河邊鳥」の題のもとに

よしのなる夏みの河になくかもようきてよにふるはてやかなしき

があるが、哀傷の內容を持つてゐるからして此所にあつて、此の部を總括させてゐるのであらう。又元來「河邊鳥」なる題は雜の部に入る可き種類のものであるからして、戀を秋に入れた程のものではない。

哀傷部に於ては他人の作歌が八首も入れられ、いづれも返しの歌として哀情に同情し、慰安を與へてゐるのであるが、此の八首の作者中三人の達人ある事が知られてゐる。其他に位署姓名共に不知の返歌作者があるが、これは見當が付かない。

集の最末に述懷歌、神祇釋敎の歌が合せて六首出てゐるが、編纂體系に撰集體を模範とした爲であり、別に價値ある存在ではないと云ひ得よう。

以上の如く解說の一通りを終るが、何回となく集の歌に目を通してゐるうちに、私の得たこの集の感想の一端

を記さう。或は此の項を了る前に、解説者として、照介者として歌の一々に關する内容的批判から生じた作者の作歌態度、或は作品に對する價値、文學的位地等にも言及して研究を發表すべきであるかも知れない。然しかゝる内容の各論的な研究は、淺學の私には差し控えた方がいゝと考へるので敢て記さずに只の感想だけに止めたいと考へる。

集を見て作者を考へ、作者を想像して集をまのあたりに研究するに、思ふ事は一つになつて來る。要するに作者は歌道に於ける天才ではなかつた。大人しい形で勉勵した人であらう。四季の風物を詠じ、事物を心眼に感ずる所、唯甚しく物やはらかであつて優しい。歌の叙述方面に於ても此の事は矢張り云はれると思ふ。一體に强さがなく女性的であるので、始めて此の集を見た時は女性であるかとも思はせられた。作歌技巧も相當に持つてゐるらしいが、何分消極的な作者の事であるからして、技巧そのものが見えすぎる様な作品はなさゝうである。修辭の技巧もさる事乍ら、本歌本説取などの方面に於ては澤山とは云はれなくとも少しづつある様に見受けられる。先にも少し批判した如く、此の人の作品は圓熟したものではあるが、當時の歌壇には光を發するものではなかつたであらう　歌體は師とする定家卿の有心體ではあるが、餘情妖艶の香高いとは言ひ難く、有心ではあるものゝ、俊成卿の幽玄調の寂々たる印象を與へる。作品の性質から考へると爲家卿の平淡美的な所が多いと考へられる

人格を想像するに、我意を通すが如き人でなく、從順で謙譲な人がらであつたのであらう。賤位卑官に一生を

終つた人であり、平和裏に憂愁の思ひをいだいて居たのであらう。俊成卿の幽玄調、新古今の絢爛さに憧がれを以て歌道に志し、有心の定家卿に仕へてよく古今傳の奥義を極める事が出來たが、人格のしからしむる所以か、矢張り爲家卿の時代には入つてゐたのであらうか、平淡な作品を殘してゐる。要するに多作の人ではなかつたであらう。此の作者にして、多くの作品があり殘されてゐたならば、或は續古今、或は續後撰等の撰集の作者の名譽を得た事であらう。今殘されてゐる歌百八十一首、それは概ね粒のそろつた左右ないもので、名歌と云つて取り出し難い。精撰の結果であらう。それだけに、此の集を撰集の材料として手にした人があつたにせよ取り出し難かつたであらう。合冊した秀能の作ほど光澤はないが、鑁也の作品程亂暴でもない。鑁也に於て新勅撰に一首は入つた作者であるならば、長綱朝臣に於ては續拾遺だけではなく、もつと多く入集してもよかつたであらう。不幸な人である。

長綱は定家卿と爲家卿との過渡期に居た人である。其作品は餘り特徴のあるものではないが、矢張り移り變り行く歌壇の一時に居た眞面目な歌人である。今此の家集照介後古今傳を研究する人にも、又歌學史の微細な點に注意する方々にも、何等かの參考ともならうと考へる。此の作者にして、今まで七百年間、闇に捨て置かれてゐた事は誠に氣の毒な事である。

追記、校了になるまでに、發表もあつて、著者が長綱朝臣であり、「定家卿相語」の編者である事等が知られ、解說者として、照介者としてこの項を補する事の出來たのは喜ばしい事であつた。猶重ねて家集の他に長綱百首一卷に九十八首と、續拾遺に三首の歌がある事をも附記したい。長綱百首の家本は類從本と少しく違動があつて、本書に添加する事も意義があると考へたが、頁數の關係上、「先達物語」の添加と共に之を中止する事とした。

最後に、谷山茂氏の說に負ふ所が多くあるので、同氏に感謝の意を表したい。

（十七・九・四補了）

露色随詠集解題

露色隨詠集解題

露色隨詠集は高野山の僧、空體房鑁也上人の詠歌を集めたものである。

現存する露色隨詠は「露色隨詠二」と開卷第一枚に書かれゐる如く、第二卷のみであつて他は何時の代からかは知られないが、散佚してしまつてゐる。此所に飜刻した隨詠が、第二卷であることは、含む歌の制作年代からも知られ得ると思ふ。

先づこの集には

一、月百首	一〇〇首	二、閑居百首	一〇〇
三、名所詞	四六　承元元年寂勝四天王院障子和歌ノ題ニ全ク同ジ		
四、春（之歌）	二四	五、月前擣衣他有詞歌	三
六、對定家贈答及雜歌	二二	七、「よしの河岩波高く」の頭字歌	三一
八、戀百首	一〇〇	九、月に、他雜贈答歌	七一

一〇、古謌をとふらひて　一〇〇　一一、贈　答　歌　一

註（右歌數ニハ他人詠歌數ヲ含マズ）

と四種の百首を中心にして、唯雜然と書き連ねたゞけと云ふ事であつて、家集成立の際の人手に觸れた痕跡が認められない。唯作者の手元に年々才々積つて行く歌稿を、そのまゝ綴つたといふ感がある。斯くの如くにして出來上つたものとすれば、この集の卷末に近く

建保年中臥中詠之仍記之　〔四八八〕

とある所からして、作者の中年に近い作品が多いのではなからうかと思はれる。

當時の歌壇の泰斗定家卿との贈答歌が多く存し、卿の敎を受けた人であるらしい事も勿論考へられる。が、同卿の肩書を

冷泉侍從三位定家　〔一七四〕一八四、一八五〕

冷泉宰相治部卿　〔四四六〕

冷泉侍從三位　〔五九八〕

と色々に書いてはゐるものゝ、卿が叙從三位任侍從は建曆元年九月八日であり、任治部卿は、五年後の建保四年正月十三日である。そして侍從と治部卿を兼ねる事約三月、同年三月廿八日には侍從を辭してゐるのである。又前に述べた歌の配列略記の「三」の名所謌は、一寸註記して置いた如く、承元元年に後鳥羽院に於て召された最

勝四天王院御障子和歌四十六首の名所題と、餘りにも似てゐる。唯一、二、の題の順が逆になつてゐるだけである。勿論この作者である鏤也が寂勝四天王院御障子之和歌の作者に召されたのでないから、複雜であつた此の御障子和歌撰定の結果を定家卿あたりより聞かされ、習作したものではなからうかと思ふのである。して見れば正式に召された歌人に發表された後、程遠からぬ頃であらうと思ふ。此の關係の徵を種々資料に求めて見よう。

寂勝四天王院御障子和歌の沙汰が一段落となつたのが、承元元年六月初旬中であるらしく、同しき十日には定家卿他の歌が淸範の手元まで提出されてゐる。そして同じ月末の廿七日には、鏤也が定家卿を邸にたづね、歌の事を談じたのだと、廿八日の明月記に記載してゐる。定家對鏤也が歌の事に關して談じた事は明であるが、名所歌四十六首の件であるか否かは不明であるが、近頃の話題であつたこの名所歌に關してゞある事は、敢て想像に難くない所である。

名所詞四十六首の前に、二ケ度の百首歌があり、一は閑居、他は月の百首である。この二ケ度の百首の制作年代については、察知する鍵がないので、確實な事は何も云ひ得ないのであるが、次の名所歌より程遠からぬ二三年間の事ではあるまいかと考へる。

してみるとこの「隨詠二」には、建永二(承元元)年以前二三年に月百首が詠まれたと見て、元久元年より、終りの冷泉侍從三位とあるのを定家卿侍從辭任の建保四年とする事が出來るから、前後十三年間の作品が收錄された事になる。

明月記寛喜二年二月三日の記事に

空體房正月下旬逝去云々。甚以悲慟。

と長延入道の通信により知つた。空體房は鏤也を指す事は、同じ明月記安貞元年八月廿九日記に

宰相還後、鏤也空體房來。

とあり、同じく寛喜元年九月十七日に

未時許空體房鏤也來。

とあるに徴して明である。

鏤也は、左に記した安貞元年の記事の後に

今年七十九無殊老。苦歟

と年齢を示してゐるが、猶寛喜元年九月十七日は彼の年齢とその健康狀態を知るに足る記述がある。

未時許空體房鏤也來。一昨日入洛。依八幡別當招請行向。今廿日許可經廻。依在京態來由陳之。今年八十一云々。猶以騎馬無煩云云（下略）

右二文獻の示す彼の年齢に矛盾がないので、寛喜二年二月下旬に逝去した時は八十二歳であつたわけである。それより逆算して、彼は近衛天皇の久安五年の誕生となる。

鏤也の傳は全く知られない。彼の詠歌一首が、新勅撰釋教部に取られてゐるが、勅撰作者部類の作者は、只單

に「高野山上人」と註するのみにて他は何も語つてゐない。從つて俗名も家系も全部未詳といふ事になる。只本集に含んでゐるものと、前に引用した樣な明月記の文が參考となるのみである。予の檢し得た所に依れば、明月記に彼の名の發見出來る最早のものは承元元年六月廿八日の記事である。しかし此の二人は此の時に初めて面識を得た間柄とは思へない。記事の徽密を賞せられる明月記には、初對面の人には誰の紹介、或は又如何なる職と如何なる家系に屬する人であるかを記してゐる。然るに承元元年のこの記事はそれがないから以前からの既知の人であつたのであらう。

明月記に出てゐる鏤也、或は空體房は、私の見る所三ケ所である。承元元年から今見る明月記の終卷、嘉禎元年末までは實際には二十九年間であつても、記錄の見得る所は其何分の一かである。まして鏤也の逝去する寬喜二年までには隨分散佚の部分が多い。それ故に八件許しか見られないのであるかも知れないが、定家卿と鏤也とは、一體に稀にしか會はなかつたらしいのである。

明月記の示す鏤也の性格は

一、歌人である事

二、醫師でもある事

三、都から相當遠隔の地に居住して居り、時々出京する壯健なる老人

四、定家卿と昵懇の間がらであつたらしい。

しかも僧侶であつた事は名の示す如くである。

又家集露色隨詠により知り得る事は、

一、小阿射賀の莊の附近に居を構へてゐたらしい事。

二、定家卿とは相當昵懇であり、卿に對しては丁重なる敬語を以てしてゐなければならない身分である。(或は歌の門弟かも知られない。)

三、醫師である事

四、閑居百首の時代、吉野山に籠つてゐたらしくも考へられる。

これらである。

鏝也の知人關係を見ると

長延入道　(權禰宜或ハ八幡ノ別當カ)

任尊法眼

八幡當別

雅親朝臣

醍醐座主證憲

伊勢禰宜氏良

桑門量詥
淨胤
阿念
九條殿下

等である。定家卿とこの僧が面識を得たのは、彼が九條家の出入の僧であつたかも知れない。九條家關係で云ふならば、彼の死後、即寛喜二年五月十五日の明月記條に、

（前略）空體房眞弟子以任尊法眼書來、予依所勞着帶、宰相令謁予在簾中、先師遺跡事、故入道殿御時寄置御祈願所、仍重申入殿下之處、被下御教書親房卿即依不當論人、又殿下變改御教書、剩被召返前御教書、不聞食候、兩方理非難治之由陳之、早以法眼書可觸二條中納言由相示了（下略）

といふ事が出てゐる。此の文の內容は一寸解しかねてゐるが、故入道殿は俊成卿の事であり、殿下とあるのは、家集にある九條殿下と同じか、或は其父、祖父に當る人を示すものと解される。俊成定家兩卿が九條家に關係を持つて居られたことは勿論であるが、鑁也も亦、醍醐の座主證憲と同樣九條家に出入する僧侶の一人であつたのであらう。

九條殿下の御前に候したのは醍醐の座主についてゐたらしくも考へられる。醍醐寺は眞言宗小野派である。勅撰作者部類に、高野山上人とある高野山は、眞言宗の古義派であつて、醍醐寺の敎義とは同じ眞言であつても差

異がある筈である。醍醐の座主のお供であつた彼は、小野派の僧でなくてはならない。作者部類に云つた高野山は、或は廣義の眞言宗を意味するのに止まつたのであるやも知れない。彼が閑居百首の中に吉野の山奥の境地を詠じこんだもの四十首に及ばんとしてゐる。（吉野と云はずして吉野山を詠じたものは含まれてゐない。）其他高野をよみ込んだもの二首がある。吉野と云へば眞言宗には關係がない様にも考へられるが、高野には入る一方の道であり、眞言に深い緣を持つ西行法師も吉野とは關係がありさうである。かく云ふものゝ鑁也は高野山住の眞言僧であるとの確證は得られないのであつた。從つて、高野山云々の作者部類の言葉は、眞言僧であるとしか見られない譯である。

次に醫師でもあつたといふ事は、二三明徵を得る事が出來る。隨詠二八三に

冷泉侍從三位の御もとへくすりくして

きみかためよもきかしまの菊の花まほろしならてたつねてそこし

と送り、定家卿より喜ばれてゐるし、又明月記建曆二年十一月二十一日の項に

終夜今朝雨濛々。申時休。今日加小灸頭、風熱、以空體房加灸點二所灸之。（下略）

と見る事が出來る。其他雅親朝臣だとか、誰とかに醫術を施し、當時偉名があつたと或る人名辭典に出てゐたやうである。かゝる如く醫術にも長じてゐたのであるが、これを以て渡世してゐたやうにも見えない。只佛の道を歩む者として、醫は仁術と心得、餘力を以て行つてゐたのであらう。

露色隨詠を通じて、鏤也の歌人ぶりを見るに、決して達者な歌人とは云ひ得ない。定家卿の匙加減に依つたのであらう、新勅撰和歌集卷十、釋教部に、

如來無邊誓願仕の心をよめる

かずしらぬ千々の蓮にすむ月を心の水にうつしてぞみる

一首が取られたゞけで他の如何なる集にも、見出せないのである。そして家集の存在する事などは全く忘れられてしまつてゐるのであるのも當然の作家である。

露色隨詠は名も知られず今日までかくれてゐたのである。傳本としては宮内省圖書寮に一部、それに私藏に二部。他には存する事を聞いた事がないのである。

圖書寮御本は、近世初期を上るとは考へ難い寫本であるから詳細に説明する事は不必要である。私藏の一本甲は、一本乙を書寫したものであつて、甲本に就いて語るより、その親本となつた私藏一本乙に關して説明すれば十分である。

我藏本乙と云つた一冊は、縱七寸四分五厘、高さ五寸の大和綴一冊である。白い部厚い楮紙百六枚を九帖にして作つたもので、表紙は別に車の小模樣を雲母で押した襖紙のやうな赤褐けた鳥ノ子が一葉加へられ、今では暫く六分通り程殘つてゐるが、古くなつた表紙にも肉太の筆で「鏤也集」と三字中央に書かれてゐるので讀まれ得る。見返しもなくなつてゐる。裏表紙も何かあつたものであらうが、今は全く存しない樣になつてゐる。

表紙の破損の割に本文の保存はよく、蟲損も全くなく、僅かに濕氣のいたづらであらう變色した部分が少しあるだけである。表紙に續く第一枚表左肩には「隨詠集二」の文字が少さく、而もごく貧弱な、下手な筆で書かれてゐる所から、この一枚は往年表紙に貼り付けられた見返しになつてゐたのかも知れない。この一枚の次二枚は白紙のまゝであり、卽ち表紙の見返しになつてゐたと思はれる第一枚から數へて第四枚の表から本文が美しく書かれてゐる。

本文書樣は平均一面八行書として、歌は一首を二行書とし、槪ね上句下句を一行づつにしてゐるが、筆の都合により上の一二字、或は下の一二字を前、或は後の行に加へてある事も再三である。題又は說明の詞は數字分あけて三分の二位の高さから書かれてゐるのは、普通の寫本と同樣である。且又それらが一行分の幅を占してゐるのも普通である。かゝる書き方により表裏共に墨が附けられてゐるが、書寫は始めの書き出しが表であつたからか、表が重きをなし、百首一續きが何枚目かの表何行目かで終ると、その一枚は餘りを白紙のまゝとして、次の紙の表から次の百首なり、歌なりが書かれてゐる。

かゝる書き方に依つて墨附九十七枚、餘り六枚を餘白のまゝにして終つてゐる。書寫の筆樣は、用紙の保存のよさに依つて新らしく見え勝であるが、鎌倉末か吉野時代の始めのものと見るべく、爲秀、或は爲尹の二卿の筆勢に似てゐるが、筆者に關しては確言出來ない。たゞ表紙に損じながらも殘つてゐる鍐也集の字には、鎌倉時代の雄渾なる筆勢である事は誰も感ずる所であらう。

本文第一行に「露色隨詠集二」と書かれてゐるは、本集が露色隨詠集と呼ばれる事が正しい事を語るものであり、見返しであつたらうと想像した所に隨詠集二とあつたのは、本名を略したものである事も明瞭となる。本集が鑁也の所詠を集められた事に關しては、表紙に書かれた外題「鑁也集」及び、集中(四五四)に

九條殿下御所參勤して(中略)鑁也は安養郷卒之間何をねかふぞと殿下仰ありしかばよめる

とあるに依つても證明出來るのである。

内題及び舊見返しの「集」の字の下に「二」と加へられてゐるのは、第二卷、或は第二冊の意味であると考へられる。著者の傳記を書いた序に、本集の歌が概ね元久元年の五十四歳頃より建保四年頃までの十三年間の作品が、概ね作制年代順に配されてゐると考へた。八十二歳を以て歿したこの著者の一生涯にしては十三年は餘りにも短かすぎる。所謂歌人を以て自ら任じてゐた人ではないのであるから、いゝ歌許りを嚴選して收錄したのではないから、第一冊もあり、第三冊もあつたと考へて差つかへないのである。結局本書は二冊以上存したものゝ第二のみが零本として今日に存してゐるのである

私藏本甲は

鑁也法師詠

右露色隨詠集二以古本寫畢　墨附三十七枚

享保八年正月十五日　十七日夜一校了

侍従為村　十二歳

と奥書があつて、乙本を寫した事は明である。爲村卿は後年歌壇に有名になつた人であるが、此の本は十二歳の時のものであるので或る程度の寫し誤もあつて、乙本のある間は決して學的に價値ある存在ではない。

宮内省本は、何の奥書もなく、何時の時代の書寫かも明瞭ではないが、決して慶長を遡る時代のものとは思はれず、内容を比較すると乙本の誤謬文字遣は概ねそのまゝ存するので、本書の傳本が少い事と其他の理由によつて、この本も乙本の寫本であると見る事が出來るものである。只私家のものでないだけこれまでこの集の人の目にふれた事が多く、且つ又それらの人々には少なからず役立つ事もあつたと思ふと、この存在は必ずしも無益ではなかつたと云ひ得るものである。

鏤也空體房の名は、明月記に於て僅に明瞭に見えるだけであつて、露色隨詠集なる家集を持つ程の歌人としては全然認められなかつた。この集の最も古い寫本の一つは家藏本であるが、今日に到るまでほとんど死藏されてゐたかの感があるのも殘念である。併し、往古に於ては必ずやこの集の他の卷々が存した如く、他の寫本もあつたのであらうが、時代の推移と共に自然陶汰されて亡んでしまひ、歌道の故實を專業としてゐた家に、家業の運轉に資する爲として、函底に秘められ保存されたのである。これに關しても靈元院樣の文庫に對する勅封のあつた事が、散佚を防ぐ大きな原因となつた事を想起せねばならないのである。

冷泉家門下の逸材藤原長淸は、爲相卿に師事、夫木和歌鈔といふ偉大な編纂物を完成した。鈔は恐らくは定家

――爲家――爲相と相傳の多數の珍籍を資料として編まれたものであるらしく、依つて今日から見れば全く散佚し果てゝ名さへ知られない資料の存在した事を想像させてゐる。長淸以前の文獻は全部目を通したものゝ如くであるが、それにこの鏝也の名を發見する事が出來ないのであつた。隨詠集は、その中に手紙の通信文の如き詞を持つた歌群があり、又自己の名を呼ばれてゐる事などあるので、詞よりすれば必ず自撰であるかの如きである。又自撰集と見て何等誤解しない說明が多々ある。故に彼の生存中の或時代に成立した事には何等疑ふ可きではない。今年八十一、猶以騎馬無煩と云ふ健康狀態にあつた彼の事であるから、八十二歲の全生涯のうち、何時撰したかは知り難い。前述した如く編年體の形で、制作年代を追つて歌が配列されてゐるのであるから、自撰するにも時間は費されてはゐないであらう。たま〳〵この集の最も新しい歌は、建保四年より後の事はなささうであるから、建保五六年より承久の間に成立したとも考へられる　然し後に續く卷々が存したかも知れないので、確言出來ない所である。こんな所が零本の悲しさである。要するに、零本たりとも本集を構成する素材たる歌は、元久元年頃から建保四年までの間に作制せられて居り、且つ自撰であるといふ點より、寬喜二年正月八十二歲を一期として歿するまでの間に編纂されたものである。

隨詠集本文第一行の內題の下方に、割註の如くにして、自詞六百首、贈答三十七首と書かれてゐる。今實際に之を數へて見ると、自歌五百九十八首、贈答歌に於て三十五首を算してゐる。いづれに於ても二首づつ數が減じてゐる。かゝる數は誰が勘定しても當然の歸結として一つの解答を得る筈であるが、他人の歌が多くのこの作者の歌中に交錯して居るので、一二の數を二度數へたりして誤まる事が多いのであつて、寫本にある歌の數は、こんな都合で、大體を示してゐるのではなからうかと思ふ。

歌の配列次第は、大略を前述したので再び書かないが、編年體と云ふより仕方のない配列であつて、それにも例外はあるにせよ決して部類されたものでない事は確である。

家藏乙本にしても、著者自筆原本ではあり得ないのであつて、一種の寫本であり誤字誤寫を相當發見するのである。又假名遣ひも定家卿假名遣があつたにせよ、甚だ句々であつてこの本には假名遣の統一といふものは發見出來ない。これらの事は直接飜刻の活字について觀察していたゞきたいものであるが、著者の歌詞の使用上の事に關し、卽ち詞の表現續け方それに起因して來る歌の調べの和不和は可成感じられる。これらは誤字誤寫を含んでゐるかも知れないかの樣に思はれるが、さうではなく却つて大膽な用詞法と見るべきであらう。今、次に原本に存する誤寫と思はれる例を少しく擧げて見る。

星合の空のあはれをゝしなへてかけもてかこふ月つくよかな

きりはらふそとのはまかせこさはれて月すみのほるよすかしま山

もみちゝるこのしたおとはしくれにて月の光そふりつもりける

風ふかてつゆもやすみのみよなれや草葉のとけくすめる月かけ

みやまへはひさきよりそとことはのひはらかしたは風ものとけし

つく〲とよしのゝいはねとこにしてあり明の月なかをるかな(本ノママ)
ふる雪に伏見の里の草やをもみ山へをさしてきゝすたなり
えすかたつこさふきはらふ秋風に月すみわたる白河の關
花を思ふ心もくもをはかりにてよもの高峯は立ちめくりけり
秋のよのしかねよなかのたくるにていねかてにするたねとなるらん
しつかめか山さはゐくをつむからによその澤につゆのたまれる
あきすからきくにこゝろそすみわたる人もとかめぬひくらしの聲
あさゝらすきりはにのこるこすゐより風をうらむるせみの聲そ
さとよけす春になりぬとつくるなりかすみつたひのうくひすのこゐ
このものにありをそさしつ山櫻ちるまては見むおらまをしさに
雲に見る花の匂ひのけやはやみあたりよきつゝはるかせそすく
まつ人にこならはすはあやなくも鶯きなく花をりてまし

これらは誤まりと思はれるものである。原本に「本ノマ、」の書き入れのあつて、脱字の所もある。原本中には校合讀合の行なはれた證據として、文字の訂正や書き加へ等が數ケ所存する。今日我々が取り扱ふ文獻學的な書寫ぶりはないとしても、當時行はれてゐた形の如き讀合せ式の校合がなされてゐるのである。それにしても何故にかくも不明なる語彙、不明確な詞句が多いか。それについては彼の詠じた歌そのまゝに依つてその用語に注意しなければならないのである。

空體房の詠歌を少し注意して見ると、次の様な詞を用ひた歌がある。即ち

み吉野のおくのをくもなほ花もあり山たの原はたゝ杉の風　一五三

一句の字餘りには母音を含んで居ればいゝといふ事は昔から知られてゐるが、この二句の如き用辭法は、作者が家集を殘す程の歌人として、猶鎌倉時代の人として、珍らしいと云はねばならないのである。

おく山の山のあなたもとやまありそのさとも花この里の花　一五三

これらに到つては全く稚拙を感ぜさせるまでになつてゐる。

山ふかみみゆきふみわけてかすかなるたにほらのをくかくれてそすむ　一七四

色にしまぬまきのしはふく我庵そ心してしくれ秋の山姫　一九二

等も同様なまづいとされた詞の用ひ方である　たにの洞と如何に考へても「の」の字を必要とするのであるにも不拘、「たにほら」と名詞を二つ重ねて用ひ、始めて助詞「の」を用ひて奥と加へ、次の句の用言に直接つゞかせるに所謂てにをはを加へてゐない。微細な用辭法に最深の注意をそゝいだ歌人が、歌壇に牛耳を取つて居つた時であるのに、何とした大膽なる言葉の用ひ方であらうか。第二に並んであげた歌の下の句の表現も同様な神經の太さが見られるのである。

花ならでひ原の杣も春すからいたらぬ山のくまもなき哉

「春すがら」といへる語も、莫然と解せるが、その事實句に就いての解釋は少し困る。「すがら」は萬葉に出てゐる言葉で其後も「小夜すがら」と用ひられて居り、古くは一夜はすがら」と用ひ、「聲もすがら」等用ひられてゐる。普通「すがら」は夜に付けられる。稀に他の言についてゐる。永久百首には「春の日すがら」と用ひた例はある、この「すがら」は、「道すがら」などいふ時に用ひるものである。古くからの例を見ても、春すがらと云ふ用ひ方はなく、只此の一例の樣である。意味上謬とは決して云ひ得ないが、何だか讀む人に印象を殘す詞葉である。卽ち此所にも用語の大膽さが見えるのである。

かく詞の撰擇に就いては無頓着の如くに見へるが、此の點が讀む人の耳障りする所となり、書寫するに誤る基となつたのではなからうか。

若葉つむしつか家ちのゆふつく夜影をかたみにかけてゆく哉

春は今朝みもすそ川に立にけりかすみわたれるやへのみか月

用詞の上に於て大膽であつた事は、和歌に關する無關心ではなく、却つて漸新の意を得んとし、聲調の上に個性を求めんとし、其所に生命を求めようとしてゐたかの如くである。又今此所に二首を例示した如く、詞の上に於てのみ生命を求めようとしたのではなく、其描く情景の敘述にも新機軸を打立てようとしたのではなからうかと思はれる。當時流行の幽玄、有心の體をならひ、ことさらに意の難解を求めたかの如き感がないでもない。先の歌に於ける下句、後の「やへの三日月」の如きはそれではなからうか。

露結ぶ千草の花は霜かれて月さきかはるおの〻しの原

等その通りである。月が千草の花にさき代るといふ。其所に詞、心の新しさを求めたのではなからうか。

以上の如く鏤也は作品中に高度の技巧を織り込んで巧みに情趣を生かし、詞の上に於て讀者に印象づけようとしたのかも知れないが、それらは比較的技巧の及ばない所が多く、反對に不調として早くに葬りさられる結果となつたのではなからうか。

五百九十八首の歌のうち、句切法（倒置法による）並びに體言止の歌數を調査した所、次に示すが如き結果を得た。（他人の歌に關しては一切含まない）

結句を體言で結んだもの	一三七	二二・九％弱
切句切	三	〇・五％〃
二句切	九	一・四％
三句切	五〇	八％
四句切	一	〇・一六％
結句の體言止と初句切の並用	三	〇・五％
結句の體言止と二句切の並用	二	〇・三％

結句の體言止と三句切の並用　　三九　　六・二四％

となつて居り、新古今時代の作者として、前述の如き特異性を持つてゐたが、矢張り體言止の歌が第一等の割合を止めてゐる。體言止の百三十七首のうちには、初句切、二句切、三句切等と並び用ひた數字は加算してゐない。これを加ふれば、本集に於ける體言止の總數或は總歩合が出るのである。かくすれば體言止の總數は百八十一首となり、三割一厘位の歩合を占める事となる。

用語に就いては先に一言して、特異な用語のある事、語調、卽ち、一首の聲調に關しては餘り關心がなささうである事を言つた。今其の聲調に最も關係のある字餘りの調査をなしてみると

初句字餘り		二九
二句 〃		一〇
三句 〃		二二
四句 〃		一三
結句 〃		一九
計	以上各一字々餘	九二

となり其割合は句切の場合よりも少い。一首のうち二字餘つたものは次の三首であり、且同一句内に於てゞはなく、初句と四句、或は四句と結句の二組であつた。

いろにしまぬまきのしはふく我庵そこゝろしてしくれ秋の山姫
はるすきてみやこもうときみやまへにこの身をかくさむ花のかけもかな
かすみきるはるのうはきのうつたへにゆきゝえの風によさむやあるらん

都合九十五首の歌に字餘りを發見したのである。一首中二句に字餘りのあるもの三首のうちでも、四句結句と所謂下句に二字も餘らせてゐる事は、作家がその作品に對しては、聲調の流灑さを全々捨てゝしまつたものと考へてもいゝのではなからうかと思はれる。

以上の簡單な二種の調査の結果から、この集を評すれば、新古今時代の作者として、新古今の作者ではないが、矢張り新古今的な作風技巧を多く用ひてゐる事は知られるが、都に常住してゐた作者でないからであらうが、歌の聲調を忘却し、破棄するまでになつた字餘りの歌を發見し得ることは所詮、田舍歌人と云はれねばならないであらう。

かく田舍歌人とは云ふものゝ、讀書勉學の時間を持つ僧侶であるだけ、同時代のもつと立派だと評される如願法師等よりは多くの歌書に親しんでゐたらしく、それらを取捨選擇して「本歌取り」の作品を見出せる。鎌倉初期、特に新古今時代に生を享けた歌人として、本歌取り或は本節取りの作品をものする事は、至極普通の事であり、これらの作品を持たない秀能入道如願こそは同時代の特異の存在であるかも知れない。今鑁也の本歌を持つ歌と思はれるのを二三例示してみよう。

大井河くたすいかたに秋ふけて紅葉のにしきなかそたちゆく　三四

若草のゆかりはよその武蔵野にのをなつかしみやとやからまし

きみゆへの若葉つむのに雪ふれはかさしろたへにそてそふりける

等々をあげることが出來る。最初の歌は古今集、秋下にある名歌、

龍田川紅葉みたれてなかるめりわたらは錦中やたえなん

を念頭に置き、その趣向をそのまゝ大井川にあてたものである。本歌の詞は取つてゐないが意や着想はそのまゝであり、一歩すゝめただけである。次の歌も古今集にある歌、

春の野にすみれつみにとこし我そ野をなつかしみひと夜ねにける

を本歌としてゐる。第三の歌は、百人一首にも出てゐるので、全く人口に膾炙してゐる。

君がため春の野に出てゝ若葉つむ我衣手にゆきはふりつゝ

の歌を本歌としてゐる。以上の歌はいづれも本歌と同じ季節に自分の歌を詠んでゐる。四季を戀雜に、戀雜を四季にとは餘りしてゐないが、本歌の詞を多く取る事をせず、その意を取つてゐるのが多い。かゝる歌は、本集の最終に納められてゐる「古詞をとぶらひて」と説明した百首の歌は、いづれも本歌を古歌にもとめる事が出來るのである。それが必ずしも本歌取りと云ふ程度であらうか、それまで言ふべきではなしに、自分の思ふ古歌に憧憬の念を以て對向したまでゝあるとも云ひ得るであらう。但し一々この歌に對してと云ふ事は仲々勞の多い詮索

になるので、全く手を觸れずにおいた。

此の僧の歌の本歌を求めると、古今集を中心として取つてゐるらしく考へられる。それに依つて僧が古今集に多くの愛着を感じてゐた事が證されると考へるが、字餘りやその聲調を論じた所に一言した大膽さは、單に古今集の愛讀家のみで終止してゐたとは考へられず、此所に萬葉集の彼に及ぼしてゐる影響の少くない事も考へねばならない。萬葉集の影響として特徴のある實例は指摘出來ないが、萬葉集以後餘り使用されない詞葉の復活使用聲調上の模法等があげられ得る。萬葉の影響の存する所、此の集に於ては決して成功してゐない。從つてかゝるものには名歌はないと云つて差しつかへない。

かく云へば此の集には如何にも拙劣なる集のみがあるかの如くであるが、決してそれ許りではない。此の集が忘れられた所はこの聲調上の耳あたらしさ、用詞用語の衒學等に依つてゐるのであるが、それはそれらの事により、又先に一言した本歌取りの方法に於ても言へる事であつたが、內容の豐富さを示す爲の手段に用ひられた如くである。內容の豐富さは叙景的なものより、抒情的に傾くのが自然である。要するに情景をそのまゝ叙べるよりも、思想的に述べたがるのである。この種の最も多いのは閑居百首である。その第一の歌に於ても

あとみえぬこゝろのゆくゑなかむれはおもかけたてるみよしのゝいほ

確かに述懷の意を含まれた抒情詩である。かゝる抒情の歌は全卷通じて各所に見られるのである。この作風は一言にして云へば新古今的なるものではあるが、俊成卿、或は定家卿により主唱されて來た幽玄體、或は有心體に

傾倒する爲である。就中有心體の定家卿とは相當親しき友であり、斯道に於ては師弟の關係にあつたとも考へられる位である。故に特に有心の體にはあこがれを持ち、且近づかうとしたのではなからうかと思ふ。鏤也の有心體に對する所論は、作品を除いて見得る何物もないし、作品それ自體よりその所論を歸納する事は妥當の様に考へる人もあるが、個々の實例からして見ると危險が存する事を知るので贊成は出來ない。然し彼の考へてゐた有心體なるものは、平々とした一個の叙景ではなく、叙景の中に思想の加はつた抒情でなくてはいけないと考へてゐたらしい事は作品より歸納的に得られる所である。此の方面からして一つの情景を描寫するにも、所謂第六感を以て、心の襟線を搖り動かす特殊な表現が必要と考へた。それ故に修辭的に見て變な所が出て來ても、有心裏に條理が通じてゐたならば十分と考へたのであらう。故に殊更に異な詞を用ひたかつたのではなからうか。

春はけさ御裳濯川に立ちにけりかすみわたれるやへのみつかき

これなどは平々の文字であるが、歴史的國民思想の中樞を持つて來て有心がつてゐるのではなからうか。

しきしまは草木の心たねとして海に花さくわかのうら風

わかねきしこそとことしのうちにまたいにしへの春たちかへりけり

これらも條理を事に託しつゝ思ひを述べてゐるのであるが、定家卿の云はれる有心體そのものとは少々隔てがある事は勿論であらう。

鏤也のこの集に於ける最もいゝと思はれる作品は、一つの情景に思想的とまでは行かないであらうが或る哲學的に意志を持たせたやうな抒情歌に多い様に思はれる。彼の集を見ると或る、一つの景色を見て、それを客觀的に通り一編に云ひのける事が出來ない質らしく、どうあつても主觀を入れねば歌として成り立たないと考へた様である。こゝに用辭上の苦心も自から必然であつたらうと思はれるのである。

以上混雜した説明であつたが、此の集を飜刻するに當つて一筆感想をのべる次第である。

如願法師作歌年表

如願法師作歌年表

年號	年齢	作歌條項
元暦 元	1	
元暦(文治) 二	2	
文治 二	3	
文治 三	4	
文治 四	5	
文治 五	6	
建久 元	7	
建久 二	8	
建久 三	9	
建久 四	10	
建久 五	11	
建久 六	12	
建久 七	13	
建久 八	14	
建久 九	15	
正治 元	16	
正治 二	17	二・八 和哥所當座御會ニ霞隔山雲、尋花問主、旅泊春曙、野亭秋夕
建仁 元	18	正月晦日 當座御會ニ山路花、朝遠舟、山路霞
		二・一 當座御會ニ山家夜雨二首
		春 比 二條前宰相雅經少將ト共ニ百首(内春四、秋一雑春二、旅一)
		六・廿 當座御哥合ニ久忍戀
		六・廿二 小御所御哥合ニ水風暮涼 小御所ニテ當座御哥合侍シトキ曉露增戀
		六・廿六 鳥羽殿ニテ影供御哥合ニ遇不逢戀

六・晦日	當座御哥合ニ山家涼風、六月後
八・三	和哥所御哥合ニ初戀、久戀、影供哥合ニ關路秋風
八・十五	御會ニ月多秋友、深山曉月、野月露涼、田家見月、河月似氷
八・廿一	新宮當座御哥合ニ風聲増戀
九・十二	和歌所當座御哥合ニ遠山暮風
九・廿二	影供當座御哥合ニ寄池戀
十二・二	影供御哥合ニ初戀、山家夕嵐
十二・八	石清水社御哥合ニ社頭松 ——（次項ノハ此ノ日歟）
十二・—	石清水御哥合ニ月前雪
—・—	二條宰相少將ト申シ時ト、モナヒテ哥ヨミ侍シ秋ニ
—・—	後久我前太政大臣家二位中將ト申シトキ十首哥合ニ戀心ヲ

—・—	二條宰相雅經少將ト申シ時住吉ニマイリテ哥ヨミ侍シ時社頭述懐トイフコトヲ

建仁 二　19　左兵衛尉

二・十	影供御哥合海邊霞、初戀
二・十三	當座御哥合雪中聞鶯、暮山見花
三・廿二	城南寺影供哥合
五・一	石清水撰哥合
八・廿	影供御哥合ニ依忍増戀
—・—	土御門内大臣家ニテ梅花薫曉袖、雪中梅

建仁 三　20

二・廿四	大内花ミントテ雲客アマタイザナハレシ時チリカタノ花面白ク侍シヲ、及同時女房トノ贈答
二・廿五	御幸ノ御供ニテ大内ノ花見ノ時獻哥
四・—	久我前太政大臣家三位中將ト申シ時ノ十首ノ哥合ニ山家ノ春ノ心ヲ
七・五	九十賀宴ノ哥
十一・廿三	五辻殿和哥會
—・—	後久我前太政大臣二位中

			將ト申シトキ彼家十首哥合ニ秋
元久 元	21	六・一	和哥所詩哥合、水郷春望二
		八・十五	春日社哥合
		十一・十	新古今竟宴哥
元久 二	22	二・廿	除目ニ秀康カアトヲヒキウツシテ主馬首ナリタルアシタニ詞ハナクテ入道民部卿ノ家ヨリ、↑↓、家長ヨリ↑↓
		三・廿六	五辻殿詩哥合
		三・廿七	新古今和哥集竟宴御會ニ
		六・十五	北面哥會
		六・一	和哥所詩哥合ニ、山路秋行二
建永 元	23	七・七	北面哥合ニ旅宿曉戀（和哥所當座哥合）
		七・十二	和哥所御哥合
		七・廿五	和哥所當座御哥合ニ月前雁、田家鹿、深山戀、（賀茂社御哥合）
		七・廿八	當座御哥合被戀哥、雨中無常
		本年	小御所ニテ御哥合侍シニ旅宿
		本年	武衛ニテ侍シ時杜紅葉ヲ
		本年	春日社御歌合ニ紅葉ヲ
承元 元	24	三・七	最勝四天王院障子和歌
		十一・廿七	住吉社哥合
承元 二	25	五・十七	賀茂橋本哥合ニ山家五月雨、社頭述懐
		五・廿九	住吉社御哥合ニ寄月祝、高陽院連哥
承元 三	26		
承元 四	27	九・十	小御所ニテ當座御會侍シトキ旅宿聞虫
		廿二	粟田口宮御哥合ニ戀、待戀、寄海朝
		（十二・廿二	任廷尉）
建暦 元	28		
建暦 二	29	春	西海ノ底ニ寶劒ノマシマスヨシ聞食テ御ツカヒニ

			下リ侍リシ時門司ニテ二又門司ニテ四、安樂寺ニテ、四
		—•—	筑紫御使ニクダリ侍シニ日吉禰宜成茂ガ許ヨリ裝束ヲクルトテ↑↓
建保元	30	正•十	後鳥羽—新日吉小五月會臨時御幸「御供」
		五•九	後鳥羽上皇御所御哥合
		八•廿五	北面哥合ニ暮戀
建保二	31	四•十四	庚申夜和哥所ニテ詩哥召シトキ夏曉
		八•十五	水無瀬殿撰哥合、(増鏡)
		—•—	母身マカリタリシ秋和哥所ノ清撰御哥合ニ五首、
建保三	32	六•二	和哥所御哥合春山朝、(庚申)
建保四	33	春•—	廷尉五位尉ニテ東寺ノ舍利盜人カラメテソノ賞ニ出羽守兼侍シ時民部卿家

			ヨリ↑↓(三月六日カ)
		—•次ノ日	住吉神主經國カモトヨリ↑↓
		—•—	和哥所御哥合ニ行路秋
建保五	34	四•十四	庚申夜和哥所ニテ詩哥メシ侍シ時春夜トイフ心ヲ秋朝、冬夕、久戀道助法親王家五十首會
		十二•八	松尾北野兩社行幸ノ行事賞ニテ加階シ侍シカハ家長↑↓
建保六	35	八•廿七	水無瀬殿哥御會侍シトキ秋二
		十•—	最勝四天王院名所和歌御會
建久元	36	十•十	長尾社哥合作者
承久二	37		
承久三	38	本年末	熊野ヨリ高野山ニ旅行
		—•—	承久三年ノ後述懷哥ヨミ侍シ時關路ヲ二、鶴、二
		—•—	承久三年ノ後或人ノ許ヨリカク侍リ↑↓

年号	年齢	月日	事項
貞應元	39	秋・—	秋ノコロ或人ノモトヨリ同返事
		本年末	後鳥羽上皇ヨリ題ヲ給ハリ哥合ヲ行フ
		—・—	承久三年ノ次ノ年熊野山ヨリ出テ高野ニ參リテ眞昭法師ニアヒテ身ニアヤマチナキヨシナト申シテ二首
		—・—	承久三年ノ次ノ年山家ニテ述懐哥ヨミ侍シ時、立春、元日心、霞、鶯等計十七首雜春
		—・—	無常哥ヨミ侍シトキ
貞應二	40	五・—	人ノ哥乞ヒシ時旅宿月
		秋・—	同ジ心（月心トアリ〔述懐〕）寄風述懐、寄露述懐
		—・—	貞應ノ頃ノ述懐哥ニ氷、神樂
		—・—	述懐哥ニ早苗、照射、氷室
元仁元	41	四・—	人ノ哥乞ヒ侍シ時閑中燈

年号	年齢	月日	事項
嘉祿元	42	三・—	人々當座哥ヨミシ時冬山ヲ落葉
		五・—	タケノコニ付ケテ加茂久佐ガ許ヨリ↑↓
		夏比	白川三位惟時或所ニテ哥合連哥ナトシテノチカク申オクリ侍シ↑↓
		九・—	住吉ニマイリタリシカハ侍從隆祐哥ヨミ侍シ時、古江月、社頭松
		十・—	前宰相中將信成連哥ノ次ニ哥ヨミ侍シ時閑居時雨ヲ
		十・—	カンナ月ノ頃述懐哥ヨミ侍シ時遠山時雨
		十二・廿	平朝眞ノモトニテ當座哥ヨミ侍シトキ冬山月
		—・—	前宰相中將信成和哥會侍シトキ見秋月
嘉祿二	43	二・十一	前宰相信成北野ニテ人々ニ哥ヨマセ侍シトキ春待花、契戀、深山戀
		三・盡	人々アマタ當座哥ヨミ侍

			シ遠松
		三・―	人々當座ヨミ侍シトキ夏池、夏朝草
		九・―	住吉ニマイリタリシ時侍従隆祐當座哥ヨミ侍シ時野径露ヲ
		秋・―	高野ニマイリ侍シ時ヲヤマタトイフ所ニ住吉神主經國カ家ニ留テカキツケシ一、海邊心
		秋・―	同ジ久我入道三位中將通平家ヨリ↑↓
安貞　元	44	正・廿七	前太政大臣家右大將ト申シ時當座御會ニ寄野戀
		正月―	三井寺ニテ人々ト共ニ山家、鶯他四
		三・廿	前太政大臣家影供御會哥ニ竹間霞、池邊花、寄松祝
		三・―	或所ノ和哥會ニ雨中花、故郷花、月前花
		三・盡	平朝時カモトヨリ櫻ノ花ニツケテ同返哥
		ウ三・―	人々當座哥ヨミ侍シ時、寄松雑
		ウ三・―	日吉社會ニ寄神祇述懷
		九・十三	深草ノ里ニマウデキテ月オモシロシトテ人々哥ヨミ侍シトキ旅宿月秋明月
安貞　二	45	七月頃	日吉社會ニ獨對月
寛喜　元	46	六・―	前太政大臣家和哥御會ニ朝夏草、夏向泉、夜夏戀
		十一・三	光行入道關東下向ノ餞哥人々ヨミ侍シニ
寛喜　二	47	五・―	前太政大臣家御會ニ山家郭公、野五月雨、海路夕戀
		十一・七	前宰相中將信成日吉社參籠時哥ヨミ侍トテオクリ侍シトキ旅宿冬、寒蘆、社頭冬
		―・―	春哥ヨミ侍シトキ歸雁ヲ二
寛喜　三	48	正・四	檢非違使友景六位尉ニテ侍シトキ寄梅花祝ノ當座

年号	年齢	月日	事項
		三・十七	(行路柳) 前太政大臣家内大臣ト申シトキノ當座花ノ御會ニ三首
貞永 元	49	秋・―	西國ニクダリ侍シ時
天福 元	50		
文暦 元	51		
嘉禎 元	52	七・―	述懐哥ヨミ侍シ時
		八・―	宮内卿家隆四十八願歌スヽメ侍シトキ無常、月ヲソヘ侍リシ
		九・―	人々ニサソハレテ法輪寺ニマウテ侍シトキヨメル (秋一)
		秋・―	薄暮戀
		秋・―	栗田口若宮御會ニ山家秋月
		―・―	述懐哥ヨミ侍シヲ、九首八幡ニコモリ侍リシニ
		―・―	權別當宗清ガモトヨリ、同返事
嘉禎 二	53	三・―	人々當座十首哥ヨミ侍シトキ旅戀
		春・―	前太政大臣家御會ニ庭柳〔山路衣?〕
		七・―	遠所八十番御哥合ニ萩露、夜鹿、忍戀、久戀、羇旅山家(十首哥ヲ奉ル)
		七・―	遠所八十番御哥合ニ山櫻ヲ
		八・十三	源大納言通方家ヨリ石清水哥合ノレウトテ哥召サレシニ社頭月ヲ (九月十三夜歟要考)
		九・十三	源大納言通方家石清水哥合ニ夏凉月、秋明月、冬冴月、春朧月
		十・十二	聖護院宮御會、聞鹿
		十・廿頃	女房ニ代リテ…贈答各二
		―・―	遠所へ十首哥メサレシトキ寄不戀、寄草戀 (私云或ハ三年頃)
嘉禎 三	54	夏・―	遠所十首哥メシヽトキ江昌蒲、湖上月、山紅葉、

		—•—	時雨、夕懷舊、曉述懷 隱岐院ヨリ又十首召サレシトキ名所花、野春雨
		本年—	日吉社會ニ曉歸雁、湖上霞
歷仁 元	55	七•—	粟田口若宮御會ニ夜虫處々トイフ心ヲ、閑居早秋
延應 元	56		
仁治 元	57	五•廿一	卒

註、

一、本表ハ如願法師集中ノ言葉書ヲ整理シテ年月ノ明瞭ナルモノ、ミ示ス事ニナシ、年月不詳ノモノハ全部省略シタ。

一、作歌條項ノ欄中、頭書ノ「七•廿三」ノ如キハ七月廿三日ノ意デアル　又「七•—」ハ、七月某日ヲ意味ス「—•—」ハ「本年」ト同様月日不明ノモノデアル。

一、作歌條項ニハ出來得ル限リ歌ノ題ヲ示ス事ニシタガ多數ノモノハ作制ノ困難上コレヲ省略シタ。

一、同右項中他人ト歌ヲ贈答セシ場合ハ「……ヨリ同返事」或ハ「……某ト↑↓」ヲ以テ示シタ。

一、月日ノ文字ノ上ニ「ウ」トアルハ閏月ナル事ヲ示ス。

昭和十七年十一月十五日印刷
昭和十七年十一月廿五日發行

初版一〇〇〇部

（時雨亭文庫(一)）

【(停)定價　金五圓】

落丁亂丁は何時にても取替へます

〔出文協承認 あ210164號〕

編者　冷《れい》泉《ぜい》為《ため》臣《をみ》

京都市中京區河原町通四條北入
教育圖書株式會社

發行者　專務取締役　田村敬男

京都市中京區壬生坊城町六番地
天進社印刷所

印刷者　（西京一三〇）定池由太郎

發兌　京都市中京區河原町通四條北入
教育圖書株式會社
電話本局②五三二二番
振替〔京都一〇六一番
大阪一五七五四番〕

（日本出版文化協會登錄第壹〇七五壹參號）

〔配給元　東京市神田區淡路町二ノ九　日本出版配給株式會社〕

（眞柄製本）

オンデマンド版刊行にあたって

・誤字・誤植なども含め、原本そのままを復刻することを原則としたが、印刷不良による文字欠け等については最小限の訂正を行った。

・巻頭図版については、新たに組みなおした。また、原本の目次の巻頭図版部分の誤植は訂正した。

冷泉爲臣（れいぜい　ためおみ）

冷泉家二十三代。明治四十四年（一九一一）五月七日―昭和十九年（一九四四）八月三十一日。國學院大學文学部卒業。著書『藤原定家全歌集』（文明社、一九四〇年）、『時雨亭文庫㈠』（教育図書、一九四二年）。論文「冷泉流の披講小考」（『東亜音楽論叢　田辺先生還暦記念』山一書房、一九四三年）。中国湖南省邵陽縣磨石舗にて戦死。『時雨亭文庫二　俊頼髄脳』（冷泉家時雨亭文庫編　冷泉為臣稿　鈴木徳男校正・解題、和泉書院、二〇一八年）

時雨亭文庫一　如願法師集　前権典厩集　露色随詠集

二〇一九年二月四日　初版第一刷（オンデマンド版）発行

編　者　冷泉家時雨亭文庫
　　　　冷　泉　爲　臣

発行者　廣　橋　研　三

発行所　和　泉　書　院

〒543-0037　大阪市天王寺区上之宮町七―六
電話　〇六―六七七一―一四六七
振替　〇〇九七〇―八―一五〇四三

印刷・製本　亜細亜印刷　装訂　上野かおる

定価はカバーに表示

ISBN978-4-7576-0884-9　C3392